Eiskalt abserviert

EIN OXFORD-TEAROOM-KRIMI
BAND 9

VON

H.Y. HANNA

AUS DEM ENGLISCHEN VON

RITA KLOOSTERZIEL

Dies ist ein belletristisches Werk. Alle in diesem Buch erwähnten Namen, Charaktere, Orte, Marken, Organisationen, Medien und Ereignisse entstammen entweder der Fantasie der Autorin oder werden fiktiv verwendet. Jegliche Ähnlichkeit mit lebenden oder toten Personen, Unternehmen, Ereignissen oder Örtlichkeiten ist rein zufällig.

Inhaltsverzeichnis

Kapitel 1

Man hört immer wieder, dass das Showbusiness ein knallhartes Geschäft ist. Was das bedeutet, durfte ich hautnah erleben, als ich zu Großbritanniens derzeit angesagtester Talentshow eingeladen wurde.

Oh, wohlgemerkt nicht als Kandidatin – meine Aufgabe war es, die vielen hungrigen Mäuler hinter den Kulissen zu stopfen. Ja, ich war für das Catering zuständig - oder besser gesagt, meine Teestube, der Little Stables Tearoom. Wir sollten neben den Mitgliedern der Bühnencrew und des Produktionsteams auch die Teilnehmer des Wettbewerbs mit frisch gebackenen Scones, Chelsea Buns, Tea Cakes und vielen anderen traditionellen englischen Leckereien versorgen. Für einen solchen

Auftrag hätte manch ein Bäckerei- oder Cafébesitzer sein letztes Hemd gegeben und ich konnte es noch immer nicht fassen, dass mir dieser lukrative Job in den Schoß gefallen war. Damit hatte ich beim besten Willen nicht gerechnet, als eines Morgens ein merkwürdiger kleiner Mann mit wachen braunen Augen und einem teuren Anzug in der Teestube auftauchte.

„Wow, hier riecht's aber gut!", rief er und schnupperte begeistert, kaum dass er die Tür aufgestoßen hatte.

Ich schnappte mir eine Speisekarte und ging ihm lächelnd entgegen. „Das sind wohl die frischen Scones. Sie kommen gerade aus dem Ofen."

Er rieb sich die Hände. „Ah, deswegen wollte ich mit Ihnen reden. Wegen Ihrer Scones", fügte er hinzu, als er meinen verständnislosen Blick sah. „Die besten in Oxfordshire, hab ich gehört."

Ich fühlte mich geschmeichelt. „Danke! Sie sind eine Spezialität unseres Hauses."

„Haben Sie mal einen zum Probieren?"

Ich sah ihn verblüfft an. Dass jemand hereinspazierte und um eine Kostprobe bat, war bisher noch nie vorgekommen. Ich wollte ihm schon eine Abfuhr erteilen, doch angesichts seines eifrigen Lächelns und der kindlichen Vorfreude kam es mir schäbig vor, ihm seine Bitte abzuschlagen. Außerdem war er an diesem Tag unser erster und einziger Gast, es bestand also keine Gefahr, dass sein Beispiel Schule machte.

„Äh, eigentlich gibt es bei uns keine kostenlosen Probierstücke, aber wenn Sie einen Moment warten …"

Ich eilte in die Küche und kehrte gleich darauf mit einem frischen, warmen Scone auf einem Teller zurück. Belustigt beobachtete ich, wie er die goldbraune Kruste aufbrach und das locker-luftige Innenleben des Scones begutachtete. Dann biss er ab und kaute bedächtig und nachdenklich. Es klingt albern, aber ich wartete tatsächlich mit angehaltenem Atem auf sein Urteil und war erleichtert, als sich ein strahlendes Lächeln auf seinem Gesicht ausbreitete.

„Köstlich!" Er leckte sich die Lippen. „Mit Clotted Cream und Marmelade wäre er noch besser."

Wie dreist! Wenn ihm der Scone allein nicht reichte, konnte er für die Beilagen bezahlen, wie alle anderen Gäste auch.

„Ja, so servieren wir unsere Scones normalerweise." Ich versuchte, ihn zu einem Tisch im Gastraum zu dirigieren. „Wenn Sie sich dort drüben hinsetzen wollen, nehme ich gerne Ihre Bestellung entgegen – Scones mit allem Drum und Dran. Und vielleicht werfen Sie auch einen Blick in die Speisekarte: Wir haben viele typisch britische Kuchen und andere Backwaren, außerdem Teesandwiches und -"

„Und Lieferungen? Können Sie Bestellungen liefern?"

Ich entspannte mich, als ich begriff, worauf er

hinauswollte. „Oh, wir übernehmen natürlich gerne Catering-Aufträge. Bei Veranstaltungen in diversen Colleges in Oxford haben wir das Catering ausgerichtet, außerdem bei privaten Feiern, Hochzeiten und Tagungen. Auch eine Beerdigung war schon dabei."

„Wie sieht's mit großen Bestellungen aus?"

„Wir können so viel oder wenig backen, wie Sie wollen. Wie viele Scones brauchen Sie denn?"

„Siebenhundert."

Ich riss erstaunt die Augen auf. „Wie bitte? Siebenhundert?"

„Genau. Und alle mit Clotted Cream und Marmelade. Ich mach keine halben Sachen", setzte er augenzwinkernd hinzu. „Und Sandwiches. Ordentlich in schmale Rechtecke geschnitten, wie es sich gehört. Und natürlich ohne Rand, lecker belegt, so wie früher: frische Butter und Gurken oder Eiersalat – oder dieses Coronation-Chicken-Zeug."

„Ja, aber –"

„Prima. Valerie, meine Sekretärin, meldet sich bei Ihnen, dann können Sie alles Weitere mit ihr bereden. War nett, Sie kennenzulernen. Mit so 'ner hübschen Frau macht man doch gern Geschäfte", fügte er mit einem anzüglichen Augenzwinkern hinzu. „Erst recht, wenn sie was in der Birne hat." Er drückte mir eine Visitenkarte in die Hand und eilte aus dem Tearoom, während ich mit offenem Mund dastand.

Ich starrte immer noch verdutzt ins Leere, als die

Tür zur Teestube erneut aufging und meine beste Freundin Cassie hereinkam.

„Guten Morgen!" Sie stellte ihre Tasche hinter die Theke, nahm sich eine Kellnerschürze und band sie sich um. Dann beäugte sie mich neugierig. „Warum stehst du da wie vom Donner gerührt?"

„Eben war so ein komischer kleiner Mann hier und ..." Ich verstummte kopfschüttelnd. „Das muss ein Witz sein. Er sagte, er wolle siebenhundert Scones bestellen."

„Was? Wer war das?"

„Keine Ahnung." Dann warf ich einen Blick auf die Karte, die er mir in die Hand gedrückt hatte. „Er heißt Monty Gibbs."

Mit einem Aufschrei riss mir Cassie die Karte aus der Hand. „Wir haben einen Catering-Auftrag von Monty Gibbs?"

„Wer ist das?"

„Gemma!" Cassie verdrehte die Augen. „Siehst du eigentlich jemals fern? Monty Gibbs ist der Erfinder dieser neuen Talentshow, die letztes Jahr in aller Munde war. ‚Vom Proll zum Promi' heißt sie."

„Oh, eine Talentshow ..." Ich verzog das Gesicht. „Wie ‚Britain's Got Talent' und ‚The X Factor'?"

„Ja, so ähnlich. Gibbs behauptet natürlich, dass seine Version viel besser ist", grinste Cassie. „Angeblich hat Monty Gibbs nur zwei Ziele im Leben: Er will eines Tages zum Ritter geschlagen werden und bei einem Talentwettbewerb zur Jury gehören. Was den Ritterschlag angeht, so sind ihm die Hände gebunden, aber mit dem Posten als Juror ist es eine andere Sache. Er bemüht sich seit Jahren, bei den einschlägigen Shows eingeladen zu werden, bislang jedoch ohne Erfolg. Also hat er seine eigene Show auf die Beine gestellt, bei der er selbst alle Zügel in der Hand hält.“

„Was? Willst du mich auf den Arm nehmen?“

„Nein! Das stimmt.“

„Man kann doch nicht einfach seine eigene Talentshow ins Fernsehen bringen.“

„Doch, kann man, wenn man Monty Gibbs heißt und einer der reichsten Männer Großbritanniens ist. Er ist der Beweis, dass man alles machen kann, wenn man nur genug Geld hat.“

„Der reichste Mann Großbritanniens? Ich höre seinen Namen heute zum ersten Mal.“

„Normalerweise scheut er die Öffentlichkeit. Er gehört nicht zu diesen Milliardären, von denen man ständig in der Klatschpresse liest oder die ein gefundenes Fressen für die Paparazzi sind, wenn sie wieder einmal sturzbetrunken aus irgendeinem Londoner Nachtclub wanken. Aber reich ist er, der gute Monty Gibbs, daran besteht kein Zweifel. Und er soll ziemlich exzentrisch sein. Er lebt auf einem großen Anwesen in den Cotswolds, hat ein altes Herrenhaus zu einer todschicken Villa umgebaut. Er hat sich sogar einen See anlegen lassen, weil er gerne am Wasser wohnen wollte und es in den Cotswolds keine natürlichen Seen mit diesen Ausmaßen gibt.“

Cassie verdrehte erneut die Augen. „Ich war nicht

überrascht, dass er sich seine eigene Talentshow erschaffen hat, als ihn niemand als Juror haben wollte. Und stell dir vor: Kein Fernsehsender wollte seine Show ins Programm nehmen, also hat er einfach einen Streaming-Dienst gegründet, um sie auszustrahlen. Die Show wurde ein Riesenhit, die Leute haben seinen Kanal scharenweise abonniert – und er hat das Doppelte von dem herausbekommen, was er reingesteckt hat! Jetzt plant er die zweite Staffel und die wird wahrscheinlich noch populärer. Ich wette, die Sender betteln darum, die Show zu bekommen, und schlau wie er ist, wird er sich das nicht zu knapp bezahlen lassen."

„Allmählich verstehe ich, wieso er der reichste Mann Großbritanniens ist", bemerkte ich trocken.

„Und er will, dass wir das Catering übernehmen!", kreischte Cassie begeistert. „Gemma, danach kannst du die Teestube einen ganzen Monat schließen und in Urlaub fahren."

Wie ungewöhnlich Monty Gibbs' Vorstellungen waren, erfuhr ich einige Stunden später, als seine Sekretärin anrief.

„Für die Hauptmahlzeiten werden wir einen Catering-Service anheuern, der auf Film- und Fernsehproduktionen spezialisiert ist. Um das Mittag- und Abendessen brauchen Sie sich also keine Gedanken zu machen. Wir hätten Sie gern für die Teepausen am Vormittag und Nachmittag an Bord", erklärte eine sachliche Stimme am anderen Ende der Leitung. „Sehen Sie, bei anderen

Talentshows wird immer wieder der Umgang mit den Teilnehmern und der Crew hinter den Kulissen kritisiert, oft lässt man die Leute stundenlang ohne irgendwelche Erfrischungen warten – und Mr Gibbs ist fest entschlossen, es bei seiner Show ganz anders machen. Er möchte von allem mehr als genug anbieten. Die Leute sollen seine Großzügigkeit schätzen und die Tatsache, dass er sich um jedes noch so kleine Detail kümmert. Das heißt etwa, dass der Tee in Porzellankannen aufgebrüht und nicht in Henkelbechern, sondern in Tassen mit Untertassen serviert wird."

„Oh, ich glaube nicht, dass ich genug Teetassen habe", sagte ich, nachdem ich kurz mein Inventar überschlagen hatte.

„Kein Problem. Sagen Sie mir, von welcher Marke Ihr Porzellan ist, dann sorge ich dafür, dass genügend zusätzliche Gedecke angeschafft und ans Set geliefert werden."

Langsam dämmerte mir, was der Satz „Geld spielt keine Rolle" bedeutete. Als wir alles besprochen hatten und das Gespräch beendeten, war mir ganz schwindelig, nicht nur wegen der schier endlosen Liste von Gibbs' Sonderwünschen, sondern auch wegen der stattlichen Summe, die seine Sekretärin als Bezahlung genannt hatte.

Vielleicht war Cassies Idee, die Teestube zu schließen, gar nicht so abwegig. Das Catering für die Show würde uns alles abverlangen und ich fragte mich, ob wir diesen Auftrag zusätzlich zum normalen

Teestubenbetrieb stemmen konnten.

Mit dem fürstlichen Entgelt, das uns Gibbs als Lohn für unsere Mühen in Aussicht stellte, könnte ich allen mehr Geld zahlen und mir zudem eine schöne Urlaubsreise gönnen. Beim Gedanken an Urlaub schob sich kurz eine dunkle Wolke über meine gute Laune. Ich dachte an meinen arbeitswütigen Freund, Detective Inspector Devlin O'Connor, der sich nie lange genug freinehmen konnte, um mit mir zu verreisen. Aber ich sollte mich nicht beklagen: Immerhin war ich – einem spontanen Entschluss folgend – vor Kurzem in Wien gewesen und hatte den Aufenthalt dort sehr genossen, obwohl ich vier neugierige alte Damen im Schlepptau hatte. Und die mussten unbedingt ihre Nasen in einen Mordfall stecken, der sich in unserem Hotel ereignet hatte ...

Die Tür zur Teestube ging auf, und wie von Geisterhand herbeigezaubert erschienen eben jene vier alten Damen, an die ich gerade gedacht hatte. Diese kleine Gruppe, liebevoll „Silberlocken" genannt, herrschte über das Dorf Meadowford-on-Smythe, in dem sich meine Teestube befand, und - wenn man den Gerüchten Glauben schenken durfte - auch über halb Oxfordshire. Sie knüpften die Kopftücher auf, die sie über ihr dauergewelltes weißes Haar gebreitet hatten, traten ihre robusten orthopädischen Schuhe an der Fußmatte ab und eilten mit leuchtenden Augen auf mich zu.

„Oh, Gemma, wir kommen ins Fernsehen!", rief

Glenda Bailey. Ihre Wangen waren vor Aufregung so rot, dass die dicke Rouge-Schicht darauf regelrecht leuchtete.

Florence Doyle nickte mit einem breiten Lächeln auf dem molligen, freundlichen Gesicht. „Das stimmt, meine Liebe, und wir werden vor Publikum auftreten!"

„Sie haben gesagt, dass sie vielleicht sogar meine Spitzendeckchen-Ohrringe zeigen", fügte Ethel Webb stolz hinzu.

„Wir werden die Ersten unserer Art sein", erklärte Mabel Cooke.

„Welche Art? Wovon reden Sie?", fragte ich verwirrt.

„Von unserer Teilnahme am Casting für die ‚Vom Proll zum Promi'-Show, Liebes", sagte Glenda.

Ich starrte die vier an. Die Silberlocken hatten sich bei der Talentshow beworben? Und wie konnte es sein, dass ich bis heute früh noch nichts von dieser Show gehört hatte und sie jetzt ständig erwähnt wurde?

„Sie waren bei einem Casting?"

Glenda nickte eifrig. „Das öffentliche Casting fand vor ein paar Wochen in der Concert Hall in Oxford statt - du weißt schon, in dem Neubau nicht weit von der Wirtschaftsschule am Bahnhof. Dort wird auch entschieden, wer die nächsten Runden erreicht, weil Mr Gibbs in den Cotswolds wohnt und nicht so weit fahren will. Er verabscheut London und hat keine Lust, jedes Mal für die Dreharbeiten dorthin zu reisen. So war es letztes Jahr, und das hat ihm überhaupt nicht gefallen. Außerdem finden die meisten Shows in Großstädten wie London, Manchester und Glasgow statt und er meint, es sei an der Zeit, auch andere Orte in den Vordergrund zu rücken, und da er gerne Unternehmen in der Umgebung unterstützt -"

„Ja, ja, Glenda, das ist ja alles sehr interessant, aber nun erzähl Gemma endlich, was die Produzenten gesagt haben!", schaltete sich Mabel ein.

„Oh … ja, sie waren sehr beeindruckt von uns und haben uns zur nächsten Runde eingeladen. Die findet vor der Jury statt. Wir haben es vor dir geheim gehalten, Liebes, weil wir dich überraschen wollten. Also sind wir gestern vor den Juroren aufgetreten und sie fanden uns toll! Und heute Morgen haben wir erfahren, dass wir mit neunzehn anderen Kandidaten für die nächste Runde ausgewählt worden sind!"

„Aber - ich verstehe nicht. Womit treten Sie denn auf?"

„Wir werden die erste Granny-Band Englands sein", antwortete Mabel mit stolzgeschwellter Brust.

Ich sah sie verständnislos an. „Granny-was?"

„Nun, weißt du, es gibt Girlgroups und Boygroups, meine Liebe", sagte Glenda langsam, als hätte sie ein begriffsstutziges Kind vor sich. „Also … warum nicht auch eine Granny-Band?"

„Wir werden zu alten Hits singen und tanzen. Ist

es nicht ein Glück, dass wir alle so viel musikalisches Talent mitbringen?", fügte Florence strahlend hinzu.

Ich schwieg vorsichtshalber, denn ich erinnerte mich nur zu gut an das eine Mal, als ich die Silberlocken hatte singen hören. Damals hatte ihnen ein Mann aus lauter Verzweiflung Geld angeboten, damit sie den Mund hielten. Aber ich wollte ihnen nicht die Laune verderben.

„Das ... äh ... das klingt großartig. Herzlichen Glückwunsch! Sie werden als Granny-Band auftreten?"

„Oh ja, wir wissen auch schon, wie unsere Band heißen soll. Wir haben lange darüber nachgedacht, und wir haben den perfekten Namen gefunden: The Pussy Puffs."

„*Wie bitte?*" Ich starrte sie mit offenem Mund an. „Das ist nicht Ihr Ernst! Sie können sich unmöglich so nennen!"

„Warum nicht? Das ist doch ein guter Name", erwiderte Ethel mit Unschuldsmiene.

Glenda nickte eifrig. „Ja, weißt du, wenn die Leute ältere Damen wie uns sehen, denken sie sofort, dass wir alt und gebrechlich sind, als würde uns der leiseste Lufthauch wegpusten - aber in Wirklichkeit sind wir klug und einfallsreich, genau wie Miezekatzen!", schloss sie stolz.

„Ja, aber das Wort ‚Pussy' für Katze ist mittlerweile ... ziemlich ungewöhnlich. Es hat jetzt eine ganz andere Bedeutung ... und ... ähm ..." Ich überlegte verzweifelt, wie ich es ihnen sagen sollte.

„Na ja, der Name klingt ziemlich albern", wählte ich schließlich den feigen Ausweg.

„Er ist überhaupt nicht albern", widersprach Florence entrüstet. „Wir finden, dass er sehr gut zu uns passt."

Ich holte tief Luft. „Glauben Sie mir einfach: ‚The Pussy Puffs' ist keine gute Wahl."

„Nun, die Produzenten haben sich nicht daran gestört." Mabel klang gereizt. „Ich habe ihnen gesagt, dass es eine wunderbare Idee ist, und sie waren mit mir einer Meinung." Sie verschränkte die Arme vor der Brust und nickte nachdrücklich.

Ich fragte mich, was den Produzenten geblüht hätte, wenn sie *nicht* mit ihr einer Meinung gewesen wären. Als erklärte Anführerin der Silberlocken, mit ihrer dröhnenden Stimme und ihrer forschen und direkten Art sollte man Mabel Cooke durchaus ernst nehmen. Selbst der Chef der Polizei von Oxfordshire war ihr nicht gewachsen. Ein paar jämmerliche Fernsehproduzenten hätten keine Chance gehabt.

„Die Band war eigentlich Junes Idee, Mabel - das darfst du nicht vergessen", rügte Ethel sie mit ihrer sanften Stimme.

Mabel schnaubte. „Es mag Junes Idee gewesen sein, aber ich habe sie umgesetzt."

„Ihre Bingo-Freundin June?", fragte ich.

„Ja, June Driscoll", erklärte Glenda. „Ihr Mann ist letztes Jahr gestorben und sie kommt nicht darüber hinweg. Die beiden haben sehr aneinander gehangen, und sein Tod hat ihr den Boden unter den

Füßen weggezogen. Sie weiß nicht so recht, was sie mit sich anfangen soll ...“

„Außer, dass sie versucht, Bills Gruppe zu retten“, sagte Florence.

„Seine Gruppe?“

„Sie heißt B.U.S., das steht für ‚Buschig und schön‘. Es ist eine Selbsthilfegruppe, die Menschen mit dichten Augenbrauen helfen soll, zu ihrem Aussehen zu stehen. Bill, Junes Mann, hatte gigantische Augenbrauen ...“

„Sie sahen fast aus wie pelzige Raupen“, erklärte Ethel. „Ich habe sie einmal für die Raupen des Weißen Wollbären gehalten, als er und June zu Besuch waren und wir draußen im Garten saßen. Beinahe hätte ich ihm ein Anti-Raupen-Mittel ins Gesicht gesprüht.“

„Bill war sehr empfindlich, wenn es um seine Augenbrauen ging“, sagte Glenda mit leiser Stimme. „Er hatte immer das Gefühl, verspottet und ausgelacht zu werden und bei seinem beruflichen Fortkommen benachteiligt worden zu sein. Also beschloss er, eine Selbsthilfegruppe zu gründen, um Leuten – äh, mit ähnlicher Optik zu helfen.“

„Eine Selbsthilfegruppe für Menschen mit buschigen Augenbrauen?“ Hatte ich das richtig verstanden?

Ethel nickte eifrig. „Oh, er hatte große Ziele. Er hoffte, das Bewusstsein in der Gesellschaft für die besonderen Bedürfnisse von Menschen mit buschigen Augenbrauen zu schärfen. Er wollte sogar

Gelder sammeln, um Stipendien an junge Männer und Frauen mit einer bestimmten Augenbrauendichte zu vergeben." Sie überlegte angestrengt. „Um sich zu qualifizieren, mussten die Augenbrauen mindestens einem halben Zentimeter dick sein, glaube ich."

Ich konnte nicht anders – ich brach in schallendes Gelächter aus. „Was? Das ist das Albernste, was ich je -" Ich brach ab, als ich die Blicke der Silberlocken sah.

„Vielleicht klingt es in deinen Ohren ein bisschen albern, aber für June ist es wichtig", stellte Mabel vorwurfsvoll klar.

Glenda seufzte. „Sie vermisst Bill schrecklich, und durch die Gruppe fühlt sie sich mit ihm verbunden. Wenn sie die Selbsthilfegruppe aufrechterhalten kann, hat sie das Gefühl, dass sie auch ihn auf gewisse Weise am Leben erhält. Ist das nicht romantisch?"

„Leider ist die Selbsthilfegruppe nie richtig in Schwung gekommen, selbst zu Bills Lebzeiten nicht", sagte Florence traurig.

„Ich habe sogar meinen Henry als Ehrenmitglied angemeldet, obwohl seine Augenbrauen ziemlich spärlich sind", erzählte Mabel. „Aber B.U.S. hat sich über die Jahre hinweg schwergetan, und jetzt, wo Bill nicht mehr da ist, droht die Gruppe auseinanderzufallen."

„Nicht, wenn wir den großen Preis in dieser Talentshow gewinnen!", widersprach Ethel. „June ist sich sicher, dass sich mehr Mitglieder anmelden würden, wenn die Gruppe bekannter wäre. Dafür will sie Flugblätter drucken und Anstecker herstellen lassen. Aber das kostet Geld – und so ist sie auf die Idee mit der Granny-Band gekommen! Sie hat die Anzeige für das öffentliche Casting gesehen -"

„- und hat uns gefragt, ob wir in ihrer Band mitmachen wollen!", ergänzte Glenda strahlend. Sie zerzauste ihr weißes Haar. „Insgeheim war ich immer schon eine Rockröhre."

Sowohl die Jury als auch das Fernsehpublikum schienen ebenfalls von der Idee alternder „Rockröhren" angetan zu sein, denn in den darauffolgenden zwei Wochen überstanden die Pussy Puffs die nächsten beiden Runden des Wettbewerbs mit Leichtigkeit. Bei den Liveshows schieden jede Woche fünf Kandidaten aus, sodass von den anfänglichen zwanzig Kandidaten zehn Halbfinalisten übrigblieben. Und zu meiner großen Überraschung waren die Silberlocken und June dabei. Ganz England war begeistert und man munkelte, dass die Granny-Band tatsächlich Chancen auf den ersten Platz hätte ...

***

Und so kam es, dass ich drei Wochen später in der neuen Oxford Concert Hall auf der Suche nach dem Wartebereich für die Teilnehmer war. Da ich das Essen bisher einfach in der Küche der Konzerthalle abgeliefert hatte und dann zurück in die Teestube geeilt war, kannte ich mich in dem Gewirr der Gänge hinter den Kulissen noch nicht aus.

Entgegen Cassies Rat hatte ich beschlossen, den Little Stables Tearoom offenzuhalten und gleichzeitig das Catering für die Show zu übernehmen, und jetzt, drei Wochen später, musste ich mir eingestehen, dass das ein Fehler gewesen war. Meine Konditorin Dora, Cassie und ich hatten jeden Tag in aller Herrgottsfrühe angefangen und bis spät in die Nacht hinein versucht, alle Bestellungen abzuarbeiten, während tagsüber der normale Teestubenbetrieb weiterlief. Vor zwei Tagen gab ich mich schließlich geschlagen, nachdem mir Cassie ins Gewissen geredet hatte. Für die restliche Dauer der Show sollte der Tearoom geschlossen bleiben. Seitdem war alles so viel entspannter, dass ich mir wünschte, ich hätte früher auf sie gehört!

Da ich nun nicht mehr im Eiltempo nach Meadowford zurückkehren musste, wollte ich endlich die Gelegenheit nutzen und mich ein wenig hinter der Bühne umsehen. Und natürlich war ich gespannt, wie die Silberlocken sich präsentierten. Ich wusste, dass alle Teilnehmer der vorletzten Runde heute für das morgige Halbfinale proben würden. Im Gegensatz zu ähnlichen Formaten, bei denen die Kandidaten absichtlich gestresst und gnadenlos heruntergeputzt wurden, um die Show für die Zuschauer noch dramatischer zu machen, war Monty Gibbs um eine angenehme und großzügige Atmosphäre bemüht. Deshalb gab er seinen

Kandidaten vor jeder Runde die Möglichkeit, ihre Darbietungen vor dem großen Tag an Ort und Stelle einzustudieren.

Natürlich war es nicht reine Menschenfreundlichkeit, die den schlauen Geschäftsmann dazu bewog - er wusste, dass allein die Konkurrenz unter den Kandidaten und die Nervosität vor dem bevorstehenden Probedurchlauf auf der Bühne für genügend Anspannung und Dramatik sorgen würden. Und er sollte recht behalten. Da die Kandidaten von mehreren Kamerateams auf Schritt und Tritt begleitet wurden, kamen die Zuschauer in den wöchentlich im Fernsehen ausgestrahlten Episoden in den Genuss, all ihre kleinen Reibereien und Eifersüchteleien zu verfolgen. Dieses Konzept hatte sich bei der ersten Staffel als so erfolgreich erwiesen, dass Monty Gibbs es für die zweite Staffel ebenfalls anwandte.

Oh ja, der Mann weiß, wie man menschliche Eigenarten zu Geld macht, auch wenn er den Anschein erweckt, als stünde er tugendhaft über solchen Manipulationen, dachte ich. Dann blieb ich abrupt stehen, als ich hinter der nächsten Ecke aufgebrachte Stimmen hörte. *Hmm ... da scheint sich ein heftiger Streit anzubahnen.*

Die Stimmen kamen aus einer Garderobe am Hauptflur, in der sich ein Wandspiegel an den anderen reihte. Davor standen Tische und Stühle und jeder Spiegel wurde von einer Glühbirnenleiste erleuchtet. Die Tür stand offen und im Raum konnte ich zwei Frauen ausmachen, die ich als Kandidatinnen erkannte: Lara, der füllige Rotschopf, Ende dreißig, mit samtiger Stimme und einer Oberweite, bei der sicher jemand nachgeholfen hatte, und Nicole, eine stille, zurückhaltende junge Frau, die mit einer Klaviernummer auftrat. Lara hatte sich mit herausforderndem Lächeln, eine Hand in die Hüfte gestemmt, vor Nicole aufgebaut.

„... nichts Aufregenderes als einen verheirateten Mann", gurrte sie. „Ihn zu verführen und zuzusehen, wie er seine Frau anlügt, nur um sich für eine schnelle Nummer mit dir in einem drittklassigen Motel zu treffen ..." Ihr Lachen klang rauchig und sinnlich. „Und besonders spannend wird es, wenn sie alles aufgeben, die Ehefrau, die Kinder, das behagliche Familienleben, nur um mit dir zusammen zu sein. Das Gefühl der Macht ist unbeschreiblich! Einen Typen hab ich mal so weit gekriegt, dass er seine Frau und seinen Sohn am Weihnachtstag verlassen hat – kannst du dir das vorstellen? Ich habe gewartet, bis das Weihnachtsessen aufgetischt war, dann habe ich ihn angerufen und ihm gesagt, dass er ihnen auf der Stelle den Rücken kehren muss, sonst sieht er mich nicht wieder." Sie lächelte selbstzufrieden. Und ob du es glaubst oder nicht: Er ist gekommen. Hat sich nicht einmal von seinem fünfjährigen Sohn verabschiedet. Aber der Typ, der sich aus dem Krankenhaus geschlichen hat, während seine Frau in den Wehen lag, um sich mit mir zum Lunch zu treffen – und zu einem kleinen

Dessert ..." Sie kicherte.

„Du bist widerlich!" Nicole war ganz blass geworden. „Nicht zu fassen, dass du mit deinen Eroberungen auch noch prahlst! Es ist ... es ist ekelhaft! Es gibt genug unverheiratete Männer – warum kannst du nicht die Finger von den verheirateten lassen? Begreifst du nicht, welches Leid du ihren Familien antust?"

Lara warf den Kopf zurück. „Ist doch nicht mein Problem, wenn den Frauen die Männer weglaufen. Sie sind selbst schuld. Was erwarten sie denn, wenn sie sich in fette, unansehnliche Glucken verwandeln, die außer Nörgeleien und langweiligem Sex nichts zu bieten haben?"

„Wie kannst du es wagen!", rief Nicole erbost. „Sie ... sie erziehen die Kinder und kochen und putzen, abends sind sie müde und gestresst. Man kann nicht von ihnen erwarten, dass sie die ganze Zeit wie ... wie Sexkätzchen aussehen, nur um ihre Männer glücklich zu machen."

„Dann sollten sie auch nicht jammern, wenn ihre Männer weglaufen, um eine andere zu vögeln."

„Du kaltherzige Hexe!" Nicoles Augen glühten, sie ballte die Hände zu Fäusten. „Es sind Frauen wie du, die das Leben anderer ruinieren. Jetzt redest du noch so selbstgefällig, aber ... aber eines Tages wirst du es bereuen! Eines Tages bekommst du deine gerechte Strafe!"

„Ohhh, jetzt habe ich aber Angst", lachte Lara und fasste sich mit einer theatralischen Geste ans Herz.

Nicole wurde puterrot, stürzte sich mit einem wütenden Schrei auf die andere Frau und schloss beide Hände um ihren Hals.

„Du ... du ... AAAARRGGHHH!"

Kapitel 2

Die beiden Frauen schienen nur noch aus Armen und Beinen zu bestehen, als sie sich wie ein Knäuel auf dem Boden wälzten. Ich sah entsetzt zu, wie sie kreischend auf einander eindroschen. Nicole hatte die Finger um Laras Hals gelegt und drückte fest zu, ihre Augen brannten vor Hass, während Lara keuchend und würgend versuchte, ihre Hände wegzuzerren. Schließlich schaffte sie es irgendwie, sich aus Nicoles Klammergriff zu befreien; sie packte sie an den Haaren und zog kräftig daran, bis ihre Widersacherin vor Schmerz aufschrie.

„Stopp!" Ich rannte in die Garderobe, die zu meiner Überraschung größer war, als es vom Flur aus den Anschein hatte. In die hintere Ecke gedrängt standen ein Mann und eine Frau: Er spähte mit einem Auge durch eine Videokamera, während sie mit einem Klemmbrett neben ihm stand.

„Hast du die beiden gut im Bild?", fragte sie ihn.

„Ja, aber ich glaube, eine Nahaufnahme wäre besser", murmelte er und machte ein paar Schritte auf die Frauen zu.

Ich traute meinen Ohren kaum. „Wollen Sie nicht dazwischengehen?", fragte ich entgeistert. „Das kann böse enden."

„Ah, keine schlechte Idee, Jeff", sagte die Frau mit dem Klemmbrett. „Wenn eine von beiden ins Krankenhaus muss, solltest du auf jeden Fall mitfahren und -"

„Was?" Ich wollte etwas erwidern, überlegte es mir jedoch anders. Mit raschen Schritten war ich bei Lara und Nicole. „Schluss jetzt! Hören Sie auf!"

Mit Mühe schaffte ich es, die beiden voneinander zu trennen. Sie musterten sich schwer atmend, mit zerzausten Haaren wie zwei fauchende, spuckende Katzen. Bis auf ein paar Kratzer schienen sie jedoch keine Verletzungen davongetragen zu haben.

„Bleib dran!", zischte die Frau mit dem Klemmbrett dem Kameramann zu.

Ihre Stimme brachte zumindest Nicole zur Besinnung. Die junge Pianistin blickte sich um und ihre Augen weiteten sich vor Schreck, als sie den Mann mit der Kamera entdeckte. Sie rieb sich müde mit der Hand über die Stirn, dann wand sie ihre zerzausten Strähnen zu einem Dutt.

„Ich weiß nicht, was in mich gefahren ist ...", stammelte sie. „Ich ... ähm ... ich muss mich für meinen Auftritt fertig machen." Sie rappelte sich auf und rannte aus der Garderobe.

Lara sah ebenfalls ziemlich mitgenommen aus, aber sie erlangte ihre Fassung schneller wieder als Nicole. Als sie bemerkte, dass die Kamera auf sie gerichtet war, hellte sich ihre Miene auf und sie beugte sich verstohlen ein wenig vor, sodass ihr Dekolleté besser zur Geltung kam.

„Ist alles in Ordnung mit Ihnen?", fragte ich.

„Ja, ja, alles okay", sagte sie lässig und warf den Kopf zurück. „Dieses verklemmte kleine Biest wird es sich in Zukunft hoffentlich zweimal überlegen, ob sie mich ärgern will." Mit einer Kusshand in Richtung Kamera verließ sie fluchtartig den Raum.

„Und ... SCHNITT!", rief die Frau neben dem Kameramann. Sie sah mich verärgert an. „Was haben Sie sich dabei gedacht, so hereinzuplatzen? Das waren tolle Aufnahmen und Sie haben alles kaputtgemacht."

„Die beiden hätten sich verletzen können! Und Sie haben nur tatenlos dagestanden."

Sie zuckte mit den Schultern. „Meine Anweisungen vom Chef sind klar: Wir greifen nicht ein, egal, was die Kandidaten tun - wir filmen nur." Sie funkelte mich wütend an. „Was wir da hatten, war großartiges Material, aber Sie mussten unbedingt die Retterin spielen und alles ruinieren."

„Ich -" Jetzt sollte ich mich für mein Verhalten auch noch entschuldigen? „Das ist doch verrückt! Sie können nicht zulassen, dass sich Menschen gegenseitig verletzen, nur um ‚großartiges Material' zu bekommen!"

„Willkommen in der realen Welt - oder besser gesagt, in der Welt des Reality-TV", erwiderte die Frau mit einem zynischen Lachen. Sie warf einen Blick auf ihre Uhr und meinte dann zu ihrem Kollegen: „Ich brauche eine kurze Zigarettenpause. Und danach sollten wir uns diesen Zauberer vornehmen."

„Alles klar." Der Mann schaltete seine Kamera aus und holte seinerseits ein Päckchen Zigaretten aus der Hosentasche.

Ohne mich eines weiteren Blickes zu würdigen, verschwanden sie auf dem Korridor. Ich blieb noch einen Moment stehen, dann schluckte ich meine Wut hinunter und stapfte in Richtung Wartebereich davon. Dort war die Anspannung mit Händen zu greifen. Überall waren Kandidaten dabei, sich auf ihre Auftritte vorzubereiten. Langsam bahnte ich mir einen Weg durch die Menge, während ich Ausschau nach vier netten alten Damen hielt. Ich wich einem halbwüchsigen Jungen aus, der Hip-Hop-Tanzschritte übte, kam an einer Frau vorbei, die wild mit einer Marionette hantierte, und wäre fast mit einem Collie zusammengestoßen, der rückwärts auf den Hinterbeinen balancierte.

„He, passen Sie auf!", zischte sein Frauchen. „Er war fast am Ende der Sequenz! Jetzt haben Sie ihn aus dem Takt gebracht. Wissen Sie eigentlich, wie schwierig es ist, die Choreografie in umgekehrter Reihenfolge durchzuführen?" Die hagere Frau mit ihren kalten blauen Augen sah mich zornig an.

„Tut mir leid!"

Das mussten Trish und Skip sein, das Dogdancing-Duo. Ich hatte die beiden in einem der zahlreichen Trailer gesehen, die im Fernsehen ausgestrahlt und in den sozialen Medien geteilt wurden. Die Produzenten hatten versucht, mit der Frau und ihrem niedlichen Hund eine Szene zu drehen, bei der den Zuschauern das Herz aufging, aber Trish Bingham hatte sich als mürrisch und wenig kooperativ erwiesen. Sie wirkte abweisend und feindselig und das persönliche Zusammentreffen hatte an diesem Eindruck nichts geändert.

Sie sah mich finster an. „Ich habe Monate gebraucht, um Skip die Sequenz beizubringen - ich will nicht, dass Sie uns in letzter Minute alles vermasseln."

„Es tut mir wirklich leid - es war keine Absicht. Ich habe ihn einfach nicht gesehen." Allmählich wurde ich wütend. Wie oft sollte ich mich noch entschuldigen?

Dann fiel mein Blick auf den Collie und mein Ärger verflog. Er wedelte munter mit dem Schwanz und schenkte mir sein breitestes Hundegrinsen. Ich ging in die Hocke, um ihn zu streicheln, und dachte, dass Trish sich glücklich schätzen konnte: Ihr hübscher Partner machte ihren Mangel an Charme mehr als wett.

Als Trish in scharfem Ton „Skip, bei Fuß!" befahl, setzte ich die Suche nach meinen vier Freundinnen fort. Vorsichtig umrundete ich eine angespannt wirkende Frau, eineiige Zwillingsmädchen und einen jungen Mann mit einem schwarzen Umhang, der mit zitternden Händen versuchte, ein paar Spielkarten zu mischen. Als ich die Silberlocken schließlich entdeckte, hatte ich das Gefühl, über ein Minenfeld zu laufen, und war erleichtert, dass zumindest sie nicht übermäßig gestresst wirkten. Sie unterhielten sich mit einer älteren Dame mit einer großen Hornbrille, die ich als ihre Freundin June Driscoll erkannte.

„Gemma, meine Liebe, wie schön, dich zu sehen", begrüßte mich Glenda, als ich mich zu ihnen gesellte. Sie drehte sich einmal um die eigene Achse. „Was hältst du von unseren neuen Kostümen?"

„Oh." Ich war hin- und hergerissen – sollte ich ihr eine ehrliche oder lieber eine höfliche Antwort geben? „Sie sind auf jeden Fall nicht zu übersehen."

Sie sahen abscheulich aus. Aus irgendeinem Grund hatten die Silberlocken beschlossen, in Overalls aufzutreten, die dem von Elvis Presley verdächtig ähnlich sahen, komplett mit Schlaghosen, einem riesigen hochstehenden Kragen und Hunderten von Glitzersteinen.

„Meinst du, es sind genug Strasssteine?", fragte Florence. „Wir wollen auf der Bühne richtig funkeln."

„Oh, keine Sorge – funkeln werden Sie bestimmt." Hoffentlich würden sie die Jury mit ihrem Geglitzer nicht blenden.

„Ich habe eigenhändig ein paar zusätzliche Steine

aufgenäht", bemerkte June stolz.

„Ich finde trotzdem, dass ein bisschen Häkelspitze an den Ärmeln und am Kragen schöner ausgesehen hätten", nuschelte Ethel mürrisch.

„Nein, nein, das haben wir doch besprochen. Wir heben uns die Häkelspitze für die Endrunde auf", sagte Mabel. „Wir brauchen etwas, mit dem wir das Publikum so richtig begeistern können."

„Meinen Sie, dass Sie es ins Finale schaffen?", fragte ich erstaunt.

„Wir müssen es einfach schaffen!", rief June. „Ich kann unmöglich ohne das Preisgeld nach Hause gehen - es ist meine einzige Hoffnung, B.U.S. am Leben zu erhalten!"

„Gegen die Zwillinge werden wir es allerdings schwer haben", sagte Glenda mit einem zweifelnden Blick auf die beiden kleinen Mädchen. „Sie tanzen wunderschön und sehen so bezaubernd aus. Mein Großneffe Mike hat mir erzählt, dass Molly und Polly bei den Buchmachern als Favoriten gehandelt werden. Sie bekommen immer mit Abstand die meisten Publikumsstimmen."

„Gewiss, sie sind recht niedlich, aber beim Publikum sind wir auch sehr populär!", entgegnete June entrüstet. „Selbstbewusste alte Damen, die sich nicht unterkriegen lassen – so etwas lieben die Leute. Wir ergattern vielleicht ein paar Stimmen weniger, aber ich bin sicher, dass wir nicht weit hinter den Zwillingen liegen. Wir müssten doch in den Umfragen an zweiter Stelle stehen."

„Nein, den zweiten Platz nimmt diese … äh, Dame ein, diese Lara", sagte Glenda. Das Wort „Dame" kam ihr nicht leicht über die Lippen.

„Lara?" June verzog das Gesicht. „Diese schreckliche Person? Wie um alles in der Welt können die Leute nur für sie stimmen?"

„Nun, sie ist sehr sexy und sie hat eine wunderbare Stimme. Ihre Interpretation von ‚Feeling Good' in der letzten Runde wurde vom Publikum mit stehenden Ovationen bedacht."

„Sie ist eine furchtbare Frau! Habt ihr gehört, wie sie sich letzte Woche über den armen Mr Ziegler lustig gemacht hat? Sie hat ihn verhöhnt, als er sich auf seine Nummer vorbereitet hat. Die übelsten Sachen hat sie gesagt."

„Wer ist Mr Ziegler?", fragte ich.

„Er ist der Jodelnde Klempner, meine Liebe", erklärte Florence. Sie legte den Kopf schief. „Hört mal, er ist gerade auf der Bühne und probt."

Mir wurde plötzlich bewusst, dass es sich bei dem seltsamen Geträller im Hintergrund um eine Männerstimme handelte, die mal hell, mal dunkel klang und gelegentlich von Wasserrauschen begleitet wurde, das sich wie eine Toilettenspülung anhörte.

„Er ist wirklich gut." Ethel strahlte. „Er jodelt, während er tropfende Wasserhähne und verstopfte Leitungen repariert, und hat sich eine Vorrichtung aus Rohren und Ausgüssen gebaut, mit der er auf der Bühne die Wassergeräusche erzeugt."

„Dass er dabei riesige Pfützen auf der Bühne

hinterlässt, ist allerdings sehr lästig", wandte Mabel missbilligend ein. „Als wir das letzte Mal nach ihm mit unserer Probe an der Reihe waren, sind wir fast ausgerutscht, weil der Boden dermaßen glitschig war."

„Er muss recht talentiert sein, wenn er es bis ins Halbfinale geschafft hat. Schließlich ist Jodeln ziemlich gewöhnungsbedürftig, nicht wahr? Wenn der Reiz des Neuen erst einmal verflogen ist, finden sicher nicht allzu viele Leute Gefallen daran", sagte ich. Langsam ging mir das Gejodel auf die Nerven, das in gleichförmigen Wellen an- und abschwoll.

„Die Juroren mögen Mr Ziegler", sagte June. „Deshalb hat er es in die vorletzte Runde geschafft, obwohl er nicht viele Publikumsstimmen bekommen hat." Ihre Miene wurde ernst. „Hmm, das dürfen wir nicht außer Acht lassen. Das Hauptaugenmerk liegt immer auf den Publikumsstimmen, aber man sollte den Einfluss der Jury nicht unterschätzen. Trotzdem ist Ziegler keine ernsthafte Konkurrenz. Bei Lara und den Zwillingen sieht das schon anders aus", fuhr sie fort, schürzte die Lippen und sah sich im Raum um. Dann fiel ihr Blick auf Trish und Skip, und ihre Augen verengten sich zu Schlitzen. „Und die Dame mit dem Hund – die beiden sind beim Publikum sehr beliebt. Sie könnten ebenfalls eine ernsthafte Bedrohung darstellen."

Ich traute meinen Ohren kaum. Aus dem Mund einer zierlichen alten Dame mit flauschigem weißem Haar und runzeligem Gesicht klangen diese Worte irgendwie unpassend. Aber in June Driscolls Blick lag eine stählerne Entschlossenheit, die ihr sanftmütiges Äußeres Lügen strafte. Die Abgeklärtheit, mit der sie an den Wettbewerb heranging, erinnerte mich an einen kühnen Militärkommandanten, der seine Schlachtstrategie plant.

„Was ist mit diesem anderen Mann, diesem Gaz?", fragte Mabel.

June runzelte die Stirn. „Oh ja, den hatte ich ganz vergessen."

Sie sah zur anderen Seite des Raumes hinüber, wo Nicole auf einem Stuhl saß und stumm auf ihre Hände starrte. Ein junger Mann neben ihr versuchte vergeblich, sie in ein Gespräch zu verwickeln. Er hatte langes, beinahe struppiges blondes Haar und trug einen verblichenen Kapuzenpulli und zerrissene Jeans, wirkte aber eher attraktiv als ungepflegt. Er strahlte Zuversicht aus, und selbst aus dieser Entfernung konnte ich die Intensität seiner Ausstrahlung spüren.

Nicole, die sich inzwischen frisiert hatte und nicht mehr so zerzaust aussah, unterbrach ihn mit einer knappen Bemerkung und wandte ihm dann den Rücken zu. Deutlicher hätte sie ihm ihr Desinteresse kaum zeigen können. Er zuckte jedoch nur lachend mit den Schultern, bevor er davonschlenderte, die Hände in den Jeanstaschen und ein leichtes Grinsen im Gesicht.

„Ist Gaz nicht der Komiker, der Leute imitiert?",

fragte ich. „Ich habe ihn in einer der letzten Folgen gesehen und ein wenig von seiner Darbietung mitbekommen. Er ist sehr witzig."

„Ja, aber er benutzt so schreckliche Ausdrücke." Ethel legte empört die Hände an die Wangen. „Diese ... diese schrecklichen Schimpfwörter ..."

„Ja, jemand sollte dem Jungen den Mund mit Seife auswaschen", erklärte Mabel.

„Das Publikum scheint sich nicht daran zu stören", meinte Florence.

„Ja", bestätigte June. „Sie scheinen ihn zu lieben. Gaz ist ein ernstzunehmender Anwärter auf den Sieg. Wir werden ihn im Auge behalten müssen." Sie hielt nachdenklich inne. „Wenn die Zwillinge die Führung übernehmen, bleibt uns nur noch eine Chance."

„Wollen Sie damit sagen, dass nur zwei Halbfinalisten weiterkommen?", fragte ich.

„Oh ja, meine Liebe. Nach unserem Auftritt morgen Abend wählen das Publikum und die Jury nur zwei Nummern für das Finale aus", erklärte Glenda.

„Und eine davon müssen wir sein", sagte June und ballte entschlossen die Faust.

Ich schwieg, aber ich teilte ihre Überzeugung nicht. Eine Granny-Band könnte vielleicht Gaz' witzige Imitationen und Trishs Hundetanz schlagen, aber irgendwie glaubte ich nicht, dass sie es mit Lara aufnehmen könnten. „Knackig und sexy" übertrumpfte „alt und schrullig" – so war es doch immer.

Ein junger Mann mit einem Walkie-Talkie erschien plötzlich neben uns. „Pussy Puffs! Sie sind als Nächste dran!"

„Oh!", quiekte Glenda. „Ich muss meine Lippen noch einmal schminken!"

Ich wünschte ihnen Glück und sah ihnen nach, als sie Richtung Bühne schlurften. Ich überlegte kurz, ob ich mich in den Zuschauerraum setzen und mir ihre Probe ansehen sollte, aber dann beschloss ich, mir dieses Vergnügen für den morgigen Abend aufzuheben. Als Caterer hatte ich für das Halbfinale drei Karten für die erste Reihe bekommen und freute mich auf einen unterhaltsamen Abend mit Cassie und meinem guten alten Freund, Seth Browning.

Ich durchquerte den Wartebereich, wobei ich einen großen Bogen um Trish und Skip machte. Als ich mich der rückwärtigen Tür ins Freie näherte, blieb ich wie angewurzelt stehen. Eine grau getigerte Katze mit weißen Pfoten kam zielstrebig auf mich zu. Sie sah genauso aus wie meine Katze Müsli, bis hin zu den großen grünen, schwarz umrandeten Augen und der kleinen rosa Nase.

„Miau …?", sagte sie.

„Müsli! Was machst du denn hier?", fragte ich erschrocken. Ich war mir sicher, dass ich sie zu Hause eingesperrt hatte. Ich wollte sie auf den Arm nehmen, aber sie sprang gerade weit genug weg, dass ich nicht an sie herankam, warf mir einen frechen Blick zu und maunzte: *„Miau?"*

Ich zögerte. War es wirklich Müsli? Diese Katze klang etwas anders. Aber sie sah meinem kleinen Kätzchen so ähnlich ...

Mit einem Satz landete das grau getigerte Tier auf einem hölzernen Wagen neben uns, auf dem ein großer, runder Behälter stand. Er sah ein bisschen aus wie ein überdimensionaler Hexenkessel. Er war mit einem Deckel verschlossen, sodass ich nicht sehen konnte, was darin war, aber unter dem Rand des Deckels quoll etwas hervor, wie eine schaumige Flüssigkeit, die überzukochen schien. Nur dass es keine Flüssigkeit war, sondern eher wie ein seltsamer weißer Nebel oder sogar Rauch.

Die Katze näherte sich dem Behälter und schlug mit der Pfote nach dem Rauch. Auch ich streckte neugierig eine Hand aus. Der Rauch wurde zu schneeweißen Schwaden, die den Behälter wie ein Heiligenschein umgaben, doch von dem Gefäß ging keine Hitze aus und es roch nicht nach Feuer. Was in aller Welt war das?

Ich wollte gerade den Deckel hochheben, als eine Stimme hinter mir rief: „Hey, seien Sie vorsichtig – nicht anfassen!"

Kapitel 3

Ich zog hastig meine Hand zurück und drehte mich um. Vor mir stand ein schlaksiger junger Mann Anfang zwanzig, mit sandfarbenem Haar und narbigen Wangen, die auf einen schweren Fall von Akne in der Pubertät hindeuteten. Er war ganz in Schwarz gekleidet, auch der lange Umhang, der von seinen schmalen Schultern herabhing, war pechschwarz. Ich erkannte ihn als den Zauberer, den ich im Wartebereich bei seinen Kartentricks gesehen hatte.

„Fassen Sie den Behälter nicht an!“, warnte er mich. „Und passen Sie auf die Katze auf.“

Schnell packte ich das grau getigerte Tier und trat einen Schritt von dem geheimnisvollen Behälter zurück.

„Was ist das?“, fragte ich.

„Flüssiger Stickstoff.“

„Oh ..." Ich atmete erleichtert auf. „Ich dachte schon, es sei etwas richtig Gefährliches – so, wie Sie reagiert haben."

„Flüssiger Stickstoff *ist* gefährlich!" Der junge Mann runzelte die Stirn. „Er hat eine Temperatur von etwa minus 195 Grad Celsius und kann Ihnen die Fingerspitzen abfrieren, wenn Sie die Hand hineinstecken. Ehrlich!", beteuerte er, als er meinen skeptischen Blick sah.

„Warum lassen Sie den Behälter dann hier herumstehen?"

„Ich brauche ihn für meine Zaubershow. Und, na ja, so schrecklich gefährlich ist der Stickstoff nicht, wenn man damit umzugehen weiß", räumte er widerstrebend ein. „Normalerweise wird er versiegelt in einem Dewar transportiert, aber -"

„In einem was?"

„Einem Dewar. Das ist ein spezielles Vakuumgefäß, in dem flüssiger Stickstoff unter dem Siedepunkt gehalten wird. Bei Raumtemperatur verdampft er und verwandelt sich in weißen Nebel, verstehen Sie? Ich brauche aber einen offenen Behälter, damit der Nebel sich über den Bühnenboden verbreiten kann. Das ist kein Problem, solange niemand versucht, den Deckel vor meinem Auftritt abzunehmen." Er sah mich vorwurfsvoll an. „Die anderen Teilnehmer und die Bühnencrew wissen, dass sie die Finger davonlassen sollen."

„Tut mir leid." Allmählich hatte ich den Eindruck, als würde ich mich in einer Tour bei den Kandidaten entschuldigen. „Jetzt weiß ich ja Bescheid und passe besser auf."

Ohne ein weiteres Wort packte er den Griff des Wagens und steuerte ihn zu der doppelflügeligen Tür, die zur Seitenbühne führte.

„*Miau!*", machte die Katze in meinen Armen und regte sich leicht.

Bei genauerer Betrachtung erkannte ich, dass es nicht Müsli war. Sie sah meiner Katze zwar zum Verwechseln ähnlich, aber ich war mir sicher. Sie versuchte, sich aus meinem Griff zu befreien, und ich überlegte gerade, was ich mit ihr machen sollte, als ich hinter mir eine Stimme hörte.

„Misty? Misty! Oh, dem Himmel sei Dank, Sie haben sie gefunden!"

Eine Frau eilte zu uns und riss mir die Katze aus den Armen. Es war die Dame, die ich im Wartebereich mit den Marionetten hatte hantieren sehen. Sie drückte Misty fest an sich und sah mich entschuldigend an.

„Es tut mir leid - sie muss aus ihrem Transportkorb ausgebüxt sein, als ich einen Moment nicht aufgepasst habe. Das ist eine schlimme Angewohnheit von ihr: Sie läuft einfach davon, manchmal verschwindet sie tagelang. Ich hoffe, sie war Ihnen nicht lästig?"

„Oh nein, nein", versicherte ich ihr. „Sie ist nur ein bisschen zu nahe an einen Behälter mit flüssigem Stickstoff gekommen und dieser Zauberer ..."

„Oh, das ist Albert", antwortete sie.

„Aha. Also, Albert hatte Angst, dass sie sich verletzt, daher habe ich sie auf den Arm genommen, damit ihr nichts passiert", erklärte ich lächelnd. „Das ist Ihre Katze? Sie sieht meiner so ähnlich, dass mir der Schreck in die Glieder gefahren ist, weil ich dachte, sie hätte es irgendwie aus dem Haus und hierhergeschafft."

Sie erwiderte mein Lächeln. „Ja, ich bin Cheryl und das ist Misty. Sie gehört zu meiner Show - oder zumindest sollte sie mit mir auftreten, aber heute ist sie so frech, dass sie mich halb wahnsinnig macht."

Ich lachte. „Das kommt mir bekannt vor."

Cheryl zuckte mit den Schultern. „Es ist nicht einmal so, als würde ich viel von ihr verlangen. Sie muss nur an der Leine und im Geschirr auf die Bühne gehen -"

„Oh, wenn Sie das schaffen, sind Sie richtig gut", kicherte ich. „Ich kann meiner Katze Müsli das Geschirr anlegen, aber das heißt noch lange nicht, dass sie mit mir mitkommt. Das ist eine Herausforderung."

„Nun, ich habe nicht gesagt, dass Misty brav geradeaus läuft", erwiderte Cheryl augenzwinkernd. „Meistens geht sie zwei Schritte und setzt sich dann hin, um sich zu putzen."

„So macht Müsli es auch!", rief ich lachend. Ich fühlte sofort eine Verbundenheit mit meiner Leidensgenossin.

Sie schien dieses Gefühl zu teilen, denn sie schenkte mir ein warmes Lächeln. „Trotzdem hoffe ich, dass alles gut geht, sobald ich mit Misty die Bühne betrete. Sie braucht nur in einem kleinen Körbchen neben mir zu sitzen, während ich ein Lied singe und die Marionetten führe. Wenn wir das zu Hause üben, klappt es sehr gut." Cheryl beugte sich zu mir und gestand mit verschwörerischer Stimme: „Ich habe eine mit Katzenminze besprühte Decke in den Korb gelegt, und Misty liebt Katzenminze. Sie kuschelt sich hinein und wälzt sich begeistert auf der Decke."

„Oh, das ist eine gute Idee - warum bin ich nicht darauf gekommen? Müsli ist verrückt nach Katzenminze, und ich habe ein Körbchen für sie in meiner Teestube, aber sie bleibt nicht darin, wie sie sollte. Sie ist nämlich sehr kontaktfreudig und würde viel lieber über die Tische laufen und den Gästen auf den Schoß springen", seufzte ich. „Ich muss Ihren Trick mit der Katzenminze ausprobieren. Vielleicht bleibt sie dann in ihrem Körbchen, statt allen in die Quere zu kommen."

„Ihre Katze klingt wie die freche Zwillingsschwester von Misty", lachte Cheryl. „Ich würde sie gerne kennenlernen."

„Wenn Sie einmal in den Cotswolds sind, schauen Sie in meiner Teestube vorbei, in einem kleinen Dorf namens Meadowford-on-Smythe, nicht weit von Oxford."

„Eine traditionelle englische Teestube? Das klingt entzückend. Gibt es bei Ihnen auch Scones und Fingersandwiches und solche Sachen?"

Ich nickte. „Alle die typisch englischen Köstlichkeiten. Und alles wird frisch vor Ort gebacken.“

„Oh, Moment mal – haben wir Ihnen die Leckereien zu verdanken, die in den Teepausen serviert werden?“

„Ja, übrigens … ich bin Gemma. Gemma Rose vom Little Stables Tearoom.“

„Meine Güte, Ihre Backwaren sind wirklich köstlich! Ich glaube, ich habe noch nie so wunderbare Chelsea Buns gegessen. So weich und in der Mitte so fluffig und mit genau der richtigen Mischung aus abgeriebener Zitrone und Zimt und Zucker.“

Ich errötete vor Freude. „Vielen Dank. Ja, wir hatten Glück, diesen Catering-Auftrag zu bekommen.“

Aus einem Lautsprecher war die Aufforderung an den Zauberer zu hören, auf die Bühne zu kommen.

„Oh, ich sollte mich wohl besser für meinen Auftritt bereit machen“, sagte Cheryl. „Ich bin nach Albert dran.“

„Viel Glück!“

Mit einem Blick auf die Katze in ihren Armen seufzte sie: „Ich glaube, das kann ich gut gebrauchen. Ich hoffe nur, dass Misty sich nach der Probe so weit beruhigt, dass sie sich morgen Abend bei der richtigen Show benimmt. Zu Hause war sie sehr brav, aber ich glaube, hier ist sie zu stark abgelenkt – es gibt so viel Neues zu sehen und zu schnuppern. Sie will ständig auf Entdeckungstour gehen."

„Ich bin sicher, morgen Abend klappt alles prima. Obwohl es kaum schaden kann, Mistys Decke eine ordentliche Dosis Katzenminze zu verpassen!"

Sie ging lachend davon, die Katze fest an sich gedrückt.

***

Einige Stunden später setzte ich eine nahezu identisch aussehende, grau getigerte Katze in eine Transportbox, die ich in den vorderen Korb meines Fahrrads stellte.

„*Miau?*" Müsli lugte zwischen den Gitterstäben hervor.

„Wir sind spät dran, Müsli, und das ist deine Schuld", brummelte ich, während ich aufstieg. „Wenn du nicht auf die blöde Bromelie gesprungen wärst und sie umgeworfen hättest, hätte ich nicht staubsaugen müssen. Selbst unter dem Sofa war Blumenerde gelandet!"

„*MIAU!*", erwiderte Müsli entrüstet.

„Jawohl! Gib's zu: Du hast es mit Absicht gemacht!"

Dann verstummte ich peinlich berührt. Ich stritt mich wahrhaftig mit meiner Katze! Ich war kaum dreißig Jahre alt und entwickelte mich bereits zur durchgeknallten Katzenliebhaberin! Ich lächelte vor mich hin.

Dabei hatte ich immer gedacht, ich sei ein „Hundemensch". Erst als Müsli vor fast einem Jahr auf Samtpfoten in mein Leben getreten war, hatte ich festgestellt, wie lustig und faszinierend Katzen waren. Auch wenn ich ihr oft genug den Hals umdrehen wollte, konnte ich mir ein Leben ohne den frechen Vierbeiner inzwischen nicht mehr vorstellen.

Es dämmerte bereits, als ich mich auf den Weg machte, daher war ich froh, dass ich vor Kurzem in neue Fahrradlampen investiert hatte. Der Treidelpfad entlang des Flusses war nicht besonders gut beleuchtet, und ich fuhr langsam, bis ich die Straße erreichte, die ins Zentrum von Oxford führte. Mein Cottage lag am südlichen Rand von Oxford, während meine Eltern im Norden der Stadt wohnten, aber es dauerte nicht lange, die Stadt zu durchqueren, vor allem, wenn man wie ich alle Abkürzungen und Nebenstraßen kannte. Ich war in einem Vorort von Oxford aufgewachsen und hatte hier studiert, sodass ich die Universitätsstadt wahrscheinlich sogar besser kannte als meine Westentasche. Vermutlich hätte ich jedes Ziel mit verbundenen Augen gefunden.

Beim Fahrradfahren hielt ich natürlich tunlichst die Augen offen. Ich trat kräftig in die Pedale und achtete aufmerksam auf die Straße vor mir, sonst wäre in der Dunkelheit bei dieser Geschwindigkeit ein schlimmer Unfall vorprogrammiert. Normalerweise fuhr ich gemächlicher, aber meine Mutter hatte „Du sollst pünktlich sein" zu den zehn

Geboten hinzugefügt.

Eine Viertelstunde später kam ich schwer atmend vor dem eleganten viktorianischen Stadthaus meiner Eltern in einer ruhigen, von Bäumen gesäumten Straße an. Ich schloss mein Fahrrad am Zaun an, schnappte mir die Katzentransportbox und ging schnell ins Haus. Im Flur holte ich Müsli heraus und lief ins Wohnzimmer.

„Tut mir leid, dass ich mich verspätet habe!", keuchte ich, als ich ins Zimmer stürmte. „Ich wurde in der Teestube aufgehalten, und dann hat Müsli -"

Erst jetzt merkte ich, dass meine Eltern Besuch hatten, und hielt verlegen inne. Ein großer Mann mit einem schmalen, klugen Gesicht saß neben meinem Vater auf dem Sofa. Ich schätzte ihn auf Ende fünfzig oder Anfang sechzig, und er kam mir irgendwie bekannt vor, aber ich wusste nicht, wo ich ihn schon einmal gesehen hatte. Vielleicht war er ein Kollege meines Vaters oder ein ausländischer Wissenschaftler, der an der Uni Oxford zu Besuch war? Mein Vater, Professor Philip Rose, hatte früher an der Universität gearbeitet und unterrichtete auch nach seiner Pensionierung noch vereinzelte Kurse. Dass meine Eltern Akademiker und Gelehrte zu sich nach Hause einluden und sie bisweilen auch bei sich wohnen ließen, war nichts Ungewöhnliches.

Dieser Mann sah jedoch nicht aus wie ein typischer Akademiker. Im Gegensatz zu meinem Vater, der bei seinen Vorlesungen normalerweise Tweedjacken in Brauntönen und mit Lederflicken an den Ellbogen trug und bisweilen sogar eine Fliege umband, hatte sein Gast eine dunkle Designer-Jeans an, dazu einen enganliegenden Kaschmirpullover in einem modischen Türkisblau. Sein langes, graues Haar, das er zu einem Pferdeschwanz gebunden hatte, wich am Ansatz deutlich zurück. Er sah eher aus wie ein alternder Popstar.

„Ah, Gemma, Liebes, schön, dich zu sehen. Deine Mutter hat sich schon gefragt, wo du bist - sie sucht gerade ihr Telefon, weil sie dich anrufen wollte." Mein Vater wies auf den Mann neben ihm. „Dies ist Stuart Hollande - aber den kennst du ja schon, oder?"

Ich schüttelte ihm die Hand, während ich mir das Hirn zermarterte, warum er mir bekannt vorkam. Es war mir peinlich, dass wir uns möglicherweise irgendwo begegnet waren und ich mich nicht mehr daran erinnern konnte.

Stuart sagte lächelnd: „Sie müssen die junge Dame sein, die uns mit all den köstlichen Leckereien in den Teepausen versorgt. Ihr Vater hat mir von Ihrer Teestube erzählt."

Dann fiel der Groschen und ich rief: „Oh! Sie sind einer der Juroren!"

Kapitel 4

Wir waren einander nicht offiziell vorgestellt worden, doch ich hatte Stuart Hollande ein paar Mal hinter der Bühne gesehen, als die Crew die Jurybeiträge für die Show gefilmt hatte. Wahrscheinlich hatte ich ihn auch in Trailern der Show oder in früheren Folgen gesehen, aber eigentlich hatte ich nie genau auf die Gesichter geachtet.

Jetzt legte er den Kopf schief: „Ja, ich gehöre zu diesem schrecklichen Trio. Ich hoffe, Sie nehmen es mir nicht übel." Zu meinem Vater gewandt sagte er: „Ich fühle mich geehrt, dass du überhaupt noch mit mir redest, Philip, wo ich mich doch ans kommerzielle Fernsehen ‚verkauft' habe. Es war mir fast peinlich, mich bei dir zu melden und dir zu sagen, dass ich in Oxford bin."

„Unsinn", antwortete mein Vater, höflich wie

immer. „Du weißt, dass ich mich immer freue, dich zu sehen, Stuart, und sicher bereitest du vielen Menschen Freude, auch wenn du dich aus dem klassischen Bereich verabschiedet hast."

„Ich habe früher für die großen Theaterensembles gearbeitet, etwa für die Royal Shakespeare Company", erklärte Stuart, als er meinen verständnislosen Blick bemerkte. „Dann hat mich ein Londoner Studio als Musikproduzent angeworben, und seitdem geht es stetig bergab", lachte er. „Jetzt bin ich Juror bei einer TV-Talentshow ... Aber immerhin kann ich von mir behaupten, einen legitimen Anspruch auf die Rolle zu haben – im Gegensatz zu beiden anderen Juroren. Monty Gibbs ist nur in der Jury, weil ihm die Show gehört, und Zoe Carlotti ist dabei, weil wir noch was fürs Auge brauchten und sie die einzige zweitklassige Schauspielerin war, die wir kriegen konnten. Gibbs hat sich gefreut, weil sie nach dem ‚Schmollmund'-Skandal eine Zeit lang echt angesagt war – haben Sie nichts davon mitbekommen?", fragte er, als ich ihn verständnislos ansah.

„Tut mir leid," grinste ich verlegen, „ich bin nicht auf dem Laufenden, wenn es um Promis geht."

„Also, das war so: Zoe war von jeher berühmt für ihren sinnlichen Schmollmund und hat immer behauptet, dass ihre Lippen von Natur aus so sind. Aber das sind sie natürlich nicht."

„Nein?"

Er lachte. „Von wegen! Die prallen Lippen sind

aufgespritzt! Zoe Carlotti ist Stammkundin beim Schönheitschirurgen. Ich glaube, ihr ganzes Gesicht ist mindestens einmal generalüberholt worden! Aber das würde sie im Leben nicht zugeben. Angeblich benutzt sie für ihre Lippen nichts weiter als eine ‚Wundercreme‘, die sie eigenhändig zusammenrührt und allabendlich vor dem Zubettgehen aufträgt. Das Geheimrezept stammte nach ihren Angaben von ihrer italienischen Ur-Ur-Großmutter.“ Mit einem ironischen Lächeln fuhr er fort: „Und selbstverständlich brachte sie gleich eine eigene Kosmetikserie auf den Markt, um der Damenwelt ebenfalls ‚auf natürliche Weise wunderschöne, volle Lippen‘ zu verhelfen. Sie verkaufte Tausende von Cremetöpfchen und strich eine stattliche Summe ein, bevor herauskam, dass das berühmte Lippenpaar, das für die Creme Reklame machte, seine Form einem Schönheitschirurgen verdankte und nichts mit der vermeintlichen ‚Wundercreme‘ zu tun hatte. Es war ein Riesenskandal, der von der Presse und den sozialen Medien weidlich ausgeschlachtet wurde. Aber für Zoe war es ein reiner Glücksfall, denn sie wurde noch bekannter und ihre Verkaufszahlen schnellten in die Höhe.“

„Eine erstaunliche Geschichte“, sagte mein Vater. „Die Leute wussten also, dass diese Dame gelogen hat und ihre Creme nicht das hielt, was sie versprach, und trotzdem haben sie sie umso mehr gekauft?“

„Leider ist das heutzutage nichts

Ungewöhnliches, Philip", bemerkte Stuart. „Viele Leute beten Promis geradezu an und äffen sie nach, egal, um welchen Preis. Berühmt zu sein – selbst wenn man nicht wegen einer löblichen Leistung berühmt ist -, reicht aus, um Macht und Einfluss zu gewinnen. Aber ich sollte besser den Mund halten", ergänzte er mit einem zynischen Lächeln. „Immerhin bin ich als Juror dieser Talentshow selbst Teil dieses Zirkus. Ich meine, der Titel sagt alles, meint ihr nicht auch? ‚Vom Proll zum Promi'!"

„Unfassbar, dass er sich für diesen Namen entschieden hat." Ich verzog das Gesicht. „Er ist so ... offensichtlich."

Stuart lachte. „Das muss man Monty lassen: Es gibt vieles, was ich an ihm nicht mag, aber ich bewundere seine Chuzpe und seine unumwundene Ehrlichkeit. Er redet nichts schön, wie es bei anderen Shows dieser Art üblich ist, und weckt keine Hoffnungen auf eine glanzvolle Karriere, wenn das nötige Talent fehlt. Nein, Gibbs gibt den Kandidaten einfach das, was sie sich wünschen: ihre Viertelstunde im Rampenlicht. Wie heißt es so schön in der Tagline der Show? ‚Vom Niemand zum Jemand'. Können Sie sich den Sturm der Entrüstung vorstellen, die dieser Slogan anfangs ausgelöst hat? Man hat uns elitäres Denken und Rassismus vorgeworfen, es hieß, wir würden den Leuten vorgaukeln, dass sie Promis werden können, ohne etwas zu leisten – und was dergleichen Anschuldigungen mehr waren. Aber Gibbs ließ sich nicht umstimmen. Er hat sich geweigert, etwas daran zu ändern, geschweige denn, sich zu entschuldigen. Darum ging es in seiner Show und er hat sich nicht gescheut, das ganz offen in den Vordergrund zu rücken."

„Der Popularität der Show scheint es auf jeden Fall keinen Abbruch getan zu haben", sagte ich trocken.

„Ja, die Auseinandersetzung hat das Interesse an der Show nur noch weiter angefacht. Sie kennen ja die alte Redensart: Wenn Sie ein Buch zu einem Bestseller machen wollen, müssen Sie es verbieten. Mit der Show verhielt es sich ähnlich. Plötzlich wollte alle Welt diese gewagte neue Show sehen, bei der die Kandidaten – und wir Juroren – nicht ständig auf Political Correctness achten mussten. Sie glauben gar nicht, wie erfrischend das ist."

Bevor ich etwas erwidern konnte, schrillte lautes Telefonklingeln durch das elegant eingerichtete Wohnzimmer meiner Eltern. Es war mein Handy! Ich fischte es hastig aus meiner Tasche, meldete mich und im nächsten Moment ertönte die Stimme meiner Mutter nicht nur aus dem Lautsprecher, sondern auch aus der oberen Etage.

„Schatz, wo bist du? Wir warten mit dem Essen auf dich! Es gehört sich nicht, zu spät zu kommen, das weißt du doch."

„Tut mir leid, Mutter. Ich habe mich ein bisschen verspätet, aber jetzt bin ich hier."

„Wo?"

„Hier.“

„Hier?“

„Hier, im Erdgeschoss.“

„Oh, wie schön. Möchtest du einen Drink vor dem Essen, Liebes?“

Warum fragte sie mich das am Telefon, wenn sie nur die Treppe herunterkommen musste? „Äh, nein, danke, Mutter.“

„Vergiss nicht, dir vor dem Essen die Hände zu waschen. Und ich hoffe sehr, dass du dir etwas Nettes angezogen hast und nicht in diesen schrecklichen Jeanshosen gekommen bist, die du normalerweise trägst. Ich sage ja immer: Eine Dame sollte ein hübsches Kleid tragen oder vielleicht einen Rock mit Bluse -“

Ich errötete, als mir klar wurde, dass Stuart Hollande jedes Wort mithörte und Mühe hatte, ein Lächeln zu unterdrücken.

„Doch, ich habe Jeans an, Mutter, aber ich bin schon hier, also kann ich daran nichts ändern.“

Meine Mutter schnalzte missbilligend mit der Zunge. „Nun ja, wenn du am Tisch sitzt, sieht man deine Beine nicht. Aber du hast dich hoffentlich geschminkt?“

„Mutter!“

„Ooh, da fällt mir ein, dass ich einen neuen Lippenstift habe. Ein sehr schöner kräftiger Fuchsiaton. Ich kann ihn mitbringen -“

Ich schüttelte mich insgeheim. Mit einem solchen Lippenstift würde ich mich nie im Leben sehen lassen. „Nein, danke, Mutter, das ist nicht nötig. Ich habe ... äh, einen Lippenbalsam mit einer Rosatönung aufgetragen. Hör zu, es ist albern, dass wir telefonieren. Warum kommst du nicht ins Wohnzimmer, dann können wir uns weiterunterhalten."

„Oh ja, ich muss nur noch schnell den Duftstein in der Toilette erneuern."

Kurze Zeit später saßen wir endlich um den Esstisch und meine Mutter trug einen englischen Klassiker als Vorspeise auf: Erbsensuppe mit Hinterschinken. Bei meinen Eltern gab es meist traditionelle Gerichte, die ich selbst nicht kochen würde, und ich genoss die Mahlzeiten in ihrem Haus. Meine Mutter war eine fantastische Köchin und mit ihrem Brathähnchen nach herkömmlichem Rezept konnte keine noch so raffinierte Fusionsküche mithalten.

Bei Tisch unterhielt uns Stuart mit allerlei Anekdoten über die Show, während meine Eltern fasziniert zuhörten. Zu meiner Überraschung war meine Mutter bestens mit „Vom Proll zum Promi" vertraut. Bisher hatte ich immer angenommen, dass sich meine Eltern nur für hochgeistige Fernsehsendungen über den Post-Impressionismus in Frankreich im ausgehenden 19. Jahrhundert oder Diskussionsrunden mit führenden Soziologen über die Lage im Nahen Osten interessierten. Dass meine Mutter sich Folge um Folge einer drittklassigen Talentshow ansah, war das Letzte, womit ich gerechnet hatte. Sie schien sich bestens auszukennen; trotz der Tatsache, dass ich hinter die Kulissen schauen durfte, wusste ich weit weniger über die Kandidaten als sie.

„Oh, diesen Teenager, der den Hüpftanz aufführt, mag ich besonders", sagte sie begeistert, als sie die gerösteten Kartoffeln auftrug. „Obwohl es nicht aussieht, als hätte er seine Gliedmaßen unter Kontrolle."

„Das gehört zu seinem Tanz, Mutter. Er tanzt Hip-Hop."

„Nein, Ihre Mutter hat recht", widersprach Stuart. Er sah nachdenklich aus. „Tim gibt sich alle Mühe und hat die richtige Technik, aber wie du schon sagst, Evelyn: Die Synchronität mit der Musik fehlt. Allerdings ist er erst sechzehn. Mit mehr Reife und Erfahrung wird er das sicher hinkriegen."

„Was halten Sie von der Pianistin?" Ich musste an die Prügelei denken, die ich mitangesehen hatte.

„Nicole Flatley? Sie ist wunderbar, aber sie ist so still und schüchtern", meinte meine Mutter. „Man hat fast das Gefühl, als wollte sie sich dafür entschuldigen, dass sie auf der Bühne ist."

„Genau, Evelyn!" Stuart schenkte ihr einen bewundernden Blick. „Ja, Nicole ist ein liebes Mädchen, aber sie hat keine Bühnenpräsenz."

„Und die Dame mit den Marionetten?", fragte ich. „Ich habe sie heute kennengelernt. Sie scheint sehr nett zu sein."

„Oh ja, Cheryl Sullivan – in der letzten Folge war

ein Interview mit ihr", sagte meine Mutter. „Sie ist Erzieherin in einem Kindergarten, aber sie träumt davon, eine Kindersendung im Fernsehen zu moderieren, und hofft, dass ein Sender auf sie aufmerksam wird. Wenn sie gewinnt, könnte sie ihre eigene Show bekommen."

„Ich glaube kaum, dass sie eine ernstzunehmende Chance auf einen Sieg hat", meinte Stuart bedauernd. „Ihre Nummer ist entzückend, sie kombiniert das Marionettenspiel mit Gesang und Geschichten und ich bin sicher, dass Kinder darauf fliegen würden, aber um sich bei einem solchen Wettbewerb durchzusetzen, muss man das Publikum für sich gewinnen, also die Erwachsenen."

„Was ist mit diesem Zauberer?", fragte mein Vater.

Ich starrte ihn überrascht an. „Dad? Sag bloß, du siehst dir die Show ebenfalls an."

Mein Vater hüstelte verlegen. „Nun ja, ein paar Episoden habe ich gesehen ... weil deine Mutter den Sender eingeschaltet hatte", fügte er schnell hinzu.

„Albert Hodge. Hm, ja, er ist ein interessanter junger Mann", meinte Stuart. „Er ist nicht sehr selbstbewusst; dass er eine Karriere auf der Bühne anstrebt, hätte ich nicht gedacht. Aber die Aussicht auf das Preisgeld ist wahrscheinlich genügend Motivation, um alle Ängste zu überwinden, vor allem, wenn man dadurch der gegenwärtigen Lebenssituation entfliehen kann. Albert erzählt nicht viel, doch nach allem, was ich gehört habe, ist er

Student, lebt er mit seiner Mutter in einer Sozialbauwohnung und hatte eine schwere Kindheit."

„Der arme Junge!", seufzte meine Mutter. „In der nächsten Runde sollten Sie ihn nicht zu hart beurteilen."

„Auf den Hintergrund der Kandidaten können wir leider keine Rücksicht nehmen, Evelyn. Wir müssen allein nach dem Talent und der Qualität des Auftritts gehen."

„Bedeutet seine schwierige Lage nicht, dass seine Leistung mehr wert ist?"

Stuart zuckte mit den Schultern. „Man könnte dagegenhalten, dass jeder Kandidat seine eigene Problematik mitbringt. Wir dürfen niemanden bevorzugen, nur weil er aus bescheidenen Verhältnissen stammt. Und so ungern ich es auch sage, ich glaube nicht, dass Albert eine reelle Chance hat, den Wettbewerb zu gewinnen. Ich gehe davon aus, dass er in der nächsten Runde ausscheidet."

„Nur zwei Kandidaten kommen ins Finale, nicht wahr?", fragte ich.

„Ja, das ist richtig."

„Und ich habe gehört, dass die Zwillinge Molly und Polly als Favoriten ins Rennen gehen."

Stuart lächelte. „Sie wissen vermutlich, dass ich mich offiziell nicht dazu äußern darf, aber ja, ich glaube, sie haben gute Chancen, zu gewinnen. Bis zum Finale sind es noch ein paar Wochen, und in der Zeit kann wer weiß was passieren. Gerade bei der

Abstimmung durch das Publikum muss man immer mit Überraschungen rechnen, das Ergebnis lässt sich nicht vorhersehen. Es kommt ganz darauf an, wie beliebt die Kandidaten sind, und dabei geht es in einer Castingshow zu wie in der Politik: Die Stimmung kann von einer Woche zur nächsten umschlagen. Die Zwillinge sind im Augenblick die Favoriten, aber die Konkurrenz ist ihnen dicht auf den Fersen. Lara King ist ebenfalls sehr beliebt, die Presse und die sozialen Medien haben sich geradezu auf sie gestürzt."

Wahrscheinlich wegen ihrer Oberweite, dachte ich zynisch.

„... und dann ist da noch dieser Komiker und Parodist, Gaz Hillman heißt er. Er ist gut, hat eine fantastische Ausstrahlung und das Publikum liebt ihn. Das Dogdancing-Duo ist auch nicht zu unterschätzen."

„Ach, das ist ja nichts Neues. Tanzende Hunde gibt es wie Sand am Meer." Meine Mutter rümpfte die Nase.

„Ja, du hast recht – die Idee ist nicht mehr sehr originell", pflichtete Stuart ihr bei. „Aber du weißt ja, wie sehr die Briten Hunde lieben. Ein Kandidat, der mit einem Tier auftritt, geht schon mit einem Vorsprung ins Rennen."

Ich musste an Cheryl und ihre freche Katze Misty denken. Hoffentlich hatte Stuart mit seiner Vorhersage recht. Dann dachte ich an die Kandidatinnen, die mir am meisten am Herzen lagen.

„Was ist mit den Silberlock- ... ich meine, mit der Granny-Band?"

„Meinen Sie die Pussy Puffs?" Stuarts Augen funkelten listig.

Ich schüttelte den Kopf. „Können Sie ihnen nicht sagen, dass sie sich einen anderen Namen zulegen?"

„Warum? Was stört dich an dem Namen?", fragte meine Mutter.

Oh nein, du nicht auch noch! „Ach, nichts, Mutter. Ich meine nur, dass es wahrscheinlich schönere Namen gibt."

„Ich finde sie entzückend!", grinste Stuart. „Es ist genau der Name, den jemand aus dieser Generation wählen würde, weil er sich der Doppeldeutigkeit vieler alltäglicher Wörter nicht bewusst ist. Und Monty Gibbs hat es gerne, wenn die Auftritte so ungezwungen und natürlich wie möglich über die Bühne gehen, egal ob politisch korrekt oder nicht."

„Aber sie machen sich zum Gespött des ganzen Landes!"

„Dann hätten sie sich gar nicht als Kandidatinnen bewerben sollen", meinte meine Mutter mit einem missbilligenden Schnauben. „Ich war sehr überrascht, als Mabel Cooke mir erzählt hat, dass sie sich bewerben wollten."

„Sie machen es, um ihrer Freundin June zu helfen. Das Preisgeld würde ihr viel bedeuten. Und sie sind gar nicht schlecht", setzte ich hartnäckig hinzu, aus Loyalität zu den Silberlocken. „Ich weiß, sie treffen nicht immer den richtigen Ton und manchmal vergessen sie den Text, aber es ist cool, dass sie es in ihrem Alter noch einmal wissen wollen.“

„Ja, eine Inspiration sind sie sicherlich, wenn ich sie auch nicht unbedingt als ernsthafte Anwärterinnen auf den Sieg betrachte.“ Stuart lachte. „Aber das Publikum liebt sie, das steht fest. Quicklebendige Omas kommen immer gut an.“

„Dann meinen Sie also, sie haben doch eine Chance zu gewinnen?“, fragte ich eifrig.

Er rieb sich nachdenklich das Kinn. „Hm, als Erstes müssen sie die nächste Runde überstehen, in der sie gegen eine nicht zu verachtende Konkurrenz antreten. Immerhin gibt es nur zwei Finalplätze. Von den anderen Kandidaten werden sich einige mächtig ins Zeug legen.“ Er lachte bitter. „Manche machen den Eindruck, als würden sie alles tun, um zu gewinnen.“

Kapitel 5

Mit seinen 1,55 Meter verkörperte Monty Gibbs das „Mikro" in „Mikromanagement", doch was ihm an Statur fehlte, machte er durch Aufmerksamkeit und Eifer mehr als wett. Seinen Adleraugen entging nichts. Ich beobachtete nervös, wie er einen kritischen Blick über den Tabletts mit frisch gebackenen Scones, Teekuchen, Chelsea Buns und kleinen Treacle Tarts gleiten ließ, die ich für die nachmittägliche Teepause bereitgestellt hatte.

„Prima, sehr gut", sagte er schließlich zufrieden und rieb sich die Hände. „Und haben wir auch einen Kuchen?"

„Selbstverständlich." Ich beeilte mich, eine große Platte vom Servierwagen zu heben und auf den Tisch zu stellen. Unter der Abdeckhaube kam ein majestätischer Victoria Sponge Cake zum Vorschein, mit frischen Erdbeeren und reichlich Schlagsahne.

„Ah!“ Monty Gibbs trat bewundernd einen Schritt zurück. „Fan-tas-tisch!“ Zu der jungen Frau mit dem Klemmbrett gewandt sagte er: „Macht Nahaufnahmen von dem Kuchenbuffet und von der Crew, wie sie es sich schmecken lässt. Und natürlich auch von den Kandidaten - damit jeder sieht, wie gut sie es hier haben.“

„Sir, ich dachte, wir könnten vielleicht etwas rund um das Essen in die nächste Episode einbauen, eine Lebensmittelvergiftung oder so“, schlug sie eifrig vor. „Zum Beispiel könnte einer der Kandidaten Kuchen mit Sahne gegessen haben, die nicht mehr frisch war, und dann wird ihm kurz vor seinem Auftritt übel. Das könnte ein zusätzliches Spannungselement -“

„Was? Was wollen Sie damit sagen? Die Torten aus meiner Teestube sind immer frisch!“, rief ich entrüstet.

„Ja, ich weiß - aber wir könnten doch einfach so tun, als ob“, entgegnete die Frau.

„Nein, das können Sie nicht.“ Langsam wurde ich wütend. „Mein Tearoom ist bekannt dafür, die besten und frischesten Zutaten zu verwenden, und ich lasse nicht zu, dass Sie Lügen verbreiten und meinen Ruf ruinieren, nur um ein ‚Spannungselement‘ für die Show zu inszenieren.“

„Schon gut, war ja nur eine Idee“, maulte sie.

Monty Gibbs meinte nachdenklich: „Guter Vorschlag, Natalie. Das gefällt mir, Ihre Gedanken gehen in die richtige Richtung. Aber -“, er hob beschwichtigend die Hand, als ich ihn zornig unterbrechen wollte, „- ich glaube, wir könnten eine richtig gute Geschichte draus machen, ohne dass Miss Rose um ihren Ruf fürchten muss. Warum spielen Sie nicht den Wohlfühlaspekt heraus? Dieser Junge, Albert, könnte ein paar rührende Geschichten erzählen, etwas in der Art, dass er sich als Kind keinen Kuchen leisten konnte. Er ist doch in einer Sozialbausiedlung aufgewachsen, oder? Und vielleicht noch ein paar Sprüche von der Frau mit den Marionetten - die ist doch Lehrerin, wenn ich mich recht erinnere?"

„Kindergärtnerin", korrigierte Natalie.

„Umso besser! Sie soll sagen, dass es ihr das Herz bricht, wenn so kleine Würmchen hungern müssen. Und dann schwenkt die Kamera rüber zu unserem Albert, wie er sich mit Kuchen vollstopft, als hätte er sein Lebtag nichts zu essen gehabt. Da bleibt kein Auge trocken!", grinste er zufrieden.

„Aber Sie wissen doch gar nicht, ob er sich als Kind keinen Kuchen leisten konnte", protestierte ich. „Vielleicht hat seine Mutter zu Hause leckeren Kuchen gebacken. Und Sie können Cheryl nicht vorschreiben, was sie zu sagen hat. Sie sollten den Zuschauern keine Lügen auftischen."

Monty Gibbs warf brüllend vor Lachen den Kopf zurück. „Keine Lügen auftischen, ja? Schätzchen, das hier ist Fernsehen! Wir wollen unterhalten, und was die Leute sich wünschen, sind Geschichten: rührselige Geschichten, Liebesgeschichten, lustige

Geschichten, Gruselgeschichten ... Niemand will die Wahrheit hören! Die ist langweilig. Außerdem erzählen wir keine Lügen, wir biegen nur die Wahrheit ein bisschen zurecht. Albert hatte eine schwere Kindheit; ob er Kuchen gegessen hat oder nicht, spielt keine Rolle. Es ist nur ein Detail, stimmt's? Ein Symbol, das allen klarmacht, mit welchen Entbehrungen er aufgewachsen ist. Und Cheryl wäre bestimmt entsetzt, wenn sie ein armes Kind sieht, das Hunger leidet."

Natalie nickte. „Ja, wir helfen ihr nur, es zu artikulieren."

„Aber ..."

Gibbs warf einen Blick auf seine Uhr. „Sorry, muss los! Das Briefing für die Jury." Sein Blick ging zu dem hochgewachsenen Mann mit dem Pferdeschwanz auf der anderen Seite des Raumes. „He, Stuart, Kumpel! Wo ist Zoe?"

Stuart Hollande schlenderte zu uns herüber. „Keine Ahnung", antwortete er schulterzuckend.

Monty Gibbs sah erneut auf seine Uhr und fluchte. „Dass diese verdammte Person nicht pünktlich sein kann! Jemand soll sie anrufen und herausfinden, was sie macht - sie müsste schon längst hier sein! In ein paar Stunden ist es so weit."

In diesem Moment stürmte ein junger Mann mit einer großen, dunklen Brille auf uns zu. „Sir! Sir!" Aus seiner Miene sprach blankes Entsetzen. „Oh Sir – etwas Schlimmes ist passiert!"

„Was? Was ist passiert?"

„Die Agentin von Mrs Carlotti hat gerade angerufen und gesagt, dass es ihrer Klientin nicht gut geht und sie heute Abend nicht kommen kann.“

„Dass sie nicht kommen kann?“, wiederholte Gibbs ungläubig. „Sie kann doch nicht krank sein! Ich habe sie heute Morgen bei dem verdammten Frühstücks-Meeting gesehen, und es ging ihr gut.“

Der junge Mann warf mir einen raschen Blick zu, dann hüstelte er dezent und sagte: „Äh, anscheinend hat sich Mrs Carlotti danach eine Botox-Spritze geben lassen, und bei der Behandlung ist etwas schiefgegangen. Also ... ähm ... ihr Gesicht ist eingefroren.“

„Wie bitte?“ Gibbs starrte ihn verständnislos an.

Der junge Mann trat voller Unbehagen von einem Fuß auf den anderen. „Ja, Sir, ihre Mimik ist ganz starr. Ich glaube, sie kann nicht einmal die Augen richtig schließen.“

„Vielleicht kann sie einfach so tun, als sei sie von jedem Auftritt überrascht“, schlug Stuart grinsend vor. „Dann kann sie einfach durchgängig denselben Gesichtsausdruck verwenden.“

Monty Gibbs stöhnte. „Das ist nicht lustig, Hollande! Heute Abend ist das verdammte Halbfinale. Wir müssen drei Juroren haben! Wie soll ich kurzfristig einen Ersatz für Zoe auftreiben?“

Ich hatte das Gefühl, dass es mich nichts anging, wie sie diese plötzliche Krise lösten, und beschloss, in den Wartebereich der Kandidaten zu gehen. Dort wollte ich mich nach den Silberlocken umsehen, doch als ich den Raum betrat, wäre ich fast mit einer Frau zusammengeprallt, die hinausstürmte. Ich packte sie an den Armen, damit sie nicht stürzte. Es war Cheryl und sie sah völlig aufgelöst aus.

„Oh! Oh, Sie sind es …", rief sie.

„Was ist denn los?"

„Ich kann Misty nicht finden!", jammerte sie. „Ich habe sie nur kurz abgesetzt, um mein Kostüm geradezuzupfen, und als ich aufsah, war sie verschwunden!"

Ich sah mich in dem großen Raum um. „Sie muss hier irgendwo sein."

Cheryl schüttelte den Kopf. „Ich habe jeden Winkel abgesucht! Sie ist nicht hier - sie muss hinausgelaufen sein. Zu Hause streunt sie oft tagelang umher." Cheryl deutete auf die Tür, durch die ich gerade gekommen war. „Dieser Korridor führt zu den übrigen Räumen hinter der Bühne – das ist ein unübersichtliches Gewirr von Garderoben und dergleichen. Ich weiß nicht, wie ich sie jemals wiederfinden soll!"

„Kommen Sie, ich helfe Ihnen suchen", bot ich an.

Eine halbe Stunde später war meine Zuversicht jedoch dahingeschmolzen. Wir hatten alle Zimmer durchstöbert, aber von der kleinen Katze fehlte jede Spur.

„Gibt es noch andere Ausgänge aus dem Wartebereich?" fragte ich.

Cheryl schüttelte den Kopf. „Nein, der einzige andere Ausgang führt zu den Seitenbühnen und den

Räumlichkeiten hinter der Bühne."

„Und wenn sie den Wartebereich auf diesem Weg verlassen hat und um die Bühne herumgegangen ist? Was ist auf der anderen Seite?"

„Nur ein paar Lagerräume und ... oh, da ist ein Notausgang, der meist offen gelassen wird, weil die Leute da stehen und rauchen!" Cheryl keuchte entsetzt auf. „Sie könnte von dort ins Freie gelangt sein."

Wir rannten zu dem besagten Notausgang und fanden die Tür tatsächlich weit offen stehen. Sie führte zu einem kleinen Parkplatz an der Rückseite der Konzerthalle, der für die Bühnencrew, die Schauspieler und die Lieferanten bestimmt war. An den Parkplatz schloss sich ein von Unkraut überwuchertes Grundstück an, das in der Ferne zum Kanal hin abfiel. Offensichtlich handelte es sich um den Rest des ursprünglichen Geländes, auf dem die Konzerthalle errichtet worden war.

Cheryls Schultern sackten mutlos nach unten, als sie sich umsah. „Oh Gott – dort finde ich Misty nie!"

Ich hätte ihr nur zu gerne Mut gemacht, aber leider musste ich ihr beipflichten. Die Chancen, die Katze zu finden - vor allem, wenn sie nicht gefunden werden wollte -, gingen praktisch gegen null. Außerdem saß uns die Zeit im Nacken – bald begann die Show.

Cheryls Gedanken schienen in die gleiche Richtung zu gehen, denn sie wimmerte verzweifelt:

„Was soll ich nur tun? In ein paar Stunden bin ich mit meiner Nummer an der Reihe."

„Können Sie nicht ohne sie auftreten?", fragte ich.

„Nein, die ganze Szene baut darauf auf, dass ich meiner Freundin, der Katze, die Geschichte erzähle. Sogar in den Liedern kommt ‚Misty' vor. Sie muss mit mir auf die Bühne gehen und sich in den Korb setzen, sonst ist mein Auftritt ruiniert."

Sie war den Tränen nahe und ich überlegte verzweifelt, wie ich ihr helfen könnte, doch mir fiel keine Lösung ein. Dann packte sie plötzlich meinen Arm.

„Warten Sie! Ich könnte Ihre Katze nehmen!"

„Ich ... wie bitte?"

„Ihre Katze! Sie sagten doch, dass sie an einer Leine laufen kann, oder?"

„Nun, ja, aber -"

„Wohnen Sie weit weg?"

„Nein, ich wohne in Oxford, etwa fünfzehn Minuten zu Fuß von hier. Aber ich glaube nicht, dass Müsli -"

„Oh, sie heißt Müsli? Das ist genial! Das klingt so ähnlich wie Misty - ich könnte ihren Namen in den Liedern einfach austauschen und niemand würde etwas merken."

„Ja, aber -"

„Und sie sieht auch genauso aus wie Misty, nicht wahr? Das haben Sie gestern gesagt. Ich bräuchte es in der Show demnach gar nicht zu erklären; weder die Jury noch die Zuschauer würden den

Unterschied bemerken. Ich glaube zwar kaum, dass sie ein Problem damit hätten, aber man weiß ja nie."

„Halt, Cheryl – hören Sie zu: Müsli hat so etwas noch nie gemacht. Ich bin mir nicht sicher, wie sie sich auf der Bühne verhalten würde."

„Sie meinen, der Lärm und die Lichter könnten ihr Angst machen?"

„Na ja ..." Ich dachte an meine selbstbewusste kleine Katze. „Nein, wahrscheinlich nicht. Sie ist nicht ängstlich. Aber sie ist sehr kontaktfreudig und neugierig, und ich weiß nicht, ob sie gehorsam im Korb bleiben würde. Sie könnte beschließen, den Juroren oder dem Publikum Hallo zu sagen, und weglaufen."

„Oh, ich bin sicher, es funktioniert gut. Sie haben gesagt, dass sie auch Katzenminze liebt, nicht wahr? Dann bleibt sie bestimmt auf der Decke. Und wenn sie aus dem Korb springt, setze ich sie einfach wieder hinein. Mein Auftritt dauert nur zwei Minuten. In der kurzen Zeit wird sie schon keinen Unfug anstellen."

Sie kennen meine Katze nicht, dachte ich.

„Bitte, Gemma!" Sie sah mich flehend an. „Ich suche weiter, aber wenn ich Misty nicht finden kann, dann ist Müsli meine einzige Hoffnung."

Ich seufzte. „Na gut. Ich hole sie, aber ich muss Sie warnen: Sie könnten sich mit Müsli jede Menge Ärger einhandeln!"

Kapitel 6

Als ich mit Müsli im Schlepptau zurückkehrte, hatte die Show bereits begonnen. Hinter den Kulissen herrschte hektische Betriebsamkeit. Die Leute hasteten mit Requisiten hin und her, wickelten Kabel ab, verlangten nach mehr Licht oder Korrekturen in den Toneinstellungen ... Den Katzenkorb vorsichtshalber in die Höhe gestemmt, machte ich mich abwechselnd nach links und rechts ausweichend auf die Suche nach Cheryl. Die Erzieherin war in keinem der Räume hinter der Bühne und im Wartebereich sah ich sie auch nicht. An der Doppeltür zu den Seiten- und zur Hauptbühne blieb ich stehen und ließ den Blick schweifen.

Alle anderen Kandidaten schienen anwesend zu sein. Albert Hodge stand ein paar Meter von mir entfernt. Er war offensichtlich als Nächster dran und sah blass aus vor Nervosität. Er war ganz in Schwarz gekleidet, mit einem langen Umhang und einem spitzen Zaubererhut, der ihm bei seinem Auftritt vermutlich etwas Mystisches verleihen sollte. Dünn und schlaksig wie er war, sah er eher wie ein Teenager auf dem Weg zur Comic-Con oder einem Dungeons-and-Dragons-Treffen aus und nicht wie ein Meister der Zauberei.

Hinter ihm erkannte ich den Jodelnden Klempner, Franz Ziegler, der gerade hingebungsvoll ein Metallrohr polierte. Er trug eine traditionelle Lederhose und Hosenträger und sah ruhig und selbstbewusst aus. Nicht weit von ihm zupften die Silberlocken ihre Elvis-Einteiler zurecht. Ihnen gegenüber ulkte Tim, der Hip-Hop-Tänzer, mit den Zwillingen, während ihre Mutter milde lächelnd zusah. In der hintersten Ecke des Raumes war Skip, der Collie, an seinen Zwinger gebunden. Sein Frauchen war verschwunden.

In der Mitte des Wartebereichs, in gebührendem Abstand von allen anderen, saß Lara King. Sie sah hinreißend aus. Ihre sinnlichen Rundungen steckten in einem roten paillettenbesetzten Kleid, das bei jeder Bewegung im Lampenlicht funkelte. Ich konnte verstehen, warum sie beim Publikum so beliebt war. Wie Gaz strahlte sie großes Selbstvertrauen und einen natürlichen Charme aus, was ihr eine unwiderstehliche Anziehungskraft verlieh. An die arme Frau, die sie vor ihrem Auftritt frisierte und schminkte, verschwendete sie ihren Liebreiz jedoch nicht.

„Meine Güte, sind Sie immer noch nicht fertig!", fuhr Lara sie an. Sie rutschte ungeduldig auf ihrem Stuhl hin und her.

„Tut mir leid, ich wollte nur sicherstellen ... So!" Sie richtete eine letzte Locke in Laras Frisur und trat zufrieden einen Schritt zurück. „Unmittelbar vor Ihrem Auftritt pudere ich Ihnen noch einmal die Nase und -"

„Vergessen Sie nicht, mir mein Wasser zu bringen. Ich brauche es, kurz bevor ich auf die Bühne gehe."

„Äh, meinen Sie dieses spezielle Gurgelwasser?"

Lara stieß einen übertriebenen Seufzer aus. „Ja. Im Kühlschrank, in der Personalküche - hat man Ihnen das nicht gesagt? Und einen Spucknapf brauche ich auch."

Die Maskenbildnerin sah sie verdutzt an und einen Moment lang dachte ich, sie würde sich weigern. Aber Monty Gibbs hatte offensichtlich strikte Anweisungen gegeben, den Kandidaten jeden Wunsch zu erfüllen, und mochte er noch so seltsam sein. Nach kurzem Zögern meinte sie nur: „Gut. Ich kümmere mich darum."

Lara beachtete sie gar nicht mehr, sie war zu sehr damit beschäftigt, ihr Gesicht in einem Taschenspiegel zu bewundern. Die Maskenbildnerin presste die Lippen zusammen und ging davon.

„Meorrw?"

Müsli lugte zwischen den Gitterstäben ihrer

Transportbox hervor und erinnerte mich daran, dass ich mich nach Cheryl umsehen sollte.

„Okay, Müsli", sagte ich. „Bestimmt finden wir sie gleich."

Ich ließ den Blick noch einmal durch den Raum schweifen. Die Truhe mit den Marionetten stand in einer Ecke, aber Cheryl war nirgendwo zu sehen. Wo konnte sie nur sein? Ich verspürte einen Anflug von Panik. War ich etwa zu spät dran und sie war bereits auf der Bühne? Ich eilte zu den Doppeltüren, die zur Bühne führten, und stieß dabei fast mit Gaz zusammen, der gerade aus den Seitenflügeln kam. Er schaute mich neugierig an.

„Alles okay?", fragte er. „Sie gehören nicht zur Crew, oder?"

„Ich suche Cheryl", erklärte ich. „Sie ist doch nicht schon aufgetreten?"

„Nein, Nicole ist gerade dran. Ich habe nur kurz von der Seitenbühne aus zugesehen." Tatsächlich hörte ich leise Klaviermusik, gefolgt von höflichem Applaus, als das Stück zu Ende ging. Selbst hinter den Kulissen war die Zaghaftigkeit zu spüren, mit der Nicole zu Werke ging. Meine Mutter hatte recht: Es fehlte ihr nicht an Fingerfertigkeit, doch ihr Spiel strahlte keine Leidenschaft, kein Feuer aus.

Im nächsten Moment erstarrte ich, als aus Richtung der Bühne klar und deutlich die Stimme meiner Mutter ertönte.

„Das war sehr hübsch, meine Liebe. Und Sie sitzen so anmutig am Klavier. Ich finde es furchtbar, dass viele Frauen einfach nicht mehr wissen, wie eine Dame sitzen sollte. Das schärfe ich meiner Tochter Gemma immer ein, dass eine gute Haltung ungemein wichtig ist - sie lümmelt, wissen Sie - und man kann sagen, was man will: Der erste Eindruck zählt ..."

Oh nein, was macht Mutter hier?

Ich spähte durch die Vorhänge an der Seite der Bühne. Mir blieb der Mund offen stehen, als ich sie auf dem Podium zwischen Stuart Hollande und Monty Gibbs sitzen sah.

Stuart sagte gerade lächelnd zu ihr: „Apropos erster Eindruck, was hältst du von Nicoles Auftritt, Evelyn?"

„Nun, er war sehr schön, aber ..." Meine Mutter warf der Kandidatin einen entschuldigenden Blick zu. „Man hatte das Gefühl, dass Sie Angst hatten, die Klaviertasten richtig herunterzudrücken. Egal, was Sie tun: Sie müssen Überzeugung ausstrahlen. Und wenn Sie keine Überzeugung verspüren, müssen Sie trotzdem so tun, um glaubwürdig herüberzukommen."

„Ganz genau, Evelyn", bestätigte Stuart Hollande. „‚Fake it till you make it', wie wir in unserer Branche sagen. Nie durchblicken lassen, dass man unsicher ist und nicht an sich glaubt."

„Ja, ja", mischte sich Monty Gibbs mit wissendem Lächeln ein. „Du hast nicht dringesteckt in diesem Song, stimmt's?"

„So, wie entscheidet die Jury?" sagte Stuart.

„Monty?“

Der kleine Geschäftsmann plusterte sich auf. „Von mir gibt es ein Nein.“

Stuart wandte sich an meine Mutter. „Evelyn? Ist Nicole gut genug für die Endrunde?“

„Oh je ...“ Meine Mutter sah verzweifelt aus. „Kann ich nicht erst die anderen hören und dann entscheiden?“

Im Publikum brandete Gelächter auf und mehrere Leute klatschten zustimmend. Ich konnte es nicht fassen: Meine Mutter war als Jurorin in der Show ... und wie es aussah, waren die Zuschauer begeistert.

„Du musst deine Entscheidung jetzt fällen, Evelyn“, belehrte Stuart sie. „Obwohl das Publikumsvotum natürlich alles ändern kann.“

„*MIIIAAAUU!*“

Ich zuckte zusammen, als Müslis klagende Stimme plötzlich laut und deutlich die abwartende Stille durchbrach. *Oh, Mist.* Ich hatte vergessen, dass ich immer noch die Transportbox in der Hand hielt. Müsli hatte es offensichtlich satt, eingesperrt zu sein, und wollte auf Entdeckungstour gehen. Sie steckte eine weiße Pfote durch die Gitterstäbe und rüttelte an der Tür.

„*Miau? Miau?*“

Die Juroren sahen sich verwirrt um, während das Publikum in Gelächter ausbrach. Hastig zog ich mich in die Tiefen der Backstage zurück. Aus der Ferne hörte ich Gemurmel im Zuschauerraum, dann erklang Monty Gibbs‘ Stimme: „War das eine Katze?

Wieso treibt sich hier eine verdammte Katze herum?"

Oh je. Ich machte mich auf den Weg zum Wartebereich und stieß mit Albert zusammen, der vor den Doppeltüren stand.

„Ist sie fertig?", fragte er mich.

„Beinahe. Hören Sie, haben Sie Cheryl irgendwo gesehen?"

Er zuckte nur stumm die Schultern, offensichtlich interessierte ihn Cheryl nicht. Er schob sich an mir vorbei in Richtung Seitenflügel, ich dagegen ging seufzend zu der Stelle zurück, an der ich ihre Sachen gesehen hatte. Die Transportbox war schwer und mir tat allmählich der Arm weh. Ich blieb an der Truhe stehen, auf der mehrere Marionetten drapiert waren, und sah mich unschlüssig um. Wo war sie? Ich stellte die Transportbox in einer ruhigen Ecke auf einem großen Tisch ab und beugte mich zu Müsli hinunter.

„Sei brav. Warte hier, ich bin gleich wieder da."

„*Miau?*" Müsli presste die Nase gegen die Käfigtür und drückte ungeduldig dagegen.

„Jetzt nicht, Müsli", ermahnte ich sie. „Du wartest hier. Ich brauche nicht lange."

Ich ging schnell durch die Tür auf der anderen Seite des Wartebereichs in den langgestreckten Korridor, der die hinter der Bühne gelegenen Räume miteinander verband. Die meisten waren leer, aber ich beschloss, gründlich vorzugehen und keinen Raum auszulassen. Schließlich bog ich um eine Ecke und entdeckte eine Tür, die ich bisher noch nicht gesehen hatte. Zu meiner Überraschung gelangte ich nicht in einen Raum, sondern in einen schmalen Korridor, der um das Gebäude führte. Neugierig folgte ich ihm und befand mich plötzlich auf der Hinterbühne, in einem Gang, der durch Paravents und Vorhänge von der Hauptbühne getrennt war und Schauspielern die Möglichkeit bot, von einer Seitenbühne zu anderen zu gelangen, ohne dass das Publikum es mitbekam.

Von der Bühne hörte ich mystische Klänge, dann bemerkte ich, dass mir ein seltsamer weißer Nebel um die Beine waberte, sich bauschte und um mich kräuselte. *Der Zauberer Albert ist an der Reihe,* dachte ich, *und das muss der flüssige Stickstoff sein, der zu seiner Show gehört.*

Allerdings schien es furchtbar viel Nebel zu sein. Er reichte mir schon bis zu den Knien und war so dicht, dass ich meine Füße nicht mehr sehen konnte. Ich versuchte, die weißen Schwaden mit der Hand wegzuwedeln. Wenn sie sich weiterhin mit dieser Geschwindigkeit ausbreiteten, würden die Zuschauer und die Jury kaum etwas von den Kunststücken des Zauberers sehen.

Ich wollte gerade den Rückweg zum Wartebereich antreten, als ich den großen kesselförmigen Behälter sah, in dem der verdampfende Flüssigstickstoff aufbewahrt wurde, allerdings fehlte der Deckel. Er befand sich halb versteckt hinter einer Vorhangfalte und daneben stand ein Ventilator, der den weißen Nebel in Richtung Bühne blies.

Der Kessel sah jedoch so aus, als bräuchte er kaum zusätzliche Unterstützung durch den Ventilator - es schäumte und blubberte bereits wie in einem Topf Suppe kurz vor dem Überkochen. Der wogende weiße Nebel stieg wie eine Wolke auf und verdeckte den oberen Teil des Gefäßes. Dann teilten sich die Schwaden für einen Moment und mir stockte der Atem, als ich etwas über den Rand des Behälters hängen sah.

Nein, es war kein Gegenstand. Es war ein Mensch.

Ich trat einen Schritt näher und meine Augen weiteten sich vor Entsetzen, als ich den glitzernden Stoff sah, der sich an den üppigen Körper schmiegte.

Es war Lara.

Jemand hatte die sexy Sängerin kopfüber in den Kessel mit schäumendem flüssigem Stickstoff gestoßen, direkt in den eisigen Tod.

Kapitel 7

„Wollen Sie sich nicht setzen, Miss?" Der junge Polizist, der mich in den Verwaltungstrakt der Konzerthalle geführt hatte, sah mich besorgt an. „Der Detective Inspector ist unterwegs, aber es kann noch ein paar Minuten dauern, bis er hier ist."

„Mir geht es gut, ehrlich", versicherte ich ihm.

„Immerhin haben Sie gerade eine Leiche gefunden", sagte er mit ernster Miene. „Da kann einem schon mal anders werden. Das würde wohl den meisten Leuten so gehen."

„Es ist leider nicht die erste Leiche, über die ich gestolpert bin", erwiderte ich mit einem matten Lächeln. „Es war nur – ihr Gesicht …"

Ich erinnerte mich mit Schaudern daran, wie ich Lara gepackt und sie aus dem Fass gezerrt hatte. Sie war steif wie ein Brett, ihre Züge waren wie eine eisige, leblose Maske – und dann ließ ich sie entsetzt los und sie fiel zu Boden, ihr gefrorenes Gesicht zersprang, die Nase zersplitterte, die Wangen zerbrachen in Tausende rosafarbene Fragmente.

Das war der Moment, in dem ich anfing zu schreien. Ich schrie und schrie, bis Leute aus dem Backstage-Bereich, von der Bühne und selbst aus dem Zuschauerraum angerannt kamen, um zu sehen, was los war. Bei dem Gedanken daran wand ich mich vor Verlegenheit. Ich hatte immer gedacht, dass ich in Krisensituation einen kühlen Kopf bewahren würde und es mir nichts ausmachte, Blut oder tote Menschen zu sehen. Außerdem hatte ich schon mehrere Leichen gefunden, wie ich dem Polizisten bereits gesagt hatte. Und das waren keineswegs Tote gewesen, die friedlich eingeschlafen waren, sondern Opfer von Gewalttaten. Trotzdem hatte mich keines von ihnen so aus der Bahn geworfen. Der Anblick von Lara war wie ein Albtraum gewesen. Oder wie eine Erscheinung aus einem Horrorfilm. Nicht einmal meine Mutter hatte mich in meiner Hysterie beruhigen können. Erst als Mabel Cooke mich mit „Das reicht, Gemma!" streng zurechtgewiesen und mir ein Glas kaltes Wasser ins Gesicht geschüttet hatte, war ich zur Besinnung gekommen.

Ich fragte mich, wo die Silberlocken jetzt waren. Wahrscheinlich warteten sie wie die anderen Kandidaten, die Juroren und die restliche Bühnencrew darauf, von der Polizei befragt zu werden. Ob das Publikum ebenfalls bleiben musste?

Die CID von Oxfordshire, die örtliche Kriminalpolizei, hatte die undankbare Aufgabe, die Leute am Verlassen des Gebäudes zu hindern. Allerdings konnte ich mir vorstellen, dass viele aus makabrer Neugier gerne blieben. Was war spannender als ein echter Mord?

„Wie wär's mit einer Tasse Tee?", fragte der junge Constable, der sich immer noch um mein seelisches Gleichgewicht sorgte.

Ich wollte schon dankend ablehnen, merkte dann aber, dass ich das britische Allheilmittel für Krisen aller Art gut gebrauchen konnte. Kurze Zeit später saß ich allein in dem Büro, nippte an dem heißen, süßen Tee und spürte, wie meine Beine aufhörten zu zittern und sich der Knoten in meinem Magen allmählich löste. Ich atmete tief durch und versuchte, ruhig und sachlich über das Geschehene nachzudenken.

Mord! Der Gedanke, dass Lara mit flüssigem Stickstoff umgebracht worden war, erschien mir surreal, aber genau das war offensichtlich passiert. Jemand hatte sie mit dem Gesicht voran in die tödliche Substanz gedrückt, sodass sie erfroren war. Der einzige Trost war, dass es wahrscheinlich so schnell gegangen war, dass sie nichts gespürt hatte.

Aber wer tat so etwas?

Es musste jemand gewesen sein, der vor Ort war, überlegte ich. Vermutlich jemand, der sich bereits im Backstage-Bereich aufhielt, die Tat vollbringen und in Windeseile wieder seinen angestammten Posten einnehmen konnte, bevor ihn jemand vermisste. Außerdem war der Mörder insoweit mit dem Wettbewerb vertraut, dass er von dem Behälter mit Flüssigstickstoff hinter den Kulissen wusste. Demnach musste es jemand von der Bühnencrew oder einer der Kandidaten gewesen sein. Ich ging in Gedanken die hoffnungsvollen Bewerber durch, die sich gestern im Wartebereich vorbereitet hatten. Es kam mir abwegig vor, dass einer von ihnen Lara umgebracht haben sollte. Ebenso unwahrscheinlich erschien mir die Vorstellung, dass ein Mitglied der Crew ein Mörder war. Wer hätte einen Grund, die sinnliche Sängerin zu töten?

Natürlich kam mir sofort die Auseinandersetzung zwischen Nicole und Lara in den Sinn, die ich gestern mitbekommen hatte. War die freundliche, zurückhaltende Pianistin etwa eine Mörderin? Unmöglich – doch dann dachte ich an den puren Hass in ihren Augen, als sie sich auf Lara gestürzt hatte. Lara, die mit triumphaler Miene berichtet hatte, wie sie verheiratete Männer verführte und Familien auseinanderbrachte, hatte Nicole zur Weißglut getrieben. Aber ermordete man jemanden, nur weil man mit seinen Moralvorstellungen nicht einverstanden war?

Die Bürotür ging auf und mein Herz machte einen kleinen Satz, als ich den hochgewachsenen, dunkelhaarigen Mann im Rahmen stehen sah. Mit seinem durchdringenden Blick, dem attraktiven Profil und dem grüblerischen Ausdruck ließ

Detective Inspector Devlin O'Connor gewohnheitsmäßig Frauenherzen höherschlagen. *Aber er hat nur Augen für eine einzige Frau,* dachte ich und lächelte insgeheim. *Für mich.*

„Gemma." Mit raschen Schritten kam Devlin auf mich zu und nahm mich fest in die Arme. „Ist alles in Ordnung? Wie ich gehört habe, hast du ziemlich heftig reagiert, als du die Leiche gefunden hast."

„Ich bin nicht in Ohnmacht gefallen oder dergleichen." Ich stieß ihn empört weg. „Es war nur der Schock – nicht so sehr, weil sie tot war. Zu sehen, wie ihr gefrorenes Gesicht zersplittert ..." Ich schluckte. „Nun ja, es war nicht gerade ein erfreulicher Anblick."

„Das kann ich mir vorstellen." Devlin verzog das Gesicht. Er führte mich zu dem Stuhl am Schreibtisch, lehnte sich dann gegen die Tischkante und verschränkte die Arme. „Erträgst du es, darüber zu reden? Leider muss ich dich befragen, weil du die Leiche entdeckt hast."

„Klar. Jetzt geht es mir wieder gut, ehrlich", versicherte ich. „Der Constable hat mir einen Tee gebracht, das hat geholfen. Jetzt habe ich bereits etwas mehr Abstand zu ... zu der Sache."

„Gut." Mit einem ermutigenden Lächeln schaltete Devlin ein handliches Aufnahmegerät ein. „Dann erzähl mir mal, wie du sie gefunden hast."

Ich gab mir Mühe, alle Einzelheiten zu beschreiben, obwohl ich nicht sicher war, ob ihm mein verworrener Bericht weiterhalf. Würde denn nicht die Spurensicherung jeden Quadratzentimeter des Tatorts unter die Lupe nehmen? Trotzdem versuchte ich, ihm eine detaillierte Schilderung zu liefern. Schließlich fügte ich hinzu:

„Ich habe überlegt, dass der Mörder jemand sein muss, der hinter der Bühne zu tun hat. Ich meine, ich habe Lara nur zehn, höchstens fünfzehn Minuten gesehen, bevor ich ihre Leiche entdeckt habe. Sie stand mitten im Wartebereich und es ging ihr gut. Dass es ein Außenstehender war, halte ich für unwahrscheinlich. Es muss jemand gewesen sein, der bereits an Ort und Stelle war. Er konnte sich zur Seitenbühne schleichen, Lara in den flüssigen Stickstoff stoßen und dorthin zurückkehren, wo er hergekommen ist."

„Hat Lara im Wartebereich mit jemandem gesprochen?"

„Nein, sie hat ihr Spiegelbild bewundert. Ich hatte nicht den Eindruck, dass sie sich mit den anderen Kandidaten besonders gut verstanden hat."

„Sind dir Spannungen aufgefallen?", fragte Devlin stirnrunzelnd.

„‚Spannungen' ist milde ausgedrückt. Gestern kam ich zufällig dazu, als sie sich mit einer anderen Kandidatin geprügelt hat."

Devlin beugte sich interessiert vor. „Tatsächlich? Mit wem?"

„Mit Nicole Flatley. Sie spielt Klavier. Die beiden haben sich über sogenannte ‚Homewrecker' gestritten. Wie ich es herausgehört habe, war Lara eine solche Frau, die sich gezielt an verheiratete Männer herangemacht hat, und sie war stolz darauf, ihre Familien zu zerstören. Sie hat mit ihren Eroberungen geprahlt und Nicole ist ausgerastet. Sie ist auf Lara losgegangen und dann ging es richtig zur Sache. Und weißt du, was das Schlimmste war? Eine Filmcrew hat alles aufgenommen und keinerlei Anstalten gemacht, einzuschreiten. Diesen Leuten ging es nur darum, ein paar pikante Szenen für die Show im Kasten zu haben. Ich musste eingreifen und die beiden Frauen trennen." Bei der Erinnerung stieg erneut Empörung in mir auf.

„Du hast dich dabei hoffentlich nicht verletzt?"

„Nein, mir ist nichts passiert. Und Nicole war anzusehen, dass es ihr sehr peinlich war. Ich glaube, sie hat sich von ihrer Wut hinreißen lassen und einfach zugeschlagen."

„Weißt du, ob Lara sich auch mit anderen gestritten hat?"

„Ich habe sie ehrlich gesagt kaum zu Gesicht bekommen, aber ich würde mich nicht wundern, wenn sie sich irgendwann mit der verrückten Hundetante in die Haare gekriegt hätte", fügte ich mit säuerlicher Miene hinzu. „Diese Frau wartet nur darauf, sich mit jemandem anzulegen."

„Meinst du Trish Bingham?"

Ich nickte. „Die mit Skip, dem Collie. Der Hund ist süß, aber sein Frauchen ist unausstehlich. Ich bin ihm versehentlich in die Quere gekommen, während sie geprobt haben, und Trish hat mir fast den Kopf abgerissen. Sie hat total überreagiert. Die anderen Kandidaten scheinen sie auch nicht zu mögen."

„Aber du glaubst nicht, dass zwischen ihr und Lara eine besondere Feindschaft herrschte?"

„Nein, nur ... nun ja, Trish hat etwas an sich – sie wirkt sehr angespannt, sehr intensiv. Ich frage mich, ob ..." Ich zögerte und schwieg.

„Ja?"

„Wahrscheinlich ist es eine dumme Idee", meinte ich verlegen.

„Nein, sag's ruhig. Ich vertraue deinem Instinkt, Gemma."

„Weißt du, Lara galt als eine der Favoritinnen für das Finale. Nur zwei Kandidaten schaffen es in die letzte Runde, die Zwillinge gelten schon als sicher gesetzt und Lara hatte gute Aussichten, den anderen Platz zu ergattern. Aber da sie nun aus dem Rennen ist ..."

„... hat jemand anderes die Chance, im Finale um das Preisgeld zu kämpfen", ergänzte Devlin. Er rieb sich nachdenklich das Kinn. „Hmm, keine schlechte Theorie, Gemma. Dem sollten wir auf jeden Fall nachgehen. Doch dann hätten alle anderen Kandidaten ebenfalls ein Motiv, nicht wahr?"

„Nur die, die hoch gehandelt werden, würde ich sagen. Ich glaube kaum, dass jemand wie Franz Ziegler eine reelle Chance hat. Er ist der Jodelnde Klempner", erklärte ich, als Devlin mich verständnislos ansah.

„Oh ... ja, natürlich, das hätte ich wissen

müssen." Er sah verärgert aus. „Ich bin gerade erst angekommen, da draußen herrscht Chaos. Bis jetzt hatte ich noch keine Gelegenheit, mir die Namen aller Kandidaten zu merken." Er schüttelte seufzend den Kopf. „Es sieht so aus, als würde das die längste Liste von Verdächtigen werden, mit der ich es je zu tun hatte. Es gibt zehn Halbfinalisten, inklusive Lara, stimmt's? Nach deiner Theorie haben wir also neun Verdächtige –"

„Nein, das habe ich gerade versucht zu erklären. Ich glaube nicht, dass sie alle gleichermaßen verdächtig sind. Wahrscheinlich können wir die Zwillinge von der Liste streichen, da Lara für sie keine Gefahr dargestellt hat. Außerdem sind sie erst zehn Jahre alt. Albert war gerade auf der Bühne, als der Mord geschah. Somit bleiben sieben Kandidaten übrig: Franz Ziegler, der Jodelnde Klempner, Cheryl, die Marionettenspielerin, Nicole, die Pianistin, Gaz, der Comedian, Tim, der Hip-Hop-Tänzer, und Trish mit ihrem Hund. Oh, und die Pussy Puffs."

„Die was?"

Ich grinste. „So nennen sich die Silberlocken. Sie haben mit ihrer Freundin June Driscoll eine Granny-Band gegründet."

Devlin stöhnte. „Neeeein! Sag nicht, dass die neugierigen alten Schachteln in die ganze Sache verstrickt sind!"

„Diesmal hat ihre Anwesenheit einen ganz einfachen Grund: Sie sind Kandidatinnen." Ich schüttelte ungläubig den Kopf. „Ich hätte nicht gedacht, dass sie die ersten Casting-Runden überstehen, aber sie haben es tatsächlich geschafft und sind bis ins Halbfinale gestürmt. Die Zuschauer lieben sie."

Devlin verstand überhaupt nichts mehr. „Aber warum wollten sie überhaupt an einer Talentshow teilnehmen?

„Weil sie das Preisgeld gewinnen wollen. Genauer gesagt will ihre Freundin das, und sie hat die Silberlocken beschwatzt, ihr zu helfen."

„Wofür braucht sie das Geld?"

Ich lachte. „Das willst du gar nicht wissen."

Devlin seufzte. „Okay, wenden wir uns wieder dem Fall zu. Du meinst also, dass wir die ausschließen können, die in den Umfragen nicht so hoch bewertet werden, weil sie ohnehin kaum eine Chance haben, ins Finale zu kommen, selbst wenn sie Lara ausschalten."

„Ja, genau. Es gibt zu viele Kandidaten, die besser sind als sie und die sehr wahrscheinlich an ihnen vorbeiziehen."

„Gut. Wer sind die aussichtsreichsten Kandidaten? Wer hat die größten Chancen, Laras Platz einzunehmen?"

Ich runzelte nachdenklich die Stirn. „Vermutlich sind das Trish und ihr Hund und der Comedian Gaz. Sie sind die Top-Favoriten nach Lara. Oh – und ...“ Ich zögerte. „Die Silberlocken."

„Ich glaube, einen Trupp Möchtegern-Popstars jenseits der Achtzig können wir von der Liste der

Verdächtigen streichen. Und von Trish hast du mir ja schon erzählt. Aber was ist mit diesem Gaz?"

Ich dachte an Gaz mit seiner freundlichen Persönlichkeit und seinem einnehmenden Lächeln. Ihn konnte ich mir nicht als Mörder vorstellen.

„Ich weiß nicht", sagte ich. „Er scheint ein wirklich netter Kerl zu sein. Und er ist so charismatisch und strahlt ein großes Selbstbewusstsein aus."

„Auch ein liebenswürdiger Mensch kann ein Mörder sein", gab Devlin zu bedenken. „Einige der berühmtesten Mörder waren charmante Monster."

„Ja, wahrscheinlich hast du recht." Ich biss mir auf die Unterlippe. „Aber das ist alles nur Spekulation. Hat die Spurensicherung nichts Brauchbares zutage gefördert?"

„Gemma, die Leute von der Spurensicherung sind kurz vor mir eingetroffen. Sie hatten gerade einmal Zeit, sich einen oberflächlichen Überblick zu verschaffen. Oh, mein Constable hat das hier bei der Leiche gefunden." Devlin zog eine durchsichtige Plastiktüte aus der Tasche. Darin erkannte ich einen zerknitterten Papierfetzen, auf dem die folgenden Worte gedruckt standen:

„Wenn du den Wettbewerb gewinnen willst, könnte ich dir behilflich sein. Komm beim Auftritt des Zauberers auf die Bühne."

Ich sog scharf die Luft ein. „Den Zettel hat der Mörder geschrieben – so hat er Lara zu dem Kessel mit dem flüssigen Stickstoff gelotst."

„Vom Mörder – oder von der Mörderin", wandte Devlin ein. „Wir wissen nicht, ob diese Nachricht von einem Mann oder einer Frau stammt. Aber ja, es sieht aus, als sei die ganze Sache von langer Hand geplant gewesen. Und das bedeutet, dass es kein spontaner Totschlag ist, sondern ein vorsätzlicher Mord." Er kam um den Tisch herum und zog mich sanft in seine Arme. „Ein Streifenwagen kann dich nach Hause bringen. Ich würde gerne später noch vorbeischauen, aber ich weiß nicht, wie lange ich hier zu tun habe – wahrscheinlich bis zum frühen Morgen."

„Ist schon in Ordnung, es geht mir gut. Ich muss nicht nach Hause gefahren werden, ich würde lieber mit dem Rad fahren. Ein bisschen frische Luft ist jetzt genau das Richtige. Außerdem ist meine Mutter bei den anderen Juroren und ich möchte noch mit ihr sprechen. Und – oh Mist! Müsli! Die habe ich ganz vergessen!"

„Müsli?" Devlin sah mich verdutzt an.

„Ja, ich habe sie in ihrer Box sitzen lassen, weil ich die nicht mitschleppen wollte, als ich Cheryl gesucht habe. Das verzeiht sie mir nie!"

Ohne Devlins Antwort abzuwarten rannte ich aus dem Büro in den Wartebereich und war erleichtert, als ich die Transportbox auf dem Tisch stehen sah, auf dem ich sie abgestellt habe. Meine Katze saß unversehrt darin, war aber äußerst schlecht gelaunt.

„*MIIIAAAUUU!*", ließ sie sich vorwurfsvoll vernehmen, als ich die Box hochhob.

„Tut mir leid, Süße", entschuldigte ich mich und steckte einen Finger durch die Gitterstäbe. Sie rieb ihr Kinn daran und begann nach kurzer Zeit, zufrieden zu schnurren. Ich musste lächeln. Das Schöne an Tieren ist, dass sie schnell vergeben und vergessen. Seufzend blickte ich in die bedrückten Gesichter um mich herum, dann schüttelte ich mich insgeheim. Eine Bahre wurde zum Ausgang getragen, unter dem Tuch zeichneten sich die Umrisse eines Körpers ab … Wenn Menschen ebenso bereitwillig wie Tiere vergeben und vergessen könnten, wäre es vielleicht nicht zu dieser entsetzlichen Tat gekommen …

Kapitel 8

„Möchten Sie am Fenster sitzen? Von dort haben Sie einen guten Blick auf die High Street." Ich lächelte die beiden Mädchen an, die gerade hereingekommen waren, und wies auf die alten Sprossenfenster meiner Teestube.

„Äh ... ja, klar." Die beiden sahen sich an, dann trat eine mit leuchtenden Augen auf mich zu. „Waren Sie nicht die, die die Leiche gefunden hat?"

Oh nein, nicht schon wieder!

In den zwei Tagen seit dem Auffinden von Laras Leiche war die Talentshow bis auf Weiteres auf Eis gelegt, während die Mordkommission ermittelte. Damit hatte sich auch mein Catering-Job vorerst erledigt, also hatte ich beschlossen, die Teestube wieder zu öffnen. Nicht, weil ich die Einnahmen brauchte – Monty Gibbs hatte großzügigerweise angeboten, mich trotz der Pause weiterzubezahlen.

Allerdings hatte ich festgestellt, dass ich es nicht aushielt, untätig zu Hause herumzusitzen. Wie echter Urlaub hatte es sich nicht angefühlt: Wir alle warteten ungeduldig darauf, dass die Polizei entweder eine Verhaftung vornahm oder wenigstens die Konzerthalle freigab, sodass die Show weiterlaufen konnte. Und so wachten wir jeden Morgen in der Hoffnung auf den erlösenden Anruf auf und gingen jeden Abend mit dem Gedanken schlafen, dass es morgen aber bestimmt weitergehen würde. Folglich waren wir nervös und unkonzentriert.

Gibbs war davon ausgegangen, dass man die Dreharbeiten nach einer kurzen Unterbrechung würde fortsetzen können, doch ich teilte seinen Optimismus nicht. Immerhin hatte ich einige Erfahrung mit Mordermittlungen und wusste, dass sie sich oft eine ganze Weile hinzogen. Auf keinen Fall ging es im wirklichen Leben so zu wie im Fernsehen, wo der brillante Detective den Fall in weniger als einer Stunde löste und den Täter seiner gerechten Strafe zuführte. Statt zu Hause Däumchen zu drehen und immer wieder von der grausigen Erinnerung an Laras Leiche heimgesucht zu werden, war es besser für mich, den Tearoom zu öffnen und in den Alltag zurückzukehren.

Anfangs schien es tatsächlich eine gute Idee zu sein. Am ersten Morgen hatte sich, als ich ankam, vor der Tür bereits eine lange Schlange gebildet, bei deren Anblick mich ein warmes Glücksgefühl durchströmte. Man hatte den Little Stables Tearoom während der vorübergehenden Schließung offenbar vermisst. Doch kaum hatten er seine Pforten geöffnet, wurde mir klar, dass es nicht die köstlichen Scones und Törtchen waren, die ihn so populär machten. Nein, die Attraktion war ich! Oder vielmehr meine Rolle in dem aufregenden Morddrama, das die Nation fast genauso fesselte wie die Talentshow.

„Also war sie wirklich richtig gefroren?"

„Was ging Ihnen durch den Kopf, als Sie die Leiche sahen?"

„Oh mein Gott, haben Sie nicht einen furchtbaren Schrecken bekommen?"

„Was meinen Sie, wer sie ermordet hat?"

„Ja, Tee und Scones, bitte ... und sind Sie nicht die Frau, die die Leiche gefunden hat?"

Wahrscheinlich hätte ich mich nicht darüber aufregen sollen. Schließlich bestellten die neugierigen Gäste auch etwas, sodass wir uns über mangelnden Umsatz nicht beklagen konnten. Trotzdem presste ich meine Lippen mit jedem Mal fester zusammen, wenn wieder jemand fragte: „Übrigens – waren Sie nicht die Frau ..."

Nun holte ich tief Luft, atmete langsam aus und sah die beiden Mädchen an, die kichernd und flüsternd vor mir standen. Sie konnten nicht viel älter als sechzehn sein und benahmen sich so, wie sich Teenager nun mal benahmen. Ich wusste, dass ich meine Gereiztheit nicht an ihnen auslassen sollte.

Also setzte ich ein freundliches Lächeln auf. „Ja, das stimmt. Ich habe Lara King gefunden."

„Ehrlich?", kreischte eine der beiden. „Hat sie ausgesehen wie ein Eis am Stiel?"

Ich spürte, wie sich meine Kiefer anspannten, und gab mir Mühe, ruhig zu antworten. „Nein. Wenn ich Ihnen jetzt Ihren Tisch zeigen darf ..."

„Oh, da fällt uns ein ... wir müssen nach Hause. Sorry!"

Unter unterdrücktem Gelächter stürmten sie aus dem Tearoom. Ich war kurz davor, frustriert aufzuheulen, riss mich aber zusammen. Schließlich wollte ich meine Gäste nicht verschrecken. Also atmete ich tief durch und ging zur Theke, wo mich Cassie mit mitfühlendem Blick empfing.

„Schon wieder ein paar sensationslüsterne Voyeure?"

„Was ist bloß mit den Leuten los? Sie tun so, als sei Laras Tod Teil einer Horrorshow. Herrgott noch mal, die Frau wurde ermordet!"

„Nun ja, nach allem, was ich gehört habe, schien sie nicht gerade eine besonders sympathische Person gewesen zu sein. Hast du gelesen, was die Klatschblätter über sie schreiben? Sie haben viele Leute interviewt, die sie kannten, und niemand hat ein gutes Wort für sie übrig. Sie stand in dem Ruf, ein selbstsüchtiges Biest zu sein – sie hat sich angeblich einen feuchten Kehricht um andere Menschen und ihre Gefühle geschert, so lange sie das bekommen hat, was sie wollte."

„Ja, den Eindruck hatte ich auch, als sie mit Nicole gesprochen hat."

„Wo sie sich als mannstoller Homewrecker geoutet hat. Das hat die Presse natürlich auch ausgeschlachtet. Viele Frauen haben sich gemeldet, denen Lara den Mann ausgespannt und die Ehe zerstört hat."

„Das verstehe ich nicht. Wieso kommt das erst jetzt heraus? Ich meine, Stuart Hollande hat mir erzählt, dass über Lara mehr berichtet worden ist als über die anderen Kandidaten, also haben ihr die Medien mehr Aufmerksamkeit geschenkt. Hätten sie das alles nicht bereits früher ausgegraben?"

Cassie zuckte die Schultern. „Du weißt doch, wie das geht. Sie war der Liebling des ganzen Landes, sie hatte gute Aussichten, den Wettbewerb zu gewinnen, und da wollte niemand der Spielverderber sein. Es ist so, als würdest du als Einzige aufstehen und etwas gegen die beliebteste Schülerin der Schule sagen. Wahrscheinlich würde man dir unterstellen, dass du eifersüchtig bist oder sie aus purer Gehässigkeit schlechtmachen willst. Aber jetzt sieht die Sache anders aus. Jetzt geht es um eine Mordermittlung und die Polizei sucht nach Gründen, warum jemand Lara umbringen wollte. Daher haben die Leute das Gefühl, dass sie alles auspacken können, was sie immer schon über sie sagen wollten."

Bevor ich etwas erwidern konnte, gellte ein lauter Schrei durch den Raum. Er kam aus der Küche.

Cassie und ich rannten hin und sahen unsere Konditorin Dora mit einem Nudelholz auf einem Stuhl stehen.

„Wo ist sie? Sehen Sie sie?", fragte sie schrill.

„Was sehen wir?", fragten Cassie und ich wie aus einem Munde.

„Die Maus!"

„Was?! Wir haben keine Mäuse", rief ich empört. „Der Inspektor von der Lebensmittelüberwachung war erst letzte Woche da und es war alles in Ordnung - keine Spuren von Mäusen oder anderen Plagegeistern."

„Es ist mir egal, was der Mann gesagt hat. Ich habe sie genau gesehen. Da unten hat sie gesessen!" Sie wies mit dem Nudelholz auf den großen Tisch mitten in der Küche.

Ich beugte mich hinunter. „Jetzt sitzt da jedenfalls keine Maus mehr. Wahrscheinlich haben Sie sich das nur eingebildet, Dora."

„Nein, ich habe sie wirklich gesehen", beharrte sie. „Das war keine Einbildung."

„He, wisst ihr was?" Cassie schnippte mit den Fingern. „Das Nachbarhaus wird gerade aufwendig renoviert, nachdem es monatelang leer stand. Die Handwerker reißen Wände ein und öffnen die Decken – wahrscheinlich kam die Maus von dort. In solch heruntergekommenen Gebäuden hausen immer Mäuse und Ratten. Und wenn sie aufgescheucht werden, zerstreuen sie sich in alle Winde und suchen sich einen neuen Unterschlupf."

Igitt! Das hörte sich nicht gut an. Eine Ungezieferplage war das Letzte, was ich in der Teestube gebrauchen konnte.

„Vielleicht ist es ja gar nicht so schlimm", meinte ich hoffnungsvoll. „Vielleicht war es nur ein einziges Nest und die Mäuse haben sich hier umgesehen, aber Dora hat sie verjagt." Ich streckte meiner Konditorin die Hand entgegen. „Kommen Sie, ich helfe Ihnen vom Stuhl -"

„Oh nein!" Dora schüttelte entschieden den Kopf. „Ich bleibe hier stehen, bis Sie diese Maus gefunden haben."

Plötzlich stieß Cassie, die hinter einigen Küchenschränken nachgesehen hatte, einen entsetzten Schrei aus. Im nächsten Moment schoss ein pelziges braunes Etwas hervor und rannte dicht an meinen Füßen vorbei quer durch die Küche, sodass ich erschrocken zur Seite sprang.

Dora fuchtelte laut kreischend mit dem Nudelholz. „Da ist sie!", rief sie, als ein grauer Blitz der Maus nachsetzte.

„Müsli!"

Meine freche kleine Katze durfte eigentlich nicht in die Küche, da die Lebensmittelüberwachung zur Auflage gemacht hatte, dass sie sich nur in Bereichen aufhielt, in denen keine Speisen zubereitet werden. Trotzdem stahl sie sich oft genug in Doras Reich, weil es dort warm war und sie gerne auf einem Stuhl in der Nähe der Konditorin döste – und weil sie genau wusste, dass die Küche für sie tabu war. Je strikter ein Verbot, desto entschlossener war sie, es zu umgehen – typisch Katze. Diesmal musste sie Cassie und mir gefolgt sein, als wir Dora zu Hilfe gelaufen waren.

Jetzt raste sie hinter der Maus her, ihre grünen Augen waren vor lauter Aufregung fast schwarz. Cassie und ich sahen belustigt zu, wie die Maus ihr immer wieder geschickt entwischte.

„Miiiaaauuu!" Müsli machte einen Satz, doch die Maus war wieder einmal schneller: Sie verschwand hinter einem Küchenschrank. Mit wütendem Fauchen setzte meine Katze ihr nach und schob sich in den schmalen Spalt zwischen Schrank und Wand.

Vor meinem inneren Auge sah ich Müsli hinter den Küchenschränken feststecken oder in ein Loch in der Wand kriechen, sodass die Feuerwehr sie im wahrsten Sinn des Wortes heraushauen musste (ja, ich spreche aus Erfahrung). Ich ging in die Knie, zwängte meine Schulter in die Lücke und packte die Katze bei den Hinterbeinen.

„Miau!" Müslis Schwanz zuckte zornig hin und her und ihr Hinterteil zappelte wie wild, um sich aus meinem Griff zu befreien.

„Oh nein, ich lasse nicht los!", sagte ich grimmig, während ich den Arm weiter vorschob, um sie besser zu fassen zu bekommen. Der Putz an der Wand war alt, er löste sich bei der geringsten Berührung und regnete auf mich herab, sodass meine Haare bald weiß bepudert waren.

„Arrgh!" Als ich eine Ladung Putzstaub in die

Augen bekam, ließ ich Müsli unwillkürlich los.

„Brauchst du Hilfe, Gemma?" Cassie sah mich besorgt an.

„Nein, alles in Ordnung. Ich muss nur -"

„Hallo-ho! Jemand zu Hause? Schätzchen, wo bist du?", trällerte eine mir nur allzu vertraute Stimme aus dem Gastraum. Es war meine Mutter! Was wollte sie hier?

Im selben Moment fiel mir ein, dass unsere Gäste sich seit einer ganzen Weile selbst überlassen waren. Oh je.

Ich richtete mich auf, klopfte mir den Putz ab, so gut es eben ging, und überließ es Cassie, sich mit Müsli herumzuschlagen, während ich schnell nach vorne ging.

Kapitel 9

An der Theke im Gastraum stand meine Mutter mit einer mir unbekannten Dame. Wie immer war meine Mutter perfekt frisiert – und natürlich ebenso perfekt gekleidet. Sie trug ein elegantes Wollkleid und farblich darauf abgestimmte Handschuhe und ein passendes Seidentuch. Ich dagegen sah zum Fürchten aus: In meinem Haar waren Putzbröckchen, Pullover und Jeans waren ebenfalls in Mitleidenschaft geraten und ich war rot im Gesicht und schwitzte.

„Du meine Güte", rief meine Mutter, „was hast du gemacht?"

„Äh, ich habe ein bisschen aufgeräumt", murmelte ich.

Ich warf der fremden Frau einen verstohlenen Blick zu, die mich ihrerseits missbilligend musterte. Sie hatte schnurgerade gezupfte Augenbrauen, eine sehr spitze Nase und ein schmales, kantiges Gesicht. Wie meine Mutter war sie damenhaft gekleidet, ihre Frisur und ihr Schmuck markierten ihre Zugehörigkeit zu einer bestimmten Gesellschaftsschicht.

„Liebes, darf ich dir Grace Lamont vorstellen? Sie ist die Herausgeberin von Society Madam, dieser hervorragenden Frauenzeitschrift, die ich dir immer wieder empfehle."

„Eine Zeitschrift für kultivierte Frauen", stellte die Dame scharf klar. „Wir sind nicht wie die anderen Frauenzeitschriften, die den Markt überschwemmen, mit halb nackten Schauspielerinnen auf dem Cover und ihrer obsessiven Beschäftigung mit Männern und Sex. Nein, Society Madam ist eine hochwertige Publikation und der Inhalt ist auf die eleganten Vertreterinnen des schönen Geschlechts abgestimmt. Wir behandeln Themen wie Haushaltsführung und die gepflegte Ausstattung des Heims, Gartenarbeit, Kochen, Mode und Etikette. Jedes Jahr erscheinen zudem Sondereditionen, die sich mit so wichtigen Dingen wie der richtigen Beseitigung von Flecken beschäftigen."

„Aha, sehr interessant", sagte ich.

Meine Mutter strahlte über das ganze Gesicht. „Ich habe mich sehr über Graces Anruf heute früh gefreut. Nun lese ich die Zeitschrift schon so lange und jetzt werde ich selbst darin erscheinen! Welch eine Ehre! Grace möchte mich zu meiner Rolle als Jurorin bei der Talentshow befragen."

„Ja, das ist ein mutiger Schritt, Evelyn. Ich finde es löblich, dass Sie versuchen, den Standard in unserer Fernsehlandschaft zu heben."

„Oh ..." Meine Mutter hüstelte mit gespielter Bescheidenheit. „Ich habe eigentlich keinen klaren Plan, wissen Sie. Stuart Hollande hat mich nur gefragt, ob ich einspringen könnte, weil ein Mitglied der Jury plötzlich unpässlich war. Er sagte, meine Beobachtungen hätten ihn beeindruckt, als wir uns am Abend zuvor beim Essen unterhalten haben."

„Aber soweit ich informiert bin, hat man Sie gebeten, weiterhin bei der Jury zu bleiben."

„Stimmt das, Mutter?" Ich sah sie erstaunt an.

Wieder gab meine Mutter dieses spezielle Hüsteln von sich. „Ich hatte noch keine Gelegenheit, dir davon zu erzählen, Schatz. Stuart meinte, die Zuschauer seien dermaßen begeistert von meinen Kommentaren gewesen – anscheinend gibt es in dem Face Book ein sogenanntes ‚Meme' über mich! -, dass Mr Gibbs zu dem Schluss gekommen ist, dass er mich gerne weiterhin als Jurorin bei der Show hätte."

„Und was ist mit Zoe Carlotti?"

„Das weiß ich nicht, Liebes. Ich nehme an, man hat sie gebeten, von dem Posten zurückzutreten."

Grace schnaubte elegant. „Niemand wird sie vermissen. Ich finde es unbegreiflich, dass man dieses schamlose Flittchen überhaupt in die Jury aufgenommen hat. Haben Sie in der letzten Episode ihre Fingernägel gesehen?" Sie schüttelte sich. „Eine

Dame sollte immer darauf achten, dass ihre Fingernägel höchstens wenige Millimeter über die Fingerkuppe ragen. Wir empfehlen einen Nagellack in klassischen, zurückhaltenden Farbtönen, obwohl auch French Nails hinnehmbar sind."

Ich warf einen verstohlenen Blick auf meine Fingernägel, mit ihrem abgesplitterten Nagellack und den zerfurchten Rändern, und versteckte meine Hände hastig hinter dem Rücken.

„Und weißt du was, Liebes?" Meine Mutter strahlte mich an. „Als ich Grace erzählt habe, dass du das Catering bei der Show besorgst und einen traditionellen Tearoom besitzt, sagte sie, dass sie auch über dich einen Artikel bringen möchte. Ist das nicht fantastisch?"

„Äh, ja, ganz toll." Ich gab mir große Mühe, die nötige Begeisterung aufzubringen. Bei der Vorstellung, mich von dieser furchteinflößenden Frau interviewen zu lassen, fielen mir tausend Dinge ein, die ich lieber machen würde. Andererseits sollte ich froh sein über die zusätzliche Werbung.

Grace Lamont sah sich eingehend in der Teestube um. Ich folgte ihrem kritischen Blick und lächelte insgeheim. Was meinen Tearoom anging, so brauchte ich mich jedenfalls nicht zu schämen. Der historische Charakter des ehemaligen Gasthauses aus dem fünfzehnten Jahrhundert war bei der Renovierung erhalten geblieben, von den freiliegenden Holzbalken über die alten Sprossenfenster bis hin zum Kamin in seiner gemauerten Nische.

„Hm, ja, nicht schlecht." Grace Lamont hörte sich an wie eine Lehrerin, die die Hausaufgaben überprüft. Sie fuhr mit einem Finger über ein Regal. „Ein bisschen staubig, aber insgesamt scheint der Hygienestandard sehr hoch zu sein." Sie sah mich streng an. „Tradition ist gut und schön, aber oft denken die Leute, dass eine gewisse Schmutzschicht zum altertümlichen Charme gehört. Einmal sollte ich eine Kritik über ein Restaurant schreiben, und als ich dort ankam, stellte ich fest, dass es da Mäuse gab." Sie schüttelte sich angewidert. „Können Sie sich das vorstellen? Mäuse! In der Küche! Absolut ekelhaft. Natürlich habe ich das in meinem Artikel erwähnt und auch das Amt für Lebensmittelsicherheit und Hygiene persönlich informiert. Ein solcher Verstoß gegen die Regeln muss gemeldet werden. Erfreulicherweise wurde der Laden bald darauf geschlossen."

Während ich sie stumm vor Entsetzen anstarrte, ging Grace Lamont zu den Speisekarten, die in einem ordentlichen Stapel auf der Theke lagen, und schlug eine auf.

„Ich nehme an, dass Sie hier die guten alten britischen Backwaren servieren? Und nicht diese prätentiösen französischen Kreationen oder - Gott bewahre - solche albernen asiatischen Erfindungen wie ‚Matcha Cheesecake'?"

„Nein, wir bieten ausschließlich traditionelle Spezialitäten wie Scones mit Marmelade und Clotted

Cream an.“

„Hausgemachte Clotted Cream?“, fragte sie in scharfem Ton.

„Selbstverständlich, genau wie die Marmelade. Wir stellen fast alle unsere Speisen eigenhändig her.“

Sie nickte zustimmend. „Und ich hoffe, der Teig wird mit der Hand geknetet und nicht mit diesen schrecklichen Maschinen, die man heutzutage so gerne benutzt?“

„Ja, unsere Konditorin knetet den Teig immer von Hand.“ Das war ja schlimmer als ein Besuch des gefürchteten Lebensmittelinspektors!

In diesem Moment stürmte Cassie aus der Küche.

„Müsli hat die Maus!“

Grace Lamonts Augenbrauen schossen in die Höhe. „Maus?“

„Oh! Äh ... sie meint die Computermaus!“ Ich warf meiner Freundin einen Blick zu. „Meine Katze, Müsli, stürzt sich ... äh ... auf die Maus, wenn wir damit arbeiten wollen. Das ist sehr lästig.“

„Ich wusste gar nicht, dass ihr einen Computer in der Küche habt“, sagte meine Mutter zu Cassie gewandt.

Diese brauchte einen Moment, um ihre Gedanken zu sortieren. „Oh, den ... den haben wir diese Woche erst bekommen. Damit wir einen besseren Überblick über unsere Bestellungen haben.“

„Darf ich mal kurz reinkommen und meine E-Mails abrufen?“, fragte meine Mutter und machte einen Schritt in Richtung Küche. „Helen Green hat mir gerade eine SMS geschickt, dass sie den neuen Katalog von John Lewis per E-Mail erhalten hat! Sie sagte, er kommt als Anhang und lässt sich öffnen wie ein richtiger Katalog. Man kann sogar die Seiten umblättern, wenn man auf die kleinen Pfeile am unteren Rand klickt. Ist das nicht fantastisch? Ich muss unbedingt meine E-Mails checken und -"

Ich versperrte meiner Mutter den Weg. „Der ... der Computer in der Küche ist nicht zum Abrufen von E-Mails eingerichtet." Das war nicht gerade die originellste Ausrede, und normalerweise wäre ich damit nie durchgekommen, aber da meine Mutter sich mit Computern noch weniger auskannte als ich, glaubte sie mir und ließ von ihrem Vorhaben ab.

„Genau", bestätigte Cassie. „Der Computer ist ganz alt. Wir können damit nur Catering-Bestellungen verwalten."

Grace warf mir einen misstrauischen Blick zu, sagte aber nichts, sondern zog einen schmalen, in Leder gebundenen Kalender aus ihrer Handtasche und begann, darin zu blättern. „Also, Gemma, ich habe nächsten Montag Zeit für ein Interview – würde Ihnen das passen?"

„Ähm ... nächste Woche ist wi-" Ich verstummte, als sich die Küchentür einen Spalt öffnete und Müslis kleiner Kopf erschien. Sie kam aufgeregt miauend zu uns, doch ihre Stimme klang anders als sonst, und ich riss entgeistert die Augen auf, als ich sah, warum. Zu meinem Entsetzen blieb Müsli neben mir stehen und ließ das pelzige Bündel, das sie im

Maul trug, einfach fallen.

Cassie stieß einen erstickten Laut aus und starrte die Maus mit großen Augen an. Das winzige Tier kauerte regungslos am Boden, mit weit aufgerissenen Augen und zitternden Schnurrhaaren. Es saß nur wenige Zentimeter von Grace Lamonts Pumps entfernt.

„Was ist los?", fragte Grace verdutzt und sah sich suchend um. „Stimmt etwas nicht?"

„NEIN, alles in Ordnung!", versicherte ich hastig und versuchte, die Maus mit dem Fuß unauffällig wegzuscheuchen. „Ähm, können Sie mir sagen, wie lange das Interview dauern würde?"

„Eine halbe Stunde sollte genügen. Und es wäre gut, wenn Sie in mein Büro in Oxford kommen könnten. Es liegt direkt an der High Street." Grace senkte den Kopf, zog einen Stift aus einer Lasche am Kalender und notierte sich langsam und sorgfältig den Termin.

„Okay, High Street", sagte ich, während ich weiterhin verstohlen mit dem Fuß herumwedelte. Wenn es mir gelang, die Maus zu der großen Palme neben uns zu schubsen, würde sie hoffentlich in den Pflanzkübel klettern, bevor Grace sie bemerkte. Zum ersten Mal war ich meiner Mutter ansatzweise dankbar dafür, dass sie immer neue Zimmerpflanzen für die Teestube anschleppte, die angeblich die Luftqualität verbessern würden.

Ich spürte, wie mein Fuß an etwas Weiches stießen und riskierte einen Blick nach unten. Die

Maus schien vor Schreck wie gelähmt zu sein, doch als ich sie mit dem Schuh anstupste, erwachte sie plötzlich zum Leben. Sie wandte sich der Topfpalme zu, doch bevor sie dorthin gelangen konnte, packte Müsli sie mit der Pfote am Schwanz und hielt sie fest. Oh nein!

„Müsli!", zischte ich und versetzte ihr einen sanften Tritt mit dem Fuß.

„*Miau!*", sagte sie entrüstet und ließ die Maus los.

Grace blickte von ihrem Kalender auf. „Ist das etwa Ihre Katze?"

Sie blickte nach unten – und mir stockte der Atem. Ich betete insgeheim, dass die Maus verschwunden war, sonst musste Grace sie sehen. Zu meiner Erleichterung konnte ich sie jedoch nirgendwo entdecken. Da saß nur Müsli, die Vorderpfoten zierlich aneinandergelegt, und schaute uns mit ihren großen grünen Augen an. Ich entspannte mich leicht. Die Maus musste in die Topfpflanze geklettert sein. Im nächsten Moment hob Müsli aufgeregt schnuppernd den Kopf und ging zu der Palme.

„*Miau?*" Sie steckte den Kopf in das Dickicht aus Palmwedeln, die sich dicht über der Erdschicht im Topf ausbreiteten – das perfekte Versteck für die kleine Maus. Allerdings konnte ich nicht riskieren, dass Müsli sie verscheuchte und sie für alle sichtbar durch den Gastraum lief.

„Komm, Müsli, lass dich knuddeln!", sagte ich und nahm sie schnell auf den Arm.

„*MIIAAU!*" Müsli wollte nicht geknuddelt werden, wie sie mir unmissverständlich zu verstehen gab, und versuchte, sich aus meinen Armen zu winden.

Grace zog die Nase kraus. „Ich mag keine Katzen. Überall Katzenhaare – schrecklich!" Sie machte vorsichtshalber einen Schritt von mir weg und stieß gegen die Palme, dann schnalzte sie gereizt mit der Zunge, als sich ihre Handtasche in einem der Wedel verfing. Sie zog und zerrte, bis sie sie endlich freibekam. „Ich bin überrascht, dass Sie eine Katze in der Teestube haben dürfen", bemerkte sie kalt und bürstete sich mit übertriebener Gründlichkeit das Kleid ab.

„Oh, wir haben die Genehmigung vom Amt für Lebensmittelüberwachung, der Inspektor hat alles überprüft. Müsli darf hier sein, vorausgesetzt, sie hält sich ... äh ... von den Gästetischen fern. Darauf achten wir", fügte ich hastig hinzu.

„Hmm ..." Grace Lamont sah nicht überzeugt aus. Dann schulterte sie zu meiner Erleichterung ihre Handtasche und wandte sich zum Gehen. „Nun denn, ich erwarte Sie nächsten Montag, Gemma. Punkt zehn Uhr."

Ich gab mir alle Mühe, sie fröhlich anzulächeln. „Ja, danke! Ich werde da sein!"

Kapitel 10

Puh! Ich ließ mich auf den Stuhl hinter der Theke sinken, als sich die Tür hinter Grace Lamont und meiner Mutter geschlossen hatte. Cassie, die gerade an einem der Tische bedient hatte, trat zu mir und warf mir einen erleichterten Blick zu.

„Verdammt, das war knapp. Ich war sicher, dass sie die Maus entdeckt!"

„Ich auch", stöhnte ich. „In der letzten Viertelstunde bin ich bestimmt um fünf Jahre gealtert." Derweil saß Müsli auf der Theke und putzte sich in aller Seelenruhe. „Du kleines Biest! Ich wette, du hast mir die Maus absichtlich vor die Füße gelegt."

„Man sagt, dass es ein Zeichen von Zuneigung ist, wenn deine Katze dir ein Geschenk macht", grinste Cassie. „Wo ist der kleine Kerl eigentlich?"

„Die Maus? Die ist im Blumentopf." Ich wies auf

den Pflanzkübel.

Cassie beugte sich hinunter, doch nach kurzer Zeit richtete sie sich kopfschüttelnd auf. „Hier ist sie nicht."

„Nein? Aber ich habe sie hineinkrabbeln sehen." Ich schob die Palmwedel beiseite, die mir fast die Augen ausgestochen hätten, musste Cassie aber recht geben.

„Sie ist wirklich nicht hier", sagte ich verwirrt.

„Hast du sie tatsächlich in den Topf kriechen sehen?"

„Na ja, eigentlich nicht", gab ich zu. „Sie saß hier an meinen Füßen und dann habe ich mich auf Grace Lamont konzentriert – und als ich wieder nach unten geschaut habe, war sie verschwunden. Sie kann nur im Blumentopf sein, sonst hätten wir sie doch gesehen." Ich wies in den Gastraum.

Cassie zuckte mit den Schultern. „Vielleicht ist sie aus dem Blumenkübel gekrochen, ohne dass wir es gemerkt haben?"

Ich starrte sie entsetzt an. „Oh Gott - sag nicht so etwas! Sie könnte also hier in der Teestube herumlaufen?"

Ich sah mich mit bangem Blick im Raum um. Alles schien friedlich zu sein. Paare, Gruppen und Familien saßen an den verschiedenen Tischen, aßen, tranken, redeten und lachten fröhlich. Nirgendwo war auch nur ein Mäuseschnurrhaar zu entdecken.

„Wenn sie irgendwo in der Nähe wäre, hätte Müsli doch sicher längst die Witterung aufgenommen und wäre ihr hinterhergejagt, meinst du nicht auch?" Ich sah meine Tigerkatze an, die nicht aussah, als wollte sie irgendetwas oder irgendjemandem hinterherjagen. Stattdessen widmete sie sich hingebungsvoll ihrer Katzenwäsche.

„Ja, vermutlich hast du recht. Hoffen wir einfach, dass die Maus auf Nimmerwiedersehen verschwunden ist."

Bevor ich Cassie antworten konnte, schrillte mein Telefon in der Tiefe meiner Hosentasche. Ich zog es hervor.

„Hallo!", meldete ich mich barsch.

„Hallo, vermutlich steht dir der Sinn nicht nach einer Essenseinladung?", hörte ich eine amüsierte Stimme.

„Devlin! Tut mir leid, ich wollte dich nicht anraunzen. Der Vormittag hatte es in sich."

„Oh je, bei dir auch?" Devlin stieß einen tiefen Seufzer aus.

„Keine Fortschritte in dem Fall?"

„Bis jetzt treten wir auf der Stelle, und Monty Gibbs ist darüber nicht sehr glücklich", antwortete er mit einem weiteren Seufzer. „Er macht Druck, dass wir die Konzerthalle für den Rest der Dreharbeiten freigeben."

„Hat denn die Spurensicherung nicht längst alles unter die Lupe genommen?"

„Gemma, hast du gesehen, wie riesig der ganze Komplex ist? Allein das Backstage-Areal ist das reinste Labyrinth, lauter Räume mit Requisiten und

Kulissen, dann die verschiedenen Treppenhäuser und Eingänge. Ich möchte nicht, dass die Halle genutzt wird, bevor wir die Möglichkeit hatten, alles gründlich zu untersuchen." Nach einer kurzen Pause fügte er hinzu: „Andererseits könnten wir wochenlang dort herumkrauchen und würden trotzdem nicht jeden Winkel erwischen. Es ist eine Sisyphusarbeit."

„Wenigstens müsst ihr nicht nach der Mordwaffe suchen, oder? Ich meine, es steht doch fest, wie Lara getötet wurde."

„Ja, aber wenn ich in meiner Zeit bei der Kripo eines gelernt habe, dann das: Der entscheidende Hinweis taucht oft genug an den unwahrscheinlichsten Orten auf. Wir wissen nicht, was wichtig ist - bis wir es sehen. In jedem der Garderobenräume oder Materiallager könnte irgendetwas versteckt sein, ebenso im Wartebereich." Devlin klang frustriert. „Ich wünschte nur, ich hätte eine handfeste Spur! Im Moment habe ich nur eine ellenlange Liste von Verdächtigen, aber nichts Eindeutiges, das auf eine Verbindung mit dem Opfer hinweist."

„Was ist mit Nicole Flatley? Ich dachte, sie sei die Hauptverdächtige? Obwohl ich vermute, dass ihr Motiv eher theoretischer Natur ist, nicht wahr? Dass sie Lara umbringen würde, weil sie deren gefühllose Haltung und das unethische Verhalten verabscheut, kommt mir unwahrscheinlich vor."

„Sie könnte ein wesentlich handfesteres Motiv

haben, als du annimmst", erwiderte Devlin. „Wir haben Nachforschungen angestellt - Nicole hat sich vor Kurzem von ihrem Mann getrennt. Er hatte eine Affäre mit einer Nachbarin, und als Nicole das herausfand und die Frau zur Rede stellte, kam es zu einer ziemlich üblen Szene. Es gab mehrere Zeugen, einige Anwohner der Straße haben die Auseinandersetzung beobachtet. Sie berichteten, die Nachbarin habe keinerlei Reue gezeigt, dass sie die Ehe zerstört hatte. Sie lachte Nicole nur aus und sagte, es sei ihre eigene Schuld, dass ihr Mann nicht bei ihr bleiben wolle."

„Oh mein Gott, das ist fast wortwörtlich das, was Lara gesagt hat!" rief ich. „Kein Wunder, dass Nicole ausgeflippt und auf sie losgegangen ist. Ich habe ihren Gesichtsausdruck gesehen - sie kochte vor Wut."

„Ja, die Frage ist, ob diese Wut so groß war, dass Nicole am nächsten Tag beschloss, Lara zu ermorden."

Vor meinem inneren Auge sah ich die schüchterne, in sich gekehrte Pianistin. „Ich weiß nicht, Devlin - ich kann mir einfach nicht vorstellen, dass Nicole jemanden ermordet. Dass sie manchmal außer sich gerät und die Beherrschung verliert, das habe ich ja selbst gesehen, aber die Notiz, die ihr bei dem Behälter mit dem flüssigen Stickstoff gefunden habt, zeigt, dass dieser Mord genau geplant war. Dass Nicole einen kaltblütigen Mord einfädeln könnte, glaube ich einfach nicht."

„Nun, der Schein kann trügen. Auf den ersten Blick wirkt keiner der Kandidaten wie ein Mörder."

„Dieser Trish, der Frau mit dem Hund, würde ich ein Mordkomplott durchaus zutrauen", sagte ich düster.

„Gemma, deine persönlichen Vorurteile trüben dein Urteilsvermögen." Devlin klang amüsiert. „Nur weil du einen kleinen Zusammenstoß mit ihr hattest und sie nicht magst, darfst du sie nicht gleich zur Mörderin abstempeln."

„Habt ihr etwas über sie in Erfahrung gebracht?"

„Nun, für mehr als vorläufige Hintergrundchecks hatten wir keine Zeit, aber die haben ergeben, dass sie sich bisher nichts hat zuschulden kommen lassen. Sie arbeitet als Hundeausführerin und verbringt ihre gesamte Freizeit mit ihren Hunden. An den Wochenenden nimmt sie an Hundesportveranstaltungen oder Gehorsamkeitswettbewerben teil. Das ist vielleicht nicht die Art und Weise, wie der Durchschnittsmensch seine Wochenenden verbringt, aber man kann es kaum als Hinweis auf ein mörderisches Naturell werten."

„Ja, aber es ist ein Hinweis darauf, dass sie wettbewerbsorientiert ist", wandte ich ein.

„Konkurrenzdenken ist kein ausreichendes Motiv für einen Mord", gab Devlin ungeduldig zurück. „Das reicht nicht." Er hielt inne, dann fügte er nachdenklich hinzu: „Du sagtest, die Freundin der Silberlocken, June Driscoll, wollte das Preisgeld für einen bestimmten Zweck. Weißt du mehr darüber?"

„Du glaubst doch nicht ernsthaft, dass sie die Mörderin sein könnte?" Ich lachte auf.

„Ich muss jede Möglichkeit in Betracht ziehen."

„Ach, komm schon, Devlin! Das ist schlicht lächerlich. Du hast selbst gesagt, dass wir die Ü80-Möchtegern-Popstars wahrscheinlich von der Liste der Verdächtigen streichen können."

„Ich kann meine Meinung revidieren. Wie auch immer, ich würde es nur gerne wissen."

„Mit dem Geld soll die Selbsthilfegruppe ihres Mannes gerettet werden."

„Selbsthilfegruppe?"

„Ja, er ist letztes Jahr verstorben und seine Witwe möchte unbedingt seine Selbsthilfegruppe im Gedenken an ihn weiterführen."

„Worum geht es bei dieser Gruppe?"

„Sie unterstützt Menschen mit buschigen Augenbrauen."

„Was? Soll das ein Witz sein?"

„Nein, nein, ich meine es ganz ernst. Die Gruppe nennt sich B.U.S., das steht für ‚Buschig und schön'."

Devlin schwieg einen Moment, obwohl ich meinte, am anderen Ende der Leitung ein unterdrücktes Lachen zu hören. Schließlich räusperte er sich und sagte: „Die Pussy Puffs gehören zu den aussichtsreicheren Kandidaten. Man könnte sogar behaupten, dass sie bessere Chancen als Trish oder Gaz haben, ins Finale zu kommen, jetzt, wo Lara ausgeschaltet ist."

„Ja, aber … du ziehst sie doch nicht wirklich als Täterinnen in Betracht?"

Devlin seufzte. „Im Moment bin ich bereit, alle zu verdächtigen. Auf jeden Fall alle, die kein hieb- und stichfestes Alibi haben. Die Crew können wir weitgehend streichen, bis auf ein paar Beleuchter, die zur Tatzeit allein waren. Von den Kandidaten kommen nur die zehnjährigen Zwillinge nicht infrage, außerdem Albert, der zur fraglichen Zeit auf der Bühne war.

Ich glaube, wir können Franz Ziegler und Tim, den Hip-Hop-Tänzer, ebenfalls ausschließen. Der Jodelnde Klempner unterhielt sich mit einem Mitglied der Crew und Tim spielte mit den Zwillingen, was deren Mutter bestätigt hat. Bleiben also noch Nicole, Cheryl, Gaz, Trish und die Granny-Band. Einige Crew-Mitglieder erinnern sich, die Silberlocken gesehen zu haben, aber sie waren nicht in der Lage, sie einzeln zu identifizieren. Niemand kann mit Sicherheit angeben, ob Nicole, Cheryl, Trish oder Gaz zum Zeitpunkt des Mordes im Wartebereich waren."

„Ich habe Gaz gesehen", sagte ich. „Er hat sogar mit mir gesprochen."

„Aber du hast zu Protokoll gegeben, dass zwischen dem Gespräch mit ihm und dem Auffinden von Laras Leiche mehrere Minuten vergangen sind."

„Ja, das stimmt. Nachdem ich mit ihm gesprochen hatte, ging ich hinaus, um meine Mutter auf dem Podium zu sehen, und dann suchte ich backstage nach Cheryl. Ich habe durch die Hinterbühne eine Abkürzung zu der Seitenbühne genommen, und dann bin ich über die Leiche gestolpert."

„Gaz hätte also Zeit gehabt, sich hinter die Kulissen zu schleichen und Lara zu töten, nachdem du ihn gesehen hast."

„Ja, das könnte sein", bestätigte ich zögernd.

„Und du sagtest, du hast Cheryl gesucht?"

„Ja, sie hat mich gefragt, ob Müsli für ihre verschwundene Katze einspringen könnte. Also bin ich nach Hause gefahren, um Müsli zu holen. Aber als ich wieder in der Konzerthalle ankam, konnte ich Cheryl nirgends finden. Aber ich bin sicher, dass ich sie knapp verpasst habe", fügte ich rasch hinzu. „Wie du schon sagtest, gleicht die Konzerthalle einem Labyrinth."

„Aber es ist interessant, dass sie um die Zeit des Mordes ‚vermisst' wurde", überlegte Devlin. „Als wir sie befragten, hat sie nur sehr vage Angaben gemacht. Sie sagte, sie habe nach ihrer Katze gesucht."

„Ja, das stimmt. Sie hat sich Sorgen um Misty gemacht. Außerdem ist Cheryl definitiv nicht die Mörderin."

„Woher weißt du das?"

„Ich ... ich weiß es einfach! Ich habe am Tag des Halbfinales eine ganze Weile mit ihr geplaudert. Sie ist einfach nicht der Typ ..."

„Gemma, du magst sie, nicht wahr?"

Mist. Devlin war zu scharfsinnig. „Das hat nichts damit zu tun", wehrte ich ab.

„Ich denke schon. Und wie ich eben sagte – persönliche Gefühle sollten dein Urteilsvermögen nicht beeinträchtigen. Nur weil du eine Person nicht magst, ist sie noch lange kein Schurke, und nur weil du eine Person magst, ist sie noch lange nicht unschuldig."

„Ja, okay, du hast recht. Aber ich habe Trish definitiv nicht im Wartebereich gesehen. Skip, ihr Hund, war da, er war an seinem Zwinger angebunden. Ich weiß, ich weiß, du wirst sagen, dass ich voreingenommen bin, aber der Punkt ist, dass sie genauso ‚vermisst' war wie Cheryl. Hat sie bei der Befragung gesagt, wo sie war?"

„Sie sagte, sie sei nach draußen gegangen, um frische Luft zu schnappen."

„Das glaube ich nicht. Sie wird bis zur letzten Minute geprobt haben! Und wenn sie an die frische Luft gegangen ist, warum hat sie dann nicht ihren Hund mitgenommen? Das wäre doch nur logisch gewesen."

„Was ist mit Nicole?", wechselte Devlin abrupt das Thema. „Hast du sie gesehen?"

„Nein, habe ich nicht. Was hat sie gesagt, wo sie war?"

„Sie sagt, sie sei auf der Toilette gewesen, aber bisher haben wir dafür keine Bestätigung."

„Oh je, dieser Fall ist wirklich verworren, nicht

wahr?" fragte ich mitfühlend.

„Ja, aber heute Abend nehme ich mir frei", meinte Devlin. „Zumindest will ich mal etwas anderes erleben. Das ist eigentlich der Grund, weshalb ich anrufe. Ich weiß, es ist sehr kurzfristig, aber hättest du Zeit, heute Abend zu einem formellen Dinner zu gehen? Es hat eigentlich mit der Arbeit zu tun, aber Partner sind willkommen, und da wir in den letzten Wochen kaum Gelegenheit hatten, uns zu sehen ... Es ist nicht das Gleiche wie ein romantisches Abendessen, ich weiß, aber wenigstens könnten wir ein wenig Zeit miteinander verbringen. Und vielleicht können wir danach noch etwas trinken gehen."

„Abgemacht!", lächelte ich. Es wäre schön, mit Devlin zusammen zu sein, egal wann und wo. „Was ist es - eine Veranstaltung der Polizei?"

„Nein, die Sherlock-Holmes-Gesellschaft der Universität Oxford lädt zu ihrem jährlichen Speaker's Dinner im Montague College. Mein Chef war als Gastredner eingeladen, aber er kann nicht kommen, also wurde ich im letzten Moment eingespannt. Ich halte einen Vortrag über die Psychologie des Mordes."

„Nicht zu fassen, dass die Leute sich das beim Essen anhören wollen."

„Nun ja, in Oxford sieht man das etwas anders", lachte Devlin. „Die Psychologie des Mordes ist wahrscheinlich ziemlich leichte Kost - es hätte auch ‚Die multiplen Identitäten paralleler Universen' oder ‚Klassisches Latein und sein Einfluss auf die moderne Rhetorik' sein können."

„Stimmt", sagte ich lachend. „Okay, wann treffen wir uns?"

„Drinks vor dem Essen gibt es um halb acht, das Abendessen beginnt um acht. Soll ich dich gegen sieben abholen?"

„Sehr gerne", sagte ich, während ich bereits überlegte, was ich anziehen sollte. Ich freute mich auf den Abend mit Devlin und die Gelegenheit, die Talentshow für eine Weile zu vergessen. *Und es ist immer ein Vergnügen, Devlin im Smoking zu sehen*, dachte ich. Mit seinen durchdringenden blauen Augen, den dunklen Haaren und dem schlanken, muskulösen Körper könnte Devlin O'Connor James Bond jederzeit den Rang ablaufen.

Meine Laune hatte sich erheblich gebessert, und ich war in Gedanken noch immer bei dem bevorstehenden Abend, als die Silberlocken kurze Zeit später den Tearoom betraten. Sie wurden von June Driscoll begleitet, die müde und angespannt aussah.

„... Gemma wird es wissen", sagte Mabel, während sie ihre Freundin zur Theke führte. „Ihr junger Mann ist der mit den Ermittlungen beauftragte Detective, weißt du." Zu mir gewandt sagte sie: „Hast du irgendwelche Neuigkeiten in dem Fall? Plant die Polizei, jemanden zu verhaften?"

„Sie wissen, dass Devlin keine Details über laufende Ermittlungen mit mir besprechen darf", log ich.

„Unsinn", gab Mabel zurück. „Du warst schon früher an Mordermittlungen beteiligt, du kennst dich damit besser aus als die meisten. Du hast der Polizei sogar bei der Lösung vieler Fälle geholfen. Natürlich mit unserer Unterstützung", fügte sie süffisant hinzu, verschränkte die Arme und betrachtete mich selbstgefällig. „Also ... was hat dir dein Detective erzählt, als er dich gerade angerufen hat?"

„Woher wissen Sie ...?" Ich starrte sie an und gab dann seufzend auf. „Die Polizei ist im Moment ziemlich ratlos. Es gibt viele Verdächtige, aber keine handfesten Hinweise, die auf eine eindeutige Verbindung zu dem Mord hindeuten."

„Wer sind die Verdächtigen?", fragte June mit besorgter Stimme.

„Sie alle, ehrlich gesagt", antwortete ich. „Jeder hinter der Bühne könnte es getan haben, obwohl die Teilnehmer sicherlich ein stärkeres Motiv als die Crew hatten, Lara zu töten."

„Was meinst du damit?", fragte Glenda.

„Ohne sie haben die anderen Kandidaten eine größere Chance, ins Finale zu kommen."

„Aber Devlin glaubt hoffentlich nicht, dass jemand einen Mord begeht, nur um den Wettbewerb zu gewinnen!", rief Ethel.

„Das wäre abscheulich!", sagte Florence. Ihr sonst so freundliches Gesicht drückte tiefe Abscheu aus.

Während Mabel, Glenda, Florence und Ethel empört aussahen, war June sehr still geworden. Devlins Worte kamen mir wieder in den Sinn, und einen Moment lang blitzte ein verrückter Gedanke in meinem Kopf auf. Als ich die blasse Frau vor mir betrachtete, musste ich an ihre Entschlossenheit denken, den Wettbewerb zu gewinnen – und an die militärische Präzision, mit der sie die Qualitäten und Chancen der anderen Kandidaten beurteilt hatte. Wie weit war June Driscoll bereit zu gehen, um das Andenken an ihren Mann zu bewahren?

Dann grinste ich insgeheim. Würde eine nette alte Dame jemanden ermorden, nur um die Selbsthilfegruppe für Menschen mit buschigen Augenbrauen zu retten? Das war doch lächerlich!

Kapitel 11

Montague College gehörte zu den kleineren Colleges von Oxford, doch mit seinen Innenhöfen und den efeubewachsenen Gebäuden im neo-klassizistischen Stil wirkte es dennoch majestätisch. Ich folgte Devlin durch das Haupttor, vorbei an der Pförtnerloge und durch den vorderen, von einem Säulengang umschlossenen Innenhof. Inzwischen war es dunkel geworden, das College wurde nur durch altertümliche Lampen beleuchtet, die einen schwachen gelben Schein verbreiteten und unheimliche Schatten an die Wände warfen. Als wir an dem hohen Torbogen am anderen Ende der Kolonnade ankamen und die knarrende Holztreppe zu einem privaten Vorzimmer hochgestiegen waren, hatte ich das Gefühl, durch die Kulisse eines

Horrorfilms zu laufen.

Dieses Gefühl verschwand jedoch, kaum, dass ich das hell erleuchtete Vorzimmer betrat, mit seinen mittelalterlichen Wandbehängen und dem antiken schmiedeeisernen Kronleuchter an der Decke. Wir waren spät dran, da Devlin auf der Polizeiwache aufgehalten worden war, und so war der Raum bereits gut gefüllt mit Leuten, die mit einem Drink in der Hand plaudernd beisammenstanden. Die Männer sahen weltgewandt aus in ihren schwarzen Smokings und Fliegen, die Frauen trugen elegante Cocktail- und Abendkleider.

Devlin warf mir einen entschuldigenden Blick zu, als ihn ein Mitglied des Vorstands der Sherlock-Holmes-Society zur Seite nahm und ihn in eine Diskussion über politische Ethik verwickelte. Mir machte es nichts aus, ich mischte mich gern unter die Leute und unterhielt mich mit ihnen. Ich hatte mir gerade ein Glas Champagner von einem Keller geben lassen, der sich mit einem Tablett voller Gläser durch die Menge drängte, als mir jemand auf die Schulter klopfte.

„Gemma! Du hier?"

Ich drehte mich um und sah mich einem jungen Mann gegenüber, der eine Hornbrille mit dicken Gläsern trug. Es war Seth Browning, den ich mit breitem Grinsen begrüßte. Neben Cassie gehörte er zu meinen besten Freunden, wir drei waren zu unserer Studienzeit unzertrennbar. Cassie und ich konnten es damals kaum erwarten, das

Studentenleben hinter uns zu lassen. Ich machte in Sydney Karriere und Cassie verfolgte ihren Traum, Künstlerin zu werden. Der schüchterne, ruhige Seth dagegen blieb an der Universität, das akademische Leben war perfekt für ihn und mittlerweile war er einer der jüngsten wissenschaftlichen Mitarbeiter am Chemischen Institut des Gloucester Colleges.

„Seth, was für eine schöne Überraschung!" Ich gab ihm einen Kuss auf die Wange. „Was treibt dich hierher? Erzähl mir nicht, dass du ein Mitglied der Sherlock-Holmes-Society der Universität Oxford bist!"

„Um ehrlich zu sein, habe ich darüber nachgedacht", antwortete Seth lachend. „Wie ich gehört habe, bieten sie ein interessantes Programm mit anspruchsvollen Themen. Einer meiner Kollegen ist Mitglied und meinte, ich sollte heute Abend mitkommen, um mir die Sache einmal anzusehen." Er sah sich nach Devlin um. „Ich wusste nicht, dass Devlin heute der Gastredner ist."

„Eigentlich sollte sein Boss einen Vortrag halten, aber der war verhindert, also hat er Devlin gebeten, einzuspringen."

Der Klang eines Gongs unterbrach uns, gleich darauf wurde die doppelflügelige Tür zum Speisesaal geöffnet und die Gäste nahmen ihre Plätze ein. Zum Glück gab es keine festgelegte Sitzordnung, und da Devlin weiterhin von den Vorstandsmitgliedern mit Beschlag belegt wurde, konnte ich mich neben Seth setzen. Als die Bediensteten in ihren weißen

Uniformen das Vier-Gänge-Menü auftrugen, betrachtete ich die festlich gedeckte Tafel. Rings um den Teller lagen sorgfältig aufgereiht Gabeln, Löffel und Messer und einen Moment lang hatte ich das Gefühl, wieder Studentin zu sein. Das Studentenleben in Oxford ist mit vielen Merkwürdigkeiten gespickt und eine davon sind die zahlreichen zeremoniellen Zusammenkünfte, an denen man teilzunehmen hat. In meinem ersten Semester am College musste ich nicht nur für meine Tutorien lernen, sondern mir außerdem einprägen, wann man welche Gabel benutzte. Von außen nach innen, erinnerte ich mich und nahm das entsprechende Besteck zur Hand, als man mir die Vorspeise vorsetzte.

„Schade, dass Cassie nicht hier ist", meinte Seth. „Sonst hätten wir den gemeinsamen Abend nachholen können, den wir verpasst haben."

„Ja, ich hatte mich darauf gefreut, das Halbfinale mit euch zusammen anzusehen", sagte ich bedauernd. „Aber dann ging alles drunter und drüber und ich habe euch nicht einmal zu Gesicht bekommen."

„Für uns war es auch furchtbar. Wir saßen im Zuschauerraum und haben uns gefragt, wo du bleibst – und dann brach die Hölle los. Wir haben nur gesehen, wie alle hinter die Bühne liefen, als plötzlich jemand schrie wie am Spieß."

„Das war ich", erklärte ich verlegen.

„Ja, Cassie hat mir erzählt, dass du einen ganz

schönen Schock bekommen hast", meinte Seth mitfühlend. „Kein Wunder, wenn man eine Leiche findet."

„Das Auffinden der Leiche war gar nicht das Schlimmste. Aber ihr Gesicht! Es ist zersplittert, als es auf dem Boden aufschlug!" Ich schüttelte mich. „Es war schrecklich, Seth. Ich werde das Bild einfach nicht los. Wie kann menschliches Fleisch so zerspringen?"

„Ja, weißt du, flüssiger Stickstoff ist eine kryogene Flüssigkeit - sein Siedepunkt liegt bei minus 195,79 Grad Celsius oder minus 320 Fahrenheit; das sind nur 77 Kelvin über dem absoluten Nullpunkt, bei dem jede thermische Bewegung zum Stillstand kommt. Und bei dieser Temperatur findet der Übergang von duktil zu spröde statt. Selbst Materialien, die bei normaler Raumtemperatur duktil sind, können bei extremer Kühlung sehr spröde werden, weil sich die Direktionalität der chemischen Bindungen ändert. Angesichts des hohen Wasseranteils von organischer Materie ist es nicht verwunderlich, dass Sprödbrüche auftreten und -"

„Seth!", unterbrach ich ihn genervt. „Kannst du es bitte so erklären, dass normale Menschen wie ich es verstehen?"

„Oh. Okay." Er grinste verlegen. „Lebendes Gewebe wie Menschenfleisch besteht hauptsächlich aus Wasser. Wenn es mit etwas so Kaltem wie flüssigem Stickstoff in Berührung kommt, gefriert es vollständig - wir verwandeln uns in eine Art Eisskulptur. Und Eis ist sehr spröde, wie du weißt. Ein Gegenstand mit einer sehr dichten Oberflächenstruktur würde natürlich nur bei massiver Krafteinwirkung zerbrechen - deshalb ist auch nicht ihr ganzer Kopf zersprungen -, aber die Nase oder die anderen Bereiche des Gesichts brechen leicht, wenn sie einer Belastung ausgesetzt sind, wie es beim Aufschlagen auf dem Boden der Fall ist."

„Aber was ist mit dem Mörder? Bekommt der nicht auch etwas ab? Immerhin musste er Laras Kopf ein paar Sekunden in den flüssigen Stickstoff tauchen, bis sie ... bis sie erfroren war. Würde man das an seinen Händen erkennen?"

„Er könnte Schutzhandschuhe getragen haben, aber selbst ohne Handschuhe wären seine Hände wahrscheinlich durch den Leidenfrost-Effekt geschützt gewesen."

„Den was?"

„Das ist ein physikalisches Phänomen, das auftritt, wenn eine Flüssigkeit mit etwas in Verbindung kommt, das sehr viel heißer ist als sein Siedepunkt. Ein Teil der Flüssigkeit verdampft und bildet eine isolierende Dampfschicht", erklärte Seth. „Das sieht man manchmal, wenn Wasser auf die heiße Herdplatte eines Elektroherds tropft: Man würde erwarten, dass das Wasser sofort verdampft, nicht wahr? Aber stattdessen tanzen die Tropfen für kurze Zeit auf der Herdplatte."

„Oh ja, ich weiß, was du meinst! Ich fand das schon immer seltsam, wie sie kreuz und quer herumflitzen."

„Die Tropfen werden durch eine unsichtbare Dampfschicht zwischen ihnen und der Herdplatte geschützt. Das Gleiche passiert, wenn man die Hand kurz in flüssigen Stickstoff taucht - der Stickstoff, der unmittelbar mit der Haut in Berührung kommt, verdampft und bildet eine Dampfwolke, die die Hand umhüllt und die Haut vor der Wirkung des restlichen flüssigen Stickstoffs schützt. Diese Dampfschicht hält allerdings nicht ewig - wenn du also deine Hand nicht schnell genug herausziehst, ist sie nach ein paar Minuten gefroren."

„Weißt du, ich frage mich, wie weit verbreitet dieses Wissen ist. Auf diese Weise ließe sich vielleicht die Liste der Verdächtigen eingrenzen", sagte ich aufgeregt. „Wer flüssigen Stickstoff als Mordwaffe benutzt, muss mit seinen Eigenschaften vertraut sein. Das bedeutet, dass der Mörder wahrscheinlich jemand ist, der regelmäßig mit Flüssigstickstoff umgeht."

„Nein, ich glaube kaum, dass man das Feld auf diese Weise eingrenzen kann. Flüssiger Stickstoff wird heutzutage in vielen unterschiedlichen Bereichen verwendet. Man benutzt ihn als Kühlmittel für Supraleiter, außerdem gibt es eine Technik zum Zusammenfügen von Maschinenbauteilen, bei der er eingesetzt wird. Und nicht zu vergessen all die schicken Bars, in denen man diese neuartigen Drinks bekommt, mit Rauch und Geblubber als Überraschungseffekt."

„Oh." Ich lehnte mich enttäuscht auf meinem Stuhl zurück.

Als er meinen Gesichtsausdruck sah, fügte Seth schnell hinzu: „Aber es kann sicher nicht schaden, herauszufinden, wer von den Verdächtigen Erfahrung im Umgang mit flüssigem Stickstoff hat." Mit einem Blick auf Devlin fragte er: „Wann geht es mit der Show weiter?"

„Ich weiß es nicht. Ich glaube, Monty Gibbs macht Druck, er will, dass die Konzerthalle wieder zugänglich gemacht wird und die Dreharbeiten weitergehen können. Und wenn der Fall nicht bald entscheidende Fortschritte macht, hat Devlin vielleicht keine andere Wahl."

„Oh, gut. Dann können wir uns die restlichen Auftritte des Halbfinales ansehen."

Ich starrte ihn an. „Seth! Bist du etwa auch ein Fan?"

„Na ja ..." Seth senkte den Blick und spielte verlegen mit seiner Gabel herum. „Ich weiß, es ist keine sehr anspruchsvolle Unterhaltung, aber die Show ist gut gemacht."

„Ja, kann sein ... Nimmst du an der Abstimmung teil?"

„Bis jetzt noch nicht, aber Cassie und ich wollten beim Halbfinale mitmachen. Übrigens: Danke für die Tickets. Die Auftritte live zu sehen, war fantastisch – obwohl es natürlich nur ein paar waren. Hoffentlich lassen sie den Zauberer seine Nummer wiederholen. Die fand ich prima, aber leider konnte er sie nicht zu Ende bringen. Hab ich dir erzählt, dass ich mich als Junge brennend für Zauberei interessiert habe?"

„Tatsächlich? Wolltest du Zauberer werden?"

„Nein, ich hatte zwar einen Zauberkasten, aber eigentlich habe ich mich mehr für die Entwicklung der Zauberei als darstellende Kunst interessiert. Wusstest du, dass sie eine der ältesten darstellenden Künste der Welt ist? Im achtzehnten und neunzehnten Jahrhundert wurden aufwendige Zaubershows in großen Theatern aufgeführt, sie waren sehr beliebt und Illusionisten wurden wie Stars behandelt. Ich habe alles gelesen, was ich in die Finger bekam, über die verschiedenen Zauberer und ihre charakteristischen Stile und natürlich über die unterschiedlichen Zaubertricks."

Ich verdrehte lachend die Augen. „Typisch Seth! Was für normale Menschen ein Hobby ist, wird bei dir zur Obsession."

„Es war keine Obsession", gab Seth empört zurück. „Ich wollte bloß herausfinden, wie die Zaubertricks funktionieren. Aus der theoretischen Perspektive, verstehst du? Man lernt eine Menge darüber, wie bereitwillig sich Menschen hinters Licht führen lassen. Wie bei der Zersägten Jungfrau. Der Zauberer zerteilt seine Assistentin in drei Teile, während sie fröhlich winkt. Nachdem der Zauberer die Teile wieder zusammengefügt hat, steigt sie unversehrt aus der Kiste."

„Ja, das hab ich schon mal gesehen, aber ich habe nie begriffen, wie das möglich ist."

Seth lachte. „Man braucht vor allem die richtigen Requisiten. Eigentlich ist es ganz einfach: Die Assistentin muss sich nur auf eine bestimmte Weise zusammenkrümmen, in einer speziellen Kiste. So macht es Albert auch am Ende seiner Zaubernummer: Er sitzt unter einem Tuch auf einem Stuhl, aber plötzlich erscheint er auf der anderen Seite der Bühne. Ich wette, der Stuhl hat eine Sitzfläche mit einem falschen Boden, der sich öffnet –"

Plötzlich ließ das Klingen einer Gabel, die gegen ein Glas schlug, alle aufhorchen. Der Präsident der Gesellschaft stand mit einem einladenden Lächeln vor der versammelten Gästeschar. Er hielt eine kleine Rede, dann stellte er Devlin vor und bat ihn auf das Podium. Im Raum wurde es still, und alle hörten gebannt zu, als Devlin einen faszinierenden Vortrag darüber hielt, wie Menschen zum Morden getrieben werden. Er analysierte die verschiedenen Arten von Motiven und die Reaktionen auf die vollbrachte Tat: Manche Täter legen in einem Anfall von Schuld und Reue sofort ein Geständnis ab, während andere durchaus bereit sind, noch mehr Menschen zu ermorden, um ihr Verbrechen zu vertuschen.

Während ich ihm zuhörte, musste ich unweigerlich an Laras Tod und die möglichen Verdächtigen denken. Was war der Grund für diesen

Mord? Waren es Habgier und Gewinnsucht? Verbitterung und Rache? Angst und Selbstverteidigung? Oder schlichtweg Wahnsinn?

Kapitel 12

Obwohl wir Montague College erst weit nach zehn Uhr verließen, löste Devlin sein Versprechen ein und ging mit mir zu später Stunde ins Quod Restaurant & Bar auf einen Drink. Es befindet sich im Old Bank Hotel, das in bester Lage an der High Street zwischen einigen der ältesten Colleges Oxfords liegt, mit Blick auf die St. Mary's Church und den berühmten Gebäudekomplex der Bodleian Library. Das Hotel hatte auch deshalb eine besondere Bedeutung für mich, weil es früher die Bank meines Vaters gewesen war - tatsächlich war es über zweihundert Jahre lang die Hauptfiliale der Barclay's Bank in Oxford gewesen, bevor das Gebäude von einem millionenschweren Kunstsammler gekauft und in ein Boutique-Hotel umgewandelt wurde. Ich erinnerte mich daran, dass mein Vater mich gelegentlich mitnahm, wenn er dort seine Bankgeschäfte erledigte. Nun beherbergte der imposante Bau, dessen Grundstein im vierzehnten Jahrhundert gelegt worden war, mit seinen typischen Nischen, holzgetäfelten Wänden und großen Schiebefenstern Touristen, Geschäftsleute und andere Besucher, wobei ihm zugutekam, dass es das einzige Hotel im Herzen der Universitätsstadt war.

Trotz der späten Stunde war im Quod noch viel los, und wir hatten Glück, dass wir zwei freie Hocker an der Bar fanden, die mit ihrer Abdeckplatte aus weißem Onyx den Raum dominierte. Devlin warf einen Blick auf die Getränkekarte, reichte sie mir dann und sagte grinsend: „Ich wette, ich weiß, was du trinkst - den Rose & Rhubarb Bellini."

„Oh, das klingt wirklich gut." Ich sah mir die Karte an und warf ihm einen neckischen Blick zu. „Und ich nehme an, du nimmst den Basilikum Daiquiri?"

Devlin verzog das Gesicht. „Dafür müsste man mich vorher k.o. schlagen! Nein, ich nehme ein Bier, das Cotswold Premium Lager. Wie sieht es mit Snacks aus – möchtest du etwas zum Knabbern?"

„Ach du meine Güte, nein!" Ich legte mir stöhnend die Hand auf den Bauch. „Der Sticky Toffee Pudding, den es im Montague College zum Nachtisch gab, hat mich umgehauen." Nach einem erneuten Blick in die Karte fügte ich wehmütig hinzu: „Schade, denn einige Sachen hier klingen sehr interessant. ‚Cornwall-Taschenkrebs auf Toast' ... und was in aller Welt ist ‚Schwarzer Rettich mit Selleriesalz'?" Ich schenkte ihm ein strahlendes Lächeln. „Was meinst du - wenn der Fall abgeschlossen ist, könnten wir hier mit einem Festessen feiern."

Devlin zog die Augenbrauen hoch. „Du bist sehr optimistisch. Du weißt doch, dass ein großer Prozentsatz der Mordfälle nie aufgeklärt wird?"

„Ja, aber ich habe volles Vertrauen in deine Fähigkeiten", erwiderte ich lächelnd.

Er kicherte und beugte sich vor, um mich zu küssen, doch in diesem Moment bemerkte ich einen Mann an einem Tisch in unserer Nähe. Unsere Blicke trafen sich und die Miene des Mannes erhellte sich, als er mich erkannte. Er eilte zu uns, gefolgt von seiner Tischnachbarin.

„Gemma, wie schön, dich zu sehen!"

Über Devlins Gesicht huschte ein Ausdruck der Verärgerung, doch er brachte ein oberflächliches Lächeln für die Neuankömmlinge zustande. Ich sah den großen, gutaussehenden Mann mit den humorvollen braunen Augen und dem offenen, netten Lächeln freundlich an. Ich kannte Lincoln Green schon fast mein ganzes Leben lang: Seine Mutter, Helen Green, war die engste Freundin meiner Mutter, und die beiden Mütter hatten immer gehofft – und dieser Hoffnung durchaus Ausdruck verliehen –, dass Lincoln und ich einmal zusammenkommen würden. Mit seiner Herkunft aus der oberen Mittelschicht, seiner Ausbildung in Cambridge und seinen tadellosen Manieren als „englischer Gentleman" - ganz zu schweigen davon, dass er Arzt war - galt Lincoln als die viel beschworene gute Partie.

Darüber hinaus war er ein lieber Kerl, und ich fand seine Gesellschaft sehr angenehm. Ehrlicherweise musste ich zugeben, dass die Dinge zwischen Lincoln und mir vielleicht ganz anders gelaufen wären, wenn ich Devlin nach all den Jahren nicht wiedergetroffen hätte. Wir waren gute Freunde, obwohl ich manchmal den Verdacht hatte, dass Lincoln immer noch die Hoffnung hegte, es könnte mehr daraus werden. Devlin schien das jedenfalls für möglich zu halten und war in Lincolns Gegenwart immer angespannt. Dass es meiner Mutter schwergefallen war, Devlin mit seinen Wurzeln in der Arbeiterklasse und seiner unkonventionellen Erziehung zu akzeptieren, war nicht gerade hilfreich gewesen. Und leider muss ich eingestehen, dass ich ihre Missbilligung auch auf meine eigene Haltung hatte abfärben lassen.

Doch das ist jetzt alles Vergangenheit, dachte ich erleichtert. Seit Devlin seine detektivischen Fähigkeiten unter Beweis gestellt hatte (er hatte ihr geliebtes Tablet gefunden, nach dem sie tagelang gesucht hatte), war meine Mutter plötzlich überzeugt, dass meine alte Flamme aus College-Tagen ein prachtvoller Bursche war. Sie hieß ihn mit offenen Armen in der Familie willkommen, während mir endlich klarwurde, dass ich auch ohne die Zustimmung meiner Mutter glücklich sein konnte.

„So ein wunderbarer Zufall!" Lincoln strahlte mich an und gab mir einen liebevollen Kuss auf die Wange.

Devlin zuckte leicht zusammen, schüttelte aber gleichmütig Lincolns dargebotene Hand. „Schön, dich zu sehen, Lincoln."

„Ja, wir haben dich schon eine ganze Weile nicht mehr getroffen", sagte ich.

„Es ist eine Ewigkeit her! Ich glaube, das letzte Mal haben wir uns bei dem Tee gesehen, zu dem deine Mutter eingeladen hat, als deine Mutter", Lincoln schaute Devlin an, „zu Besuch war."

Bei der Erinnerung an jenen Tag erstarrte Devlin für einen Moment und sah noch unbehaglicher aus, als Lincoln begeistert hinzufügte: „Deine Mutter ist großartig, Devlin! Ich war erstaunt, wie jung sie ist. Sie ist eine sehr attraktive Frau -" Er brach ab und errötete, dann räusperte er sich und schloss lahm: „Äh, ich hoffe, sie kommt öfter nach Oxford."

Devlin schien Mühe zu haben, seine Kiefer genügend zu entspannen, um etwas Höfliches zu erwidern, und so schaltete ich mich hastig ein.

„Ähm ... wie läuft die Arbeit, Lincoln?"

„Oh, gut. Im Krankenhaus findet gerade die jährliche Forschungswoche statt, und ich bin für die Gruppe der Gastredner verantwortlich." Mit einiger Verspätung erinnerte er sich an seine Begleiterin. „Darf ich euch Dr. Elsa Krüger vorstellen? Sie hat den weiten Weg von Melbourne auf sich genommen. Wir arbeiten zusammen an einem Forschungsprojekt über septischen Schock."

Die hübsche blonde Frau trat vor und wir schüttelten einander die Hand, wobei ihr Blick interessiert auf Devlin verweilte.

„Sie sind kein Arzt, oder?", fragte sie ihn.

Devlin lächelte. „Nein, mein Dienst an der Menschheit besteht darin, Leute zu verhaften, nicht sie zu heilen."

„Oh - Sie sind Polizist?"

Er neigte den Kopf. „Detective. CID."

„Wow, ich habe noch nie einen echten Detective getroffen." Sie klimperte mit den Wimpern und sah bewundernd zu ihm auf.

Ich widerstand dem Drang, die Augen zu verdrehen.

Devlin grinste. „An Ihrer Stelle würde ich mich nicht zu sehr freuen - es ist nicht so glamourös, wie es im Fernsehen aussieht."

„Oh, sagen Sie das nicht", schnurrte Elsa. „Sie könnten es jederzeit mit einem dieser sexy Fernsehpolizisten aufnehmen."

Oh, um Himmels willen ... Ich war zwischen Ärger und Erheiterung hin- und hergerissen. Und seinem Grinsen nach zu urteilen, genoss Devlin mein Unbehagen. Zu Lincoln gewandt fragte ich: „Wie geht es Jo? Ich habe sie auch schon ewig nicht mehr gesehen."

„Jo? Ihr geht es großartig." Bei der Erwähnung seiner hübschen Kollegin aus der forensischen Pathologie breitete sich ein Lächeln auf Lincolns Gesicht aus. „Sie ist mit einer Freundin im Urlaub, in Finnland. Sie hoffen, Polarlichter zu sehen."

„Oh, ich bin neidisch! Ich wollte schon immer mal

die Nordlichter sehen. Obwohl – dann muss man in der kalten Jahreszeit dorthin fahren, nicht wahr?"

„Zwischen September und März hat man die besten Chancen, die Lichter zu sehen, und du hast recht – jetzt geht es auf den Winter zu und das ist eine brutale Jahreszeit. Ich mag mir nicht vorstellen, wie kalt es da oben in der Arktis sein muss. Hoffentlich erfrieren Jo und ihre Freundin nicht!" Als er merkte, was er gerade gesagt hatte, zuckte er zusammen. „Entschuldigung! Das war ein bisschen geschmacklos angesichts deines schrecklichen Fundes ..."

„Ist schon gut", beruhigte ich ihn. „Es ist ein paar Tage her, und ich gewöhne mich langsam daran. Dass es so bizarr, so unwirklich war, hat es irgendwie noch schlimmer gemacht, glaube ich. Ich weiß nicht, warum, aber ich glaube, ich hätte es besser verkraftet, wenn es eine Messerstecherei oder etwas in der Art gewesen wäre."

„Das ist verständlich", meinte Lincoln. „Wir kommen besser mit Dingen zurecht, die für uns einen Sinn ergeben. Das ist wahrscheinlich der Grund für das Entstehen von Aberglauben und Mythen – damit versuchen wir, mit Naturphänomenen fertigzuwerden, die uns verwirren. So könnte die Legende des Werwolfs mit Porphyrie zu tun haben, also rötlich gefärbten Zähnen und Psychosen, oder mit Hypertrichose, das ist ein übermäßiger Haarwuchs am ganzen Körper. Manche Leute glauben sogar, dass sie von der Angst der Menschen vor Tollwut herrührt. Heutzutage können wir uns diese Krankheiten rational erklären, dank des wissenschaftlichen Fortschritts, aber im Mittelalter war es wahrscheinlich beruhigend, die Symptome auf einen Werwolf-Fluch zu schieben." Lincoln verzog selbstironisch das Gesicht. „Tut mir leid, wahrscheinlich langweile ich dich damit."

„Nein, nein, das ist wirklich interessant. Ich verstehe, was du sagen willst. Jetzt finde ich es nicht mehr so schlimm, dass ich die Fassung verloren habe." Ich hielt inne und fügte dann nachdenklich hinzu: „Weißt du, ich dachte, ein so ungewöhnliches Mordinstrument würde die Suche nach dem Mörder erleichtern, aber Seth meinte, dass flüssiger Stickstoff in vielen Bereichen im Alltag verwendet wird und eigentlich ziemlich leicht zugänglich ist. Anscheinend werden damit sogar ausgefallene Cocktails fabriziert!" Ich musterte den Barkeeper und fragte mich, ob er ebenfalls mit flüssigem Stickstoff arbeitete.

„Ja, in der Medizin wird flüssiger Stickstoff häufig eingesetzt, um Gewebeproben und biologische Zellen zu konservieren, und auch in der Kryochirurgie, um Warzen wegzubrennen."

„Wird er nur an Wissenschaftler oder medizinisches Personal ausgegeben?"

„Nein, ich glaube, man kann ihn einfach im Internet bestellen." Als ich ihn ungläubig ansah, fügte Lincoln hinzu: „Flüssigstickstoff gilt im Allgemeinen nicht als besonders gefährlich. Wenn man sachkundig damit umgeht, ist er sehr nützlich. Es gibt weitaus gefährlichere, reaktionsfreudigere Stoffe, die man in jedem Haushalt findet, wie zum Beispiel Produkte auf Chlorbasis."

Der Barmann unterbrach das Gespräch, um unsere Bestellungen aufzunehmen, und Lincoln warf Devlin einen entschuldigenden Blick zu.

„Wir sollten Devlin und Gemma in Ruhe ihre Drinks genießen lassen", sagte er und legte seiner Begleiterin eine Hand unter den Ellbogen.

Die blonde Frau schmollte. „Oh, wir müssen doch noch nicht gehen, oder? Die beiden haben sicher nichts dagegen, wenn wir uns eine Weile zu ihnen setzen."

Ich habe sehr wohl etwas dagegen, vor allem, wenn du meinem Freund fast auf den Schoß kletterst, dachte ich säuerlich.

Zu meiner großen Erleichterung sagte Lincoln: „Elsa, denken Sie daran, dass Sie morgen beim Frühstückssymposium einen Vortrag halten, und das beginnt um halb acht. Also machen wir besser Schluss für heute." Zu mir gewandt fügte er hinzu: „Ich hoffe, wir sehen uns bald wieder, Gemma." Devlin streckte er die Hand entgegen.

Devlin drückte sie: „Hat mich gefreut, alter Junge." Dann wollte er sich von Elsa ebenfalls mit Handschlag verabschieden, doch sie gab ihm stattdessen einen nicht enden wollenden Kuss auf die Wange.

„Es war sooo schön, Sie kennenzulernen, Devlin",

säuselte sie. „Wenn Sie jemals in Melbourne sind, kommen Sie mich besuchen, ja?"

Kurze Zeit später waren wir wieder allein, und ich stieß einen Seufzer der Erleichterung aus. „Puh, ich dachte schon, sie würde darauf bestehen, dass wir sie mit nach Hause nehmen! Nicht, dass es dir etwas ausgemacht hätte", fügte ich spitz hinzu.

Devlin lachte laut. „Auf jeden Fall ist es mal etwas anderes als zuzusehen, wie Lincoln dich anschmachtet."

„Lincoln schmachtet mich nicht an! Er ist ... er ist einfach nur nett."

Devlin ahmte Lincolns vornehmen Akzent nach: „Oh Gemma, so ein wunderbarer Zufall!" Dann beugte er sich vor und gab mir einen langen, feuchten Kuss auf die Wange.

Ich kreischte auf und stieß ihn kichernd zurück. „Igitt! Hör auf, Devlin, lass das."

Der Barkeeper setzte unserer Alberei ein Ende, als er unsere Drinks servierte, während ich mich leicht errötet und glücklich auf meinem Barhocker zurechtsetzte. Es war lange her, dass ich Devlin so locker und ungezwungen erlebt hatte. Er arbeitete hart und wirkte oft ernst und in sich gekehrt, sodass es schön war, ihn gelöst und entspannt zu sehen. Ich musste an unsere gemeinsame Zeit am College denken. Seit meiner Rückkehr nach England hatte ich Devlin als den klugen, unermüdlichen „Inspector O'Connor" kennengelernt und es fiel mir manchmal schwer, den humorvollen jungen Mann in ihm zu sehen, in den ich mich vor all den Jahren verliebt hatte.

Devlin nahm einen Schluck und sah mich nachdenklich an. „Verraten Sie mir, woran Sie gerade denken, Miss Rose?"

„Ich habe an einen jungen Mann gedacht, den ich einmal kannte ... vor langer, langer Zeit, in einem anderen Leben ..."

„Ah ..." Devlin lächelte. Er ergriff meine Hand. „Nun, in diesem Leben ... wird er so bald nicht wieder verschwinden."

***

Ich war erst weit nach Mitternacht zu Hause, aber trotz der späten Stunde wachte ich früh am Morgen auf. Das lag wahrscheinlich daran, dass ich mir Gedanken machte, wie es mit der Show weitergehen würde. Nach wie vor gab es keine Nachricht vom Produktionsteam, aber nach allem, was Devlin mir gestern erzählt hatte, stand die Freigabe der Konzerthalle unmittelbar bevor. Da sich die Produzenten jederzeit melden konnten, beschloss ich, die Teestube am Vormittag vorsichtshalber nicht aufzumachen, und rief Dora an, um es ihr zu sagen.

„Oh, gut, dass Sie Bescheid geben - ich wollte gerade eine Ladung Scones backen", meinte Dora. „Jetzt kann ich den Teig für später im Kühlschrank aufbewahren.

„Sind Sie schon in der Teestube?"

„Aber natürlich! Ich komme jeden Morgen um fünf Uhr hierher. Wie sollen wir sonst alles schaffen, bis der Tearoom um halb elf öffnet?", fragte Dora säuerlich.

„Ja, natürlich." Wie so oft dankte ich dem Himmel, dass ich sie gefunden hatte. Sie war nicht nur eine hervorragende Konditorin, sondern wohnte auch gleich um die Ecke vom Little Stables Tearoom. Es machte ihr nichts aus, in aller Herrgottsfrühe anzufangen, sodass ich den Tag ein bisschen ruhiger angehen konnte und oft sogar ein paar Arbeiten im Haushalt erledigen konnte, bevor ich die Tür zur Teestube aufschloss.

„Warum nehmen Sie sich nicht den Vormittag frei, Dora? Sie könnten die Füße hochlegen und ein gutes Buch lesen oder so."

„Die Füße hochlegen? Ein gutes Buch lesen?" Doras Lachen klang recht humorlos. „Ich weiß nicht, wie es Ihnen geht, meine Liebe, aber es gibt tatsächlich Leute, die ihren Haushalt machen und Wäsche waschen und dergleichen. Und eigentlich sieht das Wetter heute gut aus, auch wenn es etwas kühl ist - ich könnte die Gelegenheit nutzen und im Garten arbeiten."

„Gartenarbeit? Jetzt? Aber es ist November. Was wollen Sie denn im tiefsten Winter im Garten machen?"

„Der Winter hat noch nicht einmal angefangen. Und im Garten gibt es viel zu tun: Laub zusammenharken, aussäen, Blumentöpfe reinholen

– dabei fällt mir ein: Haben Sie die Maus gefunden?“

„Nein, ich weiß nicht, wohin sie verschwunden ist. Wir haben sie jedenfalls nicht mehr gesehen. Wieso? Haben Sie in der Küche Mäusespuren entdeckt?“

„Nein, zum Glück nicht. Ich sehe jeden Tag in der Vorratskammer nach, aber bis jetzt scheinen dort keine Nager am Werk gewesen zu sein. Vielleicht sollten wir eine Mausefalle aufstellen?“

„Oh nein, Mausefallen sind grausam“, rief ich entsetzt. „Die arme Maus!“

„Gemma, Mäuse sind Ungeziefer, keine Haustiere.“

„Aber sie sehen so niedlich aus, wie sie ihr Futter in den winzigen Pfoten halten und -“

„Niedlich? Sie machen wohl Witze! Schmutzige, hinterhältige kleine Kreaturen … igitt!“

„Wie dem auch sei, ich glaube nicht, dass wir uns deswegen Sorgen machen müssten. Wahrscheinlich war es nur eine Einzelgängerin, die sich verlaufen hat und jetzt verschwunden ist. Wenn sie noch irgendwo wäre, hätten wir Spuren gefunden, vor allem bei all den Lebensmitteln, die offen herumliegen.“

„Hmmm …“

Dora schien nicht überzeugt, aber sie ging nicht weiter auf das Thema ein und ich verabschiedete mich bald von ihr. Eine Weile wanderte ich ziellos durch mein Cottage, beantwortete halbherzig einige E-Mails und versuchte, liegengebliebenen Bürokram zu erledigen, doch ich war zu unruhig, um mich zu konzentrieren. Schließlich erinnerte ich mich, dass ich gestern beim Dinner etwas Sauce Béarnaise auf mein Kleid gekleckert hatte, und beschloss, den Vormittag zu nutzen und es in die Reinigung zu bringen. Bei meinem hektischen Tagesablauf ließ sich kaum vorhersagen, wann ich die nächste Möglichkeit dazu hätte – wahrscheinlich erst in ein paar Wochen, und bis dahin wäre der Fleck unauslöschlich eingetrocknet.

Die Reinigung befand sich in einer schmalen Seitenstraße, die zur Cornmarket Street führte, der breiten Fußgängerzone mitten in Oxford. Nachdem ich mein Kleid abgeliefert hatte, schob ich mein Fahrrad langsam durch das Stadtzentrum und sah mir die Auslagen in den Schaufenstern an. Vor einem Café an einer Straßenecke blieb ich stehen und bewunderte die kleinen Terrakottatöpfe mit Stiefmütterchen und Veilchen an der Eingangstür, die trotz des kalten winterlichen Wetters tapfer blühten. Die bunten Blüten verbreiteten eine fröhliche, einladende Stimmung und luden die Passanten zum Eintreten ein.

Vielleicht würde so etwas Ähnliches vor meiner Teestube auch gut aussehen, dachte ich. Ich holte mein Handy aus der Tasche, um ein Foto zu machen, aber als ich den Fokus ausrichtete, fiel mir das Schaufenster neben dem Café auf. Es schien zu einem Schuhladen zugehören, doch was mir mehr auffiel als die Auslage war die Frau, die sich mit einem Kunden im Laden unterhielt: Es war Nicole

Flatley, die Pianistin.

Spontan ging ich hinein. Die Regale waren mit Gesundheitsschuhen und anderem Schuhwerk für Menschen im fortgeschrittenen Alter gefüllt, und mehrere ältere Damen stöberten im Laden. Ich blieb an der Theke stehen, bis Nicole mit ihrer Kundin fertig war, und tat überrascht, sie zu sehen.

„Hallo! Sie sind Nicole, nicht wahr? Ich wusste gar nicht, dass Sie in Oxford arbeiten." Ich schenkte ihr ein freundliches Lächeln. „Ich bin Gemma - ich mache das Catering für die Show."

„Oh, natürlich. Sie kamen mir irgendwie bekannt vor." Sie erwiderte mein Lächeln vorsichtig. Ja, ich arbeite hauptsächlich in Oxford, aber auch einen Tag pro Woche in unserer Filiale in Reading. Ich bin Podologin", erklärte sie. „Der Laden bietet Beratungen als Dienstleistung an. Wir passen den Kunden nicht nur die richtigen Schuhe an, sondern helfen auch bei einer Reihe von Fußproblemen." Sie deutete auf ein Poster an der Wand.

Ich warf einen Blick darauf und wurde stutzig, als ich die Worte las:

Lassen Sie Ihre Füße von uns rundum versorgen!
Podologie zur Behandlung von häufigen Fußproblemen wie Ballenzehen, Schrunden, eingewachsenen Zehennägeln, Warzen ...

Es war dieses letzte Wort, das meine Aufmerksamkeit erregte, denn ich erinnerte mich plötzlich an das, was Lincoln gestern Abend gesagt hatte. Zu Nicole gewandt fragte ich beiläufig: „Sie entfernen auch Warzen? Ist das eine komplizierte Prozedur?"

„Oh nein, es ist ganz einfach. Ich habe eine Zusatzausbildung in Kryotherapie. Dabei werden die Warzen kontrolliert abgefroren. Das führt normalerweise dazu, dass die Haut Blasen wirft und das Gewebe abstirbt, und dann wird die Warze entfernt."

„Wow ... aber wie frieren Sie die Warze ein?"

„Normalerweise verwende ich flüssigen Stickstoff -" Sie brach plötzlich ab und sah mich misstrauisch an. „Warum wollen Sie das alles wissen?"

„Oh ... ähm, ich habe eine alte Tante, die Warzen an den Fußsohlen hat und sich fragt, wie sie sie loswird", log ich. „Ist dieser flüssige Stickstoff das gleiche Zeug, das Albert bei seiner Show verwendet?"

Nicole wurde blass. „Sie denken, ich habe sie umgebracht, nicht wahr?", flüsterte sie.

„Nein, ich ..."

„Denken alle so?" Ihre Stimme wurde ein wenig lauter. „Ist es das, was sie hinter meinem Rücken über mich sagen? Nur weil ich mich mit Lara gestritten habe, heißt das nicht, dass ich sie umbringen würde!" Sie hielt inne und sah mich mit schmalen Augen an. „Warten Sie ... ich erinnere mich ... Sie waren dabei, als Lara und ich aneinandergeraten sind. Haben Sie das der Polizei erzählt? Stellt sie mir deshalb nach?", fragte sie.

Ich warf einen Blick über die Schulter. Die Kundinnen und die anderen Verkäuferinnen starrten uns an. Ich errötete leicht und wandte mich wieder der hysterischen Frau vor mir zu.

„Niemand redet über Sie, Nicole", beruhigte ich sie. „Wir verbünden uns nicht gegen Sie. Aber Sie werden verstehen, dass es nur folgerichtig ist, wenn die Polizei Sie verdächtigt, da Sie sich am Tag vor dem Mord heftig mit dem Opfer gestritten haben."

„Sie hat angefangen", behauptete Nicole. „Lara hat diese schrecklichen Dinge gesagt und mich ausgelacht ... genau wie diese Frau, die meinen Steve ..." In ihren Augen schimmerten Tränen. Sie tat mir leid.

„Bitte entschuldigen Sie, Nicole. Ich wollte Sie nicht verärgern." Ich legte ihr sanft eine Hand auf den Arm.

Sie schüttelte den Kopf, holte ein Taschentuch aus ihrer Tasche und schnäuzte sich die Nase. „Ist schon okay. Ich bin einfach immer noch sehr dünnhäutig ..." Sie schniefte eine Weile, dann fasste sie sich und sah zu mir auf. Mit ruhigerer Stimme sagte sie: „Glauben Sie, ich wäre so dämlich, mich in aller Öffentlichkeit mit Lara zu streiten und sie am nächsten Tag zu ermorden? Damit hätte ich wirklich jeden Verdacht auf mich gelenkt."

Da hatte sie recht, viel dümmer könnte man es kaum anstellen. Natürlich war es denkbar, dass sie nach dem Streit verbittert war und aus einem Impuls heraus gehandelt hatte. Aber dieser Mord war kein spontanes Verbrechen, sondern von langer Hand geplant. Außerdem hätte Nicole, falls sie immer noch wütend auf Lara war und sich rächen wollte, ihr wahrscheinlich einfach mit einem schweren Gegenstand den Kopf eingeschlagen oder ihr ein Messer zwischen die Rippen gejagt. Wozu also der ausgeklügelte Plan, sie mit flüssigem Stickstoff umzubringen?

„Aber Sie haben Lara doch gehasst, oder nicht?" Ich konnte einfach nicht lockerlassen.

„Ich kann nicht so tun, als täte es mir leid, dass Lara tot ist", räumte Nicole leise ein. „Sie war eine furchtbare Frau und ich bin sicher, dass ich nicht die Einzige bin, die sie schrecklich verletzt hat. Ja, ich habe sie gehasst." Sie straffte trotzig das Kinn und sah mir direkt in die Augen. „Aber ich habe sie nicht ermordet."

Kapitel 13

Ich grübelte noch immer über meine Begegnung mit Nicole nach, als ich in der Teestube ankam, und war so in Gedanken versunken, dass ich die Silberlocken nicht bemerkte, die sich bereits in ihrer angestammten Ecke am Fenster niedergelassen hatten. Offensichtlich hatten sie jedoch auf mich gewartet, denn sie eilten auf mich zu, sobald ich hereinkam, und redeten alle gleichzeitig auf mich ein.

„He, Moment – ich verstehe kein Wort!", sagte ich laut in das Stimmengewirr. „Sie wollen den Namen Ihrer Gruppe ändern?"

Glenda nickte ernsthaft. „Ja, wir haben beschlossen, dass unsere Granny-Band nicht edgy genug ist."

„Nicht edgy genug?" Ich sah sie verwirrt an.

„Ja, heutzutage geht es nur noch ums Image",

erklärte Florence. „Wenn wir edgy sind, können wir besser mit den jüngeren Teilnehmern mithalten."

Ethel meldete sich zu Wort: „Und der Name ist ein sehr wichtiger Teil des Images."

„Ja, ‚Pussy Puffs' weckt einfach nicht die richtigen Assoziationen", meinte Mabel.

Allerdings! Das können Sie laut sagen, dachte ich.

„Wir wollen einen Namen, der jünger klingt und – ja, der eben mehr edgy hat", sagte Glenda und strahlte. „Das Halbfinale ist unsere letzte Chance, das Publikum zu beeindrucken ..."

„Und natürlich die Fernsehzuschauer, die unseren Auftritt zu Hause am Bildschirm verfolgen", bemerkte Florence. „Sie nehmen ebenfalls an der Abstimmung teil."

„Deshalb haben wir beschlossen, uns umzubenennen", ergänzte Glenda.

„Dem Himmel sei Dank – äh, ich meine ... das ist toll! Wunderbar!", stieß ich inbrünstig hervor. „Haben Sie sich bereits einen neuen Namen ausgedacht?"

„Wir überlegen schon den ganzen Vormittag", antwortete Mabel. „Ethel hat eine Bekannte angerufen, eine ehemalige Bibliothekarin, die Zeitschriften sammelt, und sie hat uns von einer sehr berühmten englischen Girlgroup namens Spice Girls erzählt."

„Oh ja, an die erinnere ich mich", lächelte ich. „Ginger Spice, Scary Spice, Posh Spice, Baby Spice und Sporty Spice. Sie hatten viele Hits, ich fand sie super.“

„Wir nennen uns von jetzt an die Herb Girls!“, verkündete Mabel. „Ich bin Estragon.“

„Ich bin Schnittlauch“, sagte Florence.

„Ich bin Dill“, sagte Glenda.

„Ich bin Petersilie“, strahlte Ethel.

„Für June haben wir noch keinen Namen – vielleicht Kerbel oder Borretsch“, meinte Mabel nachdenklich.

„Sollten Sie für sie nicht etwas Hübscheres nehmen wie Rosmarin oder Thymian?“, wandte ich ein.

„Nein, Rosmarin ist zu alltäglich. Es muss etwas Einprägsames sein.“

Ein Name wie Borretsch ist ganz bestimmt einprägsam, dachte ich. Ich wollte weitere Alternativen vorschlagen, doch dann überlegte ich es mir anders. Im Vergleich zu „Pussy Puffs“ waren „Schnittlauch“ und „Petersilie“ das geringere Übel.

„Wir müssen es June erzählen“, erinnerte Glenda die anderen. „Wenn wir uns später alle in der Concert Hall treffen, könnten wir vielleicht eine Probe unter unserem neuen Namen abhalten.“

„Ist die Concert Hall offen?“, fragte ich erstaunt.

„Hast du es nicht gehört, Gemma? Die Polizei hat den Tatort freigegeben und die Dreharbeiten für die Show gehen weiter. Morgen Abend wird das Halbfinale fortgesetzt.“

„Oh, warum hat mir das niemand gesagt?“ Ich kramte in meiner Tasche nach meinem Telefon, auf dem mehrere verpasste Anrufe und Textnachrichten verzeichnet waren. Ich hatte es am Abend vor dem Schlafengehen auf lautlos gestellt und heute Morgen vergessen, den Ton einzuschalten.

„Ich spreche mit Dora – wir müssen mit den Vorbereitungen für die morgigen Teepausen anfangen", sagte ich und machte mich auf den Weg in die Küche. Ich war jedoch noch keine drei Schritte gegangen, als mir etwas anderes einfiel.

„Oh Mist!", murmelte ich. Unsere großen Servierplatten waren noch in der Concert Hall. Am Tag, als Lara ermordet wurde, hatten wir sie für das Catering gebraucht und in dem Durcheinander, das auf die Entdeckung der Leiche folgte, hatte ich sie vergessen. Da der Tatort die letzten drei Tage abgesperrt gewesen war, hatte ich keine Gelegenheit gehabt, sie zu holen, sodass wir nun nichts hatten, worauf wir die frischen Backwaren servieren konnten.

Seufzend sagte ich zu den Silberlocken: „Ich denke, wir sehen uns in der Concert Hall. Ich muss dort etwas abholen und -"

In diesem Moment klingelte mein Handy. Die Nummer im Display erkannte ich nicht.

„Hallo?"

„Hallo, Gemma – ich hoffe, es macht Ihnen nichts aus, dass ich anrufe. Einer der Producer hat mir Ihre Nummer gegeben. Hier ist Cheryl – Cheryl Sullivan von der Talentshow."

„Hi, wie geht es Ihnen? Haben Sie Misty

gefunden?"

„Ja, einer der Polizisten hat sie einen Tag später gefunden. Keine Ahnung, warum sie davongelaufen ist. Jetzt ist sie wieder zu Hause, aber der Tierarzt sagt, sie hat Katzengrippe. Das hatte sie früher schon einmal, meist ist es ein Zeichen von Stress. Sie kommt von der Tierrettung, wissen Sie, und diese Katzen stecken sich oft im Tierheim an."

„Ist es schlimm?"

„Nein, der Tierarzt geht davon aus, dass sie sich bald erholt. Sie muss allerdings zu Hause im Warmen bleiben." Sie zögerte. „Das ist der Grund, weshalb ich anrufe. Ich frage Sie nur ungern, aber könnten Sie mir Müsli noch einmal ausleihen?"

„Kein Problem, aber sind Sie sicher, dass das eine gute Idee ist? Ich kann nicht einschätzen, ob Müsli alles so macht, wie Sie es haben wollen. Es wäre jammerschade, wenn sie Ihnen Ihren Auftritt vermasselt."

„Sie macht ihre Sache bestimmt gut", erwiderte Cheryl überzeugt. „Vor allem, wenn wir die Nummer ein paarmal üben können. Ich weiß, es ist ziemlich viel verlangt, aber meinen Sie, ich könnte Müsli schon heute Nachmittag haben? Die Konzerthalle wird freigegeben und ich dachte, es wäre die ideale Gelegenheit, meinen Auftritt mit Müsli auf der Bühne zu proben. Ich könnte sie bei Ihnen abholen und später wieder zurückbringen."

„Nein, das wird nicht nötig sein. Ich wollte sowieso gerade zur Concert Hall aufbrechen, weil ich ein paar

Sachen abholen muss, die ich dort habe liegenlassen. Ich kann Müsli auf dem Weg nach Oxford zu Hause einsammeln und sie mitbringen."

„Danke, das ist wirklich nett von Ihnen. Dann sehen wir uns in der Concert Hall."

***

Es war seltsam, den Backstage-Bereich wieder zu betreten und die Mitglieder der Crew geschäftig herumlaufen zu sehen. Wie vor ein paar Tagen verlegten sie Kabel, brachten Scheinwerfer an und trugen Teile der Ausrüstung hin und her. Der Mord schien längst in Vergessenheit geraten zu sein. Auch Monty Gibbs, der in eine ernsthafte Diskussion mit seinen Regisseuren vertieft war, hatte sich offenkundig fest vorgenommen, zur Normalität zurückzukehren.

„… und dann gleich rüber zu Gaz - der sollte nach Lara dran sein, okay? Er kriegt ein paar Minuten mehr im Programm, kapiert?", sagte Gibbs und blätterte durch die Tagesdisposition. „Die Leute lieben den Jungen, denen macht das also nichts aus."

„Aber, Sir", wandte einer der Produzenten stirnrunzelnd ein, „meinen Sie nicht, wir sollten Laras Tod irgendwie würdigen? Vielleicht mit einer Schweigeminute anstelle ihres Auftritts?"

„Was? Wir filmen eine Show, keinen verdammten Gedenkgottesdienst!", gab Monty Gibbs zurück. „Wir verschwenden keine einzige Minute vom Programm, damit das klar ist! Wär doch gelacht, wenn wir aus dem Mord nicht ordentlich Kapital schlagen könnten. Heute Abend hängt das ganze Land vor der Glotze. Eine traumhafte Einschaltquote." Er rieb sich zufrieden die Hände.

Ich wandte mich angewidert ab. Lara war mir nicht sonderlich sympathisch gewesen, aber ihren Tod so gewissenlos auszuschlachten, fand ich abstoßend. Dann blieb ich wie angewurzelt stehen, als mir ein Gedanke durch den Kopf schoss: Wie weit würde Monty Gibbs für eine „traumhafte Einschaltquote" gehen? Würde er dafür einen Mord begehen? Nein, sicher nicht. Außerdem hatte Monty ein Alibi – als Mitglied der Jury hätte er kaum hinter den Kulissen verschwinden und Lara in den Behälter mit flüssigem Stickstoff stoßen können, ohne dass jemand sein Verschwinden bemerkt hätte. Ich schüttelte lachend den Kopf. Die Liste der Verdächtigen war auch ohne Monty Gibbs lang genug!

Cheryl wartete bei ihrer Truhe mit den Marionetten auf mich. Ihre Augen leuchteten auf, als sie Müsli in ihrem Transportkorb sah.

„Meine Güte, sie sieht wirklich aus wie Misty", sagte sie.

„Stimmt, Sie haben Müsli noch gar nicht kennengelernt. Als ich vor ein paar Tagen mit ihr zur Concert Hall zurückkam, waren Sie nicht im Wartebereich."

Cheryl lachte nervös. „Ach, tatsächlich? Dann haben wir uns wohl verpasst. Das passiert leicht, bei all den Räumen und Korridoren."

„Ich habe im ganzen Backstage-Bereich nach Ihnen gesucht, in allen Garderoben – und so kam es, dass ich über Laras Leiche gestolpert bin. Aber ich habe Sie nirgendwo gesehen."

„Oh, jetzt fällt es mir ein – ich muss draußen gewesen sein. Ich wollte noch einmal auf dem kleinen Parkplatz nachschauen, ob ich Misty irgendwo finde." Sie öffnete schnell den Transportkorb und nahm Müsli auf den Arm. „Hallo! Bist du aber hübsch!"

Ich reichte ihr Müslis Laufgeschirr und die Leine. „Soll ich es ihr anlegen?"

„Nein, das schaffe ich schon. Auf diese Weise können wir eine Beziehung aufbauen", lächelte Cheryl.

Während sie mit Müsli beschäftigt war, machte ich mich auf die Suche nach meinen Servierplatten. Sie waren nicht dort, wo ich sie abgestellt hatte, nämlich auf dem langen Holztisch im Wartebereich. In der Personalküche waren sie auch nicht. Wo mochten sie sein?

Ich wanderte von einem Korridor zum nächsten und warf einen kurzen Blick in alle Räume. Die meisten waren leer, überhaupt traf ich auf den Fluren nur wenige Leute. Die meisten Crew-Mitglieder schienen im Wartebereich oder auf der Bühne beschäftigt zu sein. Es herrschte eine unheimliche Stille und meine Gedanken kehrten unwillkürlich zu dem Abend vor drei Tagen zurück, als ich das letzte Mal hier herumgelaufen war, kurz bevor ich zur Seitenbühne gegangen war und Laras Leiche gefunden hatte. Ich schüttelte mich und schob die Erinnerung beiseite, so gut es ging.

Hastig ging ich den Weg zurück, den ich gekommen war, bis ich eine Tür sah, die ich erkannte: Hier hatte ich gestanden, als ich Nicole und Lara streiten hörte. Wie von selbst steuerten meine Füße auf diese Tür zu. Nach kurzem Zögern schob ich sie einen Spalt auf.

Die Garderobe sah genau so aus, wie ich sie in Erinnerung hatte: eine lange Reihe von Tischen, Stühlen und von Glühbirnen umrandeten Spiegeln zog sich an den Wänden entlang. Am letzten Tisch in der Ecke bemerkte ich eine zusammengekauerte Gestalt. Sie sprang auf, als sie meine Schritte hörte – es war Trish Bingham.

„Oh, hallo", sagte ich unbeholfen.

„Was wollen Sie?", fauchte sie.

„N-nichts." Ihr aggressiver Ton ließ mich zusammenzucken. „Ich suche meine Servierplatten und dachte, ich sehe in jedem Zimmer nach, um ganz sicherzugehen ..." Ich verstummte und ärgerte mich über mich selbst, weil ich es so eilig hatte, mein Erscheinen zu rechtfertigen. Warum vermittelte mir Trish das Gefühl, ihr eine Erklärung zu schulden?

„Nun, hier sind sie nicht", knurrte sie. Sie drängte sich an mir vorbei und hastete davon.

Was um alles in der Welt war los mit dieser Frau? Ich sah mich in der Garderobe um. Ich konnte nichts Ungewöhnliches entdecken, außer dass die Fläschchen und Tiegel auf dem Tisch in der Ecke nicht mehr ordentlich aufgereiht standen und dass auf der Tischplatte etwas Puder verstreut war.

Schulterzuckend wandte ich mich ab und machte mich erneut auf die Suche nach meinen Servierplatten. Schließlich fand ich sie an dem Ort, an dem ich sie am wenigsten vermutet hatte. Sie waren unter dem langen Holztisch aufgestapelt, und da sie mit einem Stück Plastikplane zugedeckt waren, hatte ich sie nicht wahrgenommen. Ich packte sie ein und kehrte zu Cheryl und Müsli zurück, die ihren Auftritt proben wollten. Ich sah nervös zu, wie Cheryl meine kleine Katze in ihrem Laufgeschirr zur Seitenbühne führte. Zu meiner Überraschung lief sie gehorsam an ihrer Seite und blieb nur kurz stehen, um an den Vorhängen zu schnuppern.

„Sie bewegt sich viel besser als Misty", schwärmte Cheryl.

„Normalerweise ist sie nicht so brav", sagte ich. „Oft muss sie alles am Wegesrand untersuchen und lässt sich kaum überreden, weiterzugehen – und wenn doch, zieht sie in die entgegengesetzte Richtung. Vielleicht hat die neue Umgebung einen guten Einfluss auf sie."

Ich beschloss, mir Cheryls Nummer vom Zuschauerraum aus anzusehen, und setzte mich in die erste Reihe, sodass ich einen guten Blick auf die Bühne hatte. Müsli saß in einem Korb, den Cheryl auf einem Gestell platziert hatte. Daneben befand sich eine große, altmodische Truhe mit Messingbeschlägen. Ich hatte damit gerechnet, dass es Müsli nicht in dem Korb halten würde, doch statt herauszuspringen, rieb sie die Nase an der Decke und begann dann, sich hin und her zu rollen. Dabei schnurrte sie so laut, dass ich sie auf meinem Platz hören konnte.

Unglaublich! Cheryls Trick mit der Katzenminze funktioniert!, dachte ich. Das musste ich im Tearoom auch ausprobieren. Wenn ich Müsli dazu bringen konnte, in ihrem Korb zu bleiben, statt durch den Gastraum zu streunen, wäre viel gewonnen.

Cheryl plauderte munter mit Müsli, fragte sie, ob sie eine Geschichte hören wolle, und ich musste lächeln, als die kleine Katze mit einem lauten „*Miau*" antwortete. Das war so niedlich! Ich konnte nachvollziehen, dass das Publikum die beiden liebte. Schließlich nahm Cheryl zwei Marionetten und begann, sie gekonnt zu bewegen. Müsli sah interessiert zu, wie die Puppen an ihren Fäden tanzten, doch auch das schien sie nicht aus der Ruhe zu bringen. Sie kuschelte sich in die Fleecedecke und nach und nach war ich überzeugt, dass Cheryl recht hatte und alles gutgehen würde.

Als sie zu singen begann, füllte ihre schöne Stimme auch ohne jede Hintergrundmusik mühelos den Saal. Ihr Lied passte perfekt zu den Bewegungen

der Marionetten und Müslis gelegentliches „*Miau!*"
war wie das Sahnehäubchen auf einer entzückenden
Aufführung.

Bisher hatten mich Marionetten noch nie
interessiert, also hatte ich nicht erwartet, dass mich
Cheryls Nummer begeistern würde, doch nun war
ich angenehm überrascht. Mit Musikbegleitung,
ausgeklügelter Beleuchtung und Spezialeffekten
wäre Cheryls Auftritt fantastische Unterhaltung, vor
allem für Kinder. Als sie sich schließlich verbeugte,
sprang ich laut klatschend auf.

„Das war wunderbar!", rief ich.

„Danke!", strahlte Cheryl. „Müsli hat ihre Sache
prima gemacht! Ich hoffe, das bekommen wir morgen
wieder so gut hin."

„Wenn ja, haben Sie eine gute Chance aufs Finale.
Mit Ihrer Nummer spielen Sie sich in die Herzen der
Zuschauer – eine ernsthafte Konkurrenz für Trish
und Skip."

„Ja, das wird ein Fall von Hunden gegen Katzen",
lachte Cheryl. Sie nahm Müsli aus dem Korb und
drückte sie an sich. „Wir werden es ihnen zeigen,
nicht wahr, Müsli?"

Kapitel 14

„Du glaubst doch nicht wirklich, dass Trish ohne Grund in der Garderobe war, oder?" Cassie warf mir einen skeptischen Blick zu.

Ich zuckte mit den Schultern, lehnte mich auf meinem Stuhl zurück und genoss die angenehme Wärme des Kaminfeuers im Rücken. Wir saßen in einem der historischen Pubs von Oxford, und in der behaglichen Umgebung fielen mir fast die Augen zu. Im Pub war es voll, die Luft summte vor Stimmengewirr. An der Bar warteten die Leute darauf, ihre Bestellungen aufzugeben, sie saßen mit ihren Freunden in den Nischen oder standen in kleinen Gruppen an den Stehtischen. Als beliebter Treffpunkt für Studenten zog der Pub ein jüngeres Publikum an - vor allem jetzt, mitten im Herbsttrimester - und es wäre normalerweise nicht der Ort, den ich nach einem anstrengenden Tag zum

Entspannen gewählt hätte. Aber trotz des Lärms und der vielen Menschen stellte ich fest, dass ich die lebhafte Atmosphäre genoss.

Ich hatte einen Becher Glühwein in der Hand und atmete das wunderbare Zimtaroma ein, das von der dampfenden roten Flüssigkeit aufstieg. Ich trinke nur selten Alkohol, aber der warmen, würzigen Süße von Glühwein an einem kühlen Herbstabend kann ich nicht widerstehen. Ich gähnte, hielt mir dann verspätet den Mund zu und sah Cassie entschuldigend an.

„Tut mir leid, ich bin todmüde. Das ganze Hin- und Hergerenne heute, von Oxford zum Tearoom und dann zur Concert Hall und wieder zurück ..." Ich lächelte meine Freundin an. „Gut, dass du vorgeschlagen hast, dass wir uns hier treffen. Erst dachte ich, es wird mir zu viel, aber jetzt bin ich froh, hier zu sein."

„Seth meinte, er würde vielleicht später vorbeischauen. Er will wissen, wie es um die Mordermittlungen steht." Cassie nippte an ihrem Glühwein und fügte hinzu: „Was meinst du also, warum Trish so unfreundlich war?"

„So ist sie wohl immer", antwortete ich und zuckte erneut mit den Schultern. „Keine Ahnung, warum."

„Vielleicht hat sie Schminke geklaut und hat sich geschämt, weil du sie ertappt hast. Ich wette, sie hat nichts Gutes im Schilde geführt, sonst wäre sie kaum so aufbrausend geworden."

Ich seufzte. „Möglicherweise hat Devlin recht,

wenn er sagt, dass wir gegen Trish eingenommen sind, weil sie so grässlich ist. Das heißt aber noch lange nicht, dass sie eine Mörderin ist."

„Okay. Und was ist mit Cheryl?"

„Cheryl? Nein, nein, ich bin sicher, dass sie niemanden umbringen würde. Schließlich ist sie Kindergärtnerin!"

„Na und?"

Ich dachte an ihren Auftritt mit Müsli, an ihre süße Stimme und die Begeisterung, mit der sie die Marionetten geführt hatte. Natürlich wusste ich, dass der Schein trügen kann, doch ich konnte mir beim besten Willen nicht vorstellen, dass diese Frau eine Mörderin sein sollte ...

„Sie ist einfach nicht der Typ dafür", wandte ich ein. „Außerdem – welches Motiv sollte sie haben? Im Gegensatz zu Trish gilt sie nicht als Favoritin für das Finale. Selbst wenn sie Lara beiseitegeschafft hätte, wären ihre Chancen dadurch nicht gestiegen."

Cassie zuckte die Schultern. „Vielleicht hat sie sie aus einem anderen Grund umgebracht. Nicole verdächtigst du doch auch – und das hat nichts mit dem Wettbewerb zu tun. Du meinst, sie hat Lara gehasst und sie aus Wut ermordet?"

„Mittlerweile habe ich meine Ansicht geändert", erklärte ich. „Ich habe keine Beweise, aber sie sagt, sie hat nichts mit Laras Tod zu tun, und nach unserer Begegnung heute Morgen glaube ich ihr."

Cassie verdrehte die Augen. „Okay. Wenn es weder Nicole noch Cheryl oder Trish war, wer bleibt dann übrig? Gaz? Er profitiert tatsächlich von Laras Ausscheiden aus dem Wettbewerb."

Als hätten Cassies Worte ihn herbeigezaubert, kam ein gutaussehender junger Mann mit Lederjacke in den Pub. Es war Gaz Hillman. Er zwängte sich durch die Menge zur Bar, schenkte allen sein typisches freundliches Grinsen und erntete im Gegenzug das eine oder andere kokette Lächeln von einigen jungen Frauen.

„Wenn man vom Teufel spricht!", bemerkte Cassie. „Ich wusste gar nicht, dass Gaz auch in Oxford lebt."

„Nein, ich glaube, er wohnt nicht hier", erwiderte ich. „Die Silberlocken haben erwähnt, dass er aus Cheltenham kommt. Vermutlich ist er für das Halbfinale angereist und wartet nun ab, dass die Show weitergeht." Ich beobachtete, dass er den Barkeeper wie einen alten Freund begrüßte und ein paar Männern, die in der Nähe standen, eine kurze Bemerkung hinwarf, woraufhin sie in schallendes Gelächter ausbrachen. „Wenn er so weitermacht, sind bald alle im Pub seine besten Kumpel."

„Ja, aber -" Sie verstummte mit weit aufgerissenen Augen. „Was machen *die* denn hier?"

Ich folgte ihrem Blick und konnte kaum glauben, was ich sah: Vier nette alte Damen betraten gerade den Pub. Sie waren in knöchellange Wollmäntel gehüllt und trugen durchsichtige Regenhauben auf dem Kopf. Zwischen den Studenten mit Kapuzenpullovern und kunstvollen Rissen in den

Jeans wirkten sie geradezu exotisch. Sie schauten sich verstohlen um, dann drängten sie an die Bar und stellten sich so nah wie möglich neben Gaz. Als er sich auf die Theke lehnte, um seinen Drink zu bestellen, beugten sie sich ebenso vor. Sie wollten ihn offenbar belauschen.

„Was führen sie nun schon wieder im Schilde?" Cassie klang gereizt.

„Sie stellen vermutlich ihre eigenen Ermittlungen an", seufzte ich. „Du weißt doch, wie gern sie ihre Nasen in anderer Leute Angelegenheiten stecken, und der Mord bietet ihnen dazu die beste Gelegenheit. Wahrscheinlich haben sie beschlossen, dass Gaz der Mörder ist, und folgen ihm jetzt auf Schritt und Tritt, in der Hoffnung, dass er sich irgendwann verrät."

Cassie schüttelte lachend den Kopf. „Warum können sie nicht wie andere alte Damen Babyjäckchen stricken und im Garten arbeiten?"

Gaz hatte inzwischen ein Bier in der Hand und sah sich nach einem Sitzplatz um. Als er sich umdrehte, wichen ihm die Silberlocken mit einer für ihr Alter erstaunlichen Behändigkeit aus. Ein Paar neben uns erhob sich gerade und Gaz beeilte sich, ihren Tisch mit Beschlag zu belegen, während ihm die vier auf dem Fuße folgten. Ich fragte mich, was sie wohl tun würden, wenn er sich hinsetzte - sich wie Racheengel um ihn scharen?

Als ihre Blicke plötzlich auf Cassie und mich fielen, verzogen sich ihre faltigen Gesichter zu einem freudigen Lächeln. Mit wenigen Schritten waren sie an unserem Tisch.

„Gemma! Cassie! Wie schön, euch zu sehen, meine Lieben", begrüßte Mabel uns, bevor sie im verschwörerischen Flüsterton hinzufügte: „Wir beschatten einen Verdächtigen!" Mit einer übertriebenen Kopfbewegung wies sie auf Gaz am Nebentisch.

„Ja, wir halten Gaz für den Mörder", bestätigte Glenda überflüssigerweise.

Ich befürchtete schon, dass der vermeintliche Täter ihre Bemerkung gehört haben könnte, doch zu meiner Erleichterung war er damit beschäftigt, auf seinem Handy eine Nachricht zu schreiben, und achtete nicht auf uns. Außerdem machte das Stimmengewirr im Pub es nahezu unmöglich, die Unterhaltungen am Nachbartisch zu belauschen.

„Wie kommen Sie ausgerechnet auf Gaz?", fragte Cassie. „Er hat kein Motiv – abgesehen davon, dass er Lara möglicherweise aus dem Wettbewerb haben wollte. Aber das gilt auch für andere Kandidaten, die eher als Mörder infrage kommen."

„Ah ... aber du weißt nicht, was wir wissen", meinte Mabel mit einem süffisanten Lächeln.

„Und das wäre?", fragte ich.

Glenda beugte sich vor und sagte in dramatischem Flüsterton: „Lara und Gaz hatten einen One-Night-Sleep!"

„Sie meinen einen ‚One-Night-Stand'", korrigierte ich sie.

„Oh nein, Liebes, dieser Ausdruck besagt, dass sie zusammen im Bett waren – und sie haben die Nacht wohl kaum im Stehen verbracht."

„Nein, ich meine ... Ach, egal. Woher wissen Sie das?"

„Nun, als wir vorhin in der Konzerthalle geprobt haben, haben wir uns mit einem Mädchen von der Crew unterhalten", erzählte Mabel. „Anne, so heißt sie, will im nächsten Sommer heiraten, obwohl ich fand, dass ihr Zukünftiger ein fauler Bursche zu sein scheint, und das habe ich ihr auch gesagt. Wahrscheinlich braucht er mehr Ballaststoffe in seiner Nahrung; Verstopfung verursacht bekanntlich Lethargie und -"

„Ja, aber was hat das alles mit Gaz und Lara zu tun?" Mabels Vortrag über Ballaststoffe hatte ich schon oft genug gehört.

„Dazu komme ich gleich." Mabel warf mir einen irritierten Blick zu. „Anne hat uns erzählt, dass sie eines Morgens in die Concert Hall kam und Lara beim Telefonieren belauscht hat. Anscheinend hat Lara damit geprahlt, dass sie gerade eine aufregende Nacht mit Gaz verbracht hat."

„Lara und Gaz kannten sich also besser, als sie haben durchblicken lassen!", schloss Glenda triumphierend.

„Und es heißt doch immer, dass die meisten Mörder ihre Opfer kennen", sagte Florence.

„Wir glauben, dass Gaz Lara aus Eifersucht ermordet hat!", fügte Ethel mit quietschiger Stimme hinzu.

Ich sah die vier zweifelnd an. „Das ist ein bisschen weit hergeholt, finden Sie nicht? Ich meine, nur weil sie eine Nacht miteinander verbracht haben, heißt das nicht, dass Gaz von Eifersucht besessen war."

„Ja, Lara scheint mit vielen Männern ‚One-Night-Sleeps' gehabt zu haben – wenn man glauben kann, was in der Presse über sie verbreitet wird", sagte Cassie und grinste. „So gesehen kommt ein Großteil der männlichen Bevölkerung als Mörder in Betracht."

„Ah … aber ein Großteil der männlichen Bevölkerung war nicht am Abend ihres Todes mit ihr hinter den Kulissen", bemerkte Mabel.

Ich sah sie stirnrunzelnd an. „Sind Sie sich ganz sicher, dass Ihre Information stimmt? Devlin hat nicht erwähnt, dass Gaz und Lara etwas miteinander hatten, als ich mit ihm gesprochen habe, und ich hätte erwartet, dass die Polizei Bescheid weiß."

„Bah! Die Polizei!" Mabel verzog das Gesicht. „So sehr ich deinen jungen Mann auch mag, Gemma, bin ich dennoch der Meinung, dass die Polizei nicht mehr taugt als eine Kerze im Orkan. Und die Tatsache, dass sie nichts von der Affäre zwischen Gaz und Lara wusste, beweist nur, dass ich recht habe."

„Fairerweise muss man bedenken, dass es für die Polizei schwer ist, solche Details auszugraben, es sei denn, die Leute erzählen bereitwillig davon." Ich hatte das Gefühl, Devlin verteidigen zu müssen.

„*Uns* hat Anne bereitwillig davon erzählt", gab

Mabel hochnäsig zurück. „Es ist nur eine Frage der Technik, meine Liebe." Nach einem raschen Blick auf Gaz, der immer noch Nachrichten auf seinem Handy schrieb, fügte sie hinzu: „Diesem jungen Mann zum Beispiel könnte man ganz einfach ein Geständnis entlocken, indem man ihm ein Gefühl der Sicherheit suggeriert, ihn einlullt und dann unvermutet nach dem Mord fragt. Damit erwischt man ihn kalt."

Cassie schnaubte verächtlich. „Unsinn! Woher haben Sie das?"

„So macht man es in Filmen und Büchern."

„Ganz genau!" Cassie verdrehte die Augen. „In Filmen und Büchern, aber nicht in der Realität."

„Das Prinzip ist das gleiche", beharrte Mabel.

„Nein, im wirklichen Leben benehmen sich die Leute nicht wie Romanfiguren! Sie platzen nicht einfach mit der Wahrheit heraus oder lüften wohlgehütete Geheimnisse, nur weil Sie sie nett anlächeln und mit ihnen plaudern. Diese Geschichten um Miss Marple sind reine Fantasie."

Mabel sah sie herausfordernd an. „Wie kannst du dir da so sicher sein, ohne es jemals probiert zu haben?"

„Na gut – ich versuche mein Glück!", sagte Cassie schnippisch. „Ich gehe zu ihm und verwickle ihn in ein freundliches Gespräch - ganz freundlich und ein bisschen kokett. Und dann frage ich ihn, ob er der Mörder ist. Wir werden sehen, ob er etwas verrät!"

Cassie stand auf und lockerte rasch ihre Strähnen mit den Fingerspitzen. Dann strich sie mit einer Hand über ihr enganliegendes T-Shirt, zog den Stoff über ihre Hüften und schlenderte zu Gaz' Tisch hinüber. Die Silberlocken rückten ihre Stühle in aller Eile so, dass sie näher am Nachbartisch saßen und besser lauschen konnten, und ich tat es ihnen nach. Glücklicherweise hatte gerade eine große Gruppe den Pub verlassen, sodass es plötzlich viel ruhiger war. Unsere Lauschaktion war also nicht aussichtslos.

Gaz schaute auf und seine Augen weiteten sich bei Cassies Anblick.

Sie schenkte ihm ein umwerfendes Lächeln, wies auf den Stuhl an seinem Tisch und fragte mit kehliger Stimme: „Ist der noch frei?"

„Äh, nein ... ich meine, ja, setzen Sie sich!" Er sprang auf und zog den Stuhl für sie hervor. „Äh, kann ich Ihnen einen Drink anbieten?"

„Ich habe schon, danke." Cassie hielt ihren Becher mit Glühwein hoch. Sie lehnte sich auf ihrem Stuhl zurück, sodass er sie in ihrer ganzen Pracht bewundern konnte. Ihr dunkelrotes T-Shirt passte hervorragend zu ihrem wallenden dunklen Haar, und in den eng anliegenden Jeans kamen ihre wohlgerundete Figur und die langen Beine perfekt zur Geltung.

Gaz schluckte, er hatte Mühe, sie nicht unverhohlen anzustarren. Ich dagegen hatte Mühe, nicht laut loszulachen. Obwohl ich seit unserer gemeinsamen Schulzeit (während der sie eine Spur von gebrochenen Herzen hinterlassen hatte!) von

Cassies Tendenzen zur *Femme fatale* wusste, hatte ich selten Gelegenheit, sie in Aktion zu erleben. Cassies Liebe galt der Malerei, und sie würde eher eine Leinwand mit Zärtlichkeiten verwöhnen als irgendeinen Mann. Was die Herren der Schöpfung jedoch nicht davon abhielt, ihr in Scharen nachzulaufen. An Anwärtern, die um ihre Gunst buhlten, mangelte es nie, doch meist tat sie romantische Annäherungsversuche mit lässiger Gleichgültigkeit ab und bemühte sich nie darum, die Aufmerksamkeit eines Mannes auf sich zu ziehen. Jetzt aber gab sie alles, und ich war beeindruckt. Außerdem hatte ich ein wenig Mitleid mit Gaz. Der arme Kerl hatte keine Chance.

Mit aufreizendem Wimpernklimpern sah Cassie ihn an. „Ich hoffe, es macht Ihnen nichts aus, dass ich mich einfach so zu Ihnen geselle, aber als ich Sie sah ..." - sie schenkte ihm ein vielsagendes Lächeln – „da dachte ich, Sie sähen aus wie ein Mann, den ich gerne kennenlernen würde."

„Äh ... ähm ..." Von Gaz' üblicher Souveränität und Schlagfertigkeit war nichts übrig. „Ich ... ich bin froh, dass Sie sich zu mir gesetzt haben. Sie ... Sie sehen aus wie eine Frau, die ich gerne kennenlernen würde."

Cassie lachte. Dann musterte sie ihn plötzlich eindringlich und sagte scheinbar überrascht: „Moment mal – Sie kommen mir irgendwie bekannt vor ... Sie sind nicht etwa der Typ, der bei dieser Talentshow antritt, oder?"

„Doch, der bin ich." Gaz schien ein wenig von seinem Selbstvertrauen wiederzugewinnen.

„Oh, ich liebe Ihre Imitationen!" Cassie riss bewundernd die Augen auf. „Sie sind so witzig!"

Gaz plusterte sich stolz auf.

„Sagen Sie", meinte Cassie kokett, „wie ist es wirklich, bei einer Talentshow mitzumachen?"

„Es macht viel Spaß", grinste Gaz. „Ich meine, man hängt viel herum und wartet darauf, dass etwas passiert, aber die Verpflegung ist prima und hinter der Bühne kann man es gut aushalten."

„Es muss toll sein, wie ein Star behandelt zu werden!"

„Ja, es ist irgendwie cool, so viele Leute um einen herumflattern zu haben - obwohl mir nicht alles bei der Show gefällt."

„Was zum Beispiel gefällt Ihnen nicht?"

„Oh, das Schminken. Ehrlich, ich wusste gar nicht, dass Männer sich im Fernsehen auch schminken müssen. Die Maskenbildnerin macht immer einen Aufstand wegen ‚Glanz' oder wie immer sie das nennt und tupft mir so einen verdammten Puder ins Gesicht, bevor ich auf die Bühne gehe." Er rümpfte die Nase. „Einmal wollte sie mir sogar Lippenstift auftragen, aber ich habe ihr gesagt: Auf keinen Fall, dann sähe ich aus wie ein Volltrottel!"

Cassie lachte, wie er es von ihr erwartete. Dann meinte sie mit gedämpfter Stimme: „Der Mord an Lara ist schrecklich, nicht wahr? Ich konnte es nicht fassen, als ich davon erfahren habe."

Gaz' Miene wurde mit einem Schlag ernst. „Ja, schrecklich, das kann man wohl sagen."

„Haben Sie ... sie gesehen?"

Er wich ihrem Blick aus. „Ihre Leiche, meinen Sie? Nun, ich bin hingelaufen, wie alle anderen auch, aber ich bin nicht zu nahe rangegangen."

Cassie tat, als liefe ihr ein wohliger Schauder über den Rücken. „Und solch ein grausamer Tod! In flüssigem Stickstoff erfroren - was für eine gruselige Art, jemanden zu töten! Lara tut mir wirklich leid ... obwohl ich sagen muss, dass sie mir bei ihren Auftritten nicht besonders sympathisch war. Mochten Sie sie?"

Gaz schien sich in seiner Haut nicht recht wohlzufühlen. „Sie ... sie war ganz in Ordnung."

„Kannten Sie sie gut?"

„Nicht besonders. Sie war eine von mehreren Kandidaten, mehr nicht."

„Seltsam ... ich habe etwas anderes gehört", meinte Cassie mit einem anzüglichen Grinsen. „Ich habe gehört, dass Sie und Lara sich gut verstanden haben. Gut genug, um ein Bett zu teilen."

Gaz erbleichte. „Wo haben Sie das denn gehört? Das ist Blödsinn! Ich habe nicht ... wir haben nie ...", schimpfte er. „Das ist völliger Blödsinn!"

„Ach, und wenn schon – was ist denn dabei?", meinte Cassie achselzuckend. „Sie war eine attraktive Frau - viele Männer hätten wahrscheinlich nichts dagegen gehabt, mit ihr ins Bett zu gehen."

„Ich gehöre jedenfalls nicht dazu", sagte Gaz

barsch. „Können wir über etwas anderes reden?“

„Oh, klar ... tut mir leid.“ Cassies Stimme triefte geradezu vor gespieltem Mitgefühl. „Es muss wirklich hart für Sie sein.“

Gaz entspannte sich leicht. „Sie hat mir nichts bedeutet, daher trifft es mich nicht so sehr. Ich meine ... natürlich tut es mir leid, dass sie tot ist, doch es war nichts Persönliches, verstehen Sie? Aber, ja, Mord ist immer eine ziemlich üble Sache.“

„Vor allem, wenn er in unmittelbarer Nähe geschieht“, sagte Cassie sanft. Mit einem verschwörerischen Lächeln beugte sie sich vor: „Haben Sie eine Ahnung, wer es gewesen sein könnte?“

„Ich ... ich weiß nicht. Im Prinzip kommt jeder infrage, der sich im Backstage-Bereich aufgehalten hat.“

„Aber bestimmt gibt es Leute, die mehr Grund gehabt haben, Lara den Tod zu wünschen? Sie kennen sie alle - was meinen Sie: Wer könnte einen Groll gegen Lara gehegt haben?“

„Wie gesagt, ich weiß es nicht, okay? Herrgott, warum interessieren Sie sich so sehr für den Mord?“ Er betrachtete Cassie mit plötzlichem Misstrauen. „Hey, sind Sie etwa von der Polizei?“

„Hätten Sie ein Problem damit?“, gab Cassie wie aus der Pistole geschossen zurück. „Haben Sie etwas zu verbergen?“

„Nein!“, rief Gaz. „He, Sie glauben doch nicht etwa, dass ich Lara getötet habe?“

Aus Cassies Miene war jede Spur von Koketterie verschwunden. „Haben Sie sie denn getötet?", fragte sie unverblümt.

„NEIN!" Gaz sprang entrüstet auf. „Nein, das habe ich verdammt noch mal nicht. Soll das eine Falle sein? Na schön! Sie wollen wissen, wer Lara umgebracht haben könnte? Ich sage Ihnen, wer: die Frau mit den Marionetten, Cheryl Sullivan."

„Cheryl!", rief ich entgeistert. In diesem Moment war es mir egal, ob Gaz merkte, dass ich gelauscht hatte. „Das ist lächerlich! Wie können Sie so etwas sagen? Cheryl ist die liebste, netteste ..."

Er sah mich spöttisch an. „Oh, Sie sind auf diese Nummer reingefallen, was? Nun, ich sage Ihnen, Cheryl war nicht immer die liebe, nette Katzenfreundin, für die Sie sie halten. Oh nein, unsere tugendhafte Kindergärtnerin hat sich ihr Geld früher auf ganz andere Weise verdient."

„Woher wissen Sie das?" fragte ich.

Er grinste anzüglich. „Nun ... sagen wir, dass ich ab und zu ein wenig Zeit allein mit hochwertiger Männerliteratur verbringe – Sie wissen schon, was ich meine." Er machte eine eindeutige Handbewegung. „In manchen einschlägigen Läden finden sich einige ältere Ausgaben in den hintersten Ecken. Die blättere ich gelegentlich gerne durch ... und raten Sie mal, wer mich eines Tages vom Mittelteil aus angelächelt hat?"

„Wollen Sie damit sagen, dass Cheryl ..." Ich starrte ihn fassungslos an.

Er nickte. „Sie glauben mir nicht? Gehen Sie in die Cowley Road, dort gibt es ein Geschäft mit dem Namen ‚For Your Eyes Only‘. Schauen Sie sich dort um, die Ausgaben aus den Achtzigerjahren sind besonders interessant – das dürfte Sie überzeugen.“

„Aber ich verstehe nicht - wie konnte Lara davon Wind bekommen?“

„Ich habe es ihr gesagt! Wir haben uns über die anderen Kandidaten unterhalten und sie meinte, Cheryl sei einfach zu nett, um wahr zu sein – und ich sagte, da habe sie recht, und erzählte ihr von meiner Entdeckung. Wahrscheinlich hätte ich es nicht tun sollen“, fügte er mit leisem Bedauern hinzu. „Aber Sie wissen ja – Bettgeflüster ...“

Er verstummte, als ihm klar wurde, dass er sich gerade verraten hatte.

„Bettgeflüster? Das war bei dem One-Night-Stand, den es nie gegeben hat, nehme ich an?“, meinte Cassie sarkastisch.

Gaz wurde rot. „Okay, ich habe nicht die Wahrheit gesagt. Wer gibt schon gerne zu, dass er mit einem Mordopfer geschlafen hat? Aber es war wirklich nur dieses eine Mal, nicht mehr. Danach sind wir getrennter Wege gegangen – und ich habe Lara nicht umgebracht!“

Kurze Zeit später, nachdem Gaz den Pub fluchtartig verlassen hatte, setzte sich Cassie wieder an unseren Tisch.

„Nun gut, ich gebe zu, dass Sie recht hatten“, räumte sie widerstrebend ein. „Gaz hat tatsächlich eine Menge ausgeplaudert."

„Das ist allein dein Verdienst", sagte ich bewundernd. „Du warst brillant, Cass! Ehrlich, wenn du die Malerei jemals aufgibst, könntest du für den MI6 spionieren oder bei der Polizei anfangen und die Verdächtigen verhören. Wie du ihn in die Falle gelockt und dann im richtigen Moment festgenagelt hast – wie ein Profi."

„Ja, deine Technik war sehr gut, Liebes." Mabel strahlte wie eine Lehrerin, die stolz auf ihre Schülerin ist.

„Aber er hat kein Geständnis abgelegt." Cassie sah enttäuscht aus.

„Das liegt daran, dass er Lara nicht umgebracht hat", erwiderte Mabel.

„Glauben Sie ihm?"

„Ich finde, er klang sehr aufrichtig", meinte Glenda. „So ein netter junger Mann - und so gutaussehend. Wenn ich fünfzig Jahre jünger wäre ..." Sie seufzte wehmütig.

„Ja, aber Gaz ist Imitator, das sollten wir nicht vergessen", wandte ich ein. „Das ist eine Form von Schauspielerei, nicht wahr? Er könnte seine Empörung und das alles nur gespielt haben. Er behauptet zwar, dass er Lara nicht umgebracht hat, doch das muss nicht stimmen."

„Nun, der Sinn dieser Technik ist, dass der Verdächtige nicht auf der Hut ist, wie es bei einer Befragung durch die Polizei der Fall ist, und deshalb sind seine Reaktionen viel ehrlicher und unmittelbarer. Ich halte Gaz tatsächlich nicht für den Mörder", erklärte Mabel.

„Was bedeutet diese Geschichte mit Cheryl?", fragte Ethel verwirrt. „Ich verstehe nicht, von welcher Männerliteratur er spricht. Als ich in der Dorfbibliothek gearbeitet habe, gab es bestimmte Bücher, die eher Männer ansprachen - Romane von John le Carré und Tom Clancy - aber da sind keine Fotos drin."

„Er meinte eine andere Art von Männerliteratur", sagte ich unbeholfen.

„Welche Art von Literatur gibt es denn sonst noch?" Ethel begriff überhaupt nichts mehr.

Ich warf Cassie einen hilfesuchenden Blick zu, doch sie grinste nur und hob die Hände, als wollte sie sagen: Sieh zu, wie du da rauskommst.

„Ähm ... wissen Sie was?", sagte ich fröhlich. „Ich glaube, ich hole mir ein weiteres Glas Glühwein. Möchte sonst noch jemand etwas trinken?"

Kapitel 15

„Nun, das ist nicht wirklich meine Vorstellung von einem romantischen Date, aber so können wir wenigstens ein bisschen Zeit miteinander verbringen", sagte Devlin mit einem Lächeln, während er auf einem der plüschigen Sitze im Zuschauerraum Platz nahm.

Ich setzte mich neben ihn und lehnte meinen Kopf für einen Moment auf seine Schulter. Devlin legte einen Arm um mich und zog mich an sich.

„Ich kann mich nicht daran erinnern, wann wir das letzte Mal ein richtiges Date hatten", sagte ich. „Der Drink im Quod zählt nicht."

Er seufzte. „Ich weiß. Im Moment geht es bei der Arbeit zu wie im Irrenhaus."

„Wann geht es bei deiner Arbeit nicht zu wie im Irrenhaus? Du hast mir versprochen, dass es nach dem letzten Fall besser werden würde - der, für den du unseren Urlaub gestrichen hast", erinnerte ich ihn mit einem finsteren Blick. „Aber kaum war der Fall abgeschlossen, hast du dich gleich in einen neuen gestürzt."

„Es tut mir leid, Schatz - ich weiß, wie enttäuscht du wegen der Reise nach Malta warst." Devlin sah mich aufrichtig zerknirscht an. „Ich wollte mir wirklich freinehmen, sobald die Ermittlungen abgeschlossen waren. Aber dieser Doppelmord in Wolvercote – da konnte ich mich nicht einfach rausziehen. Die ganze Abteilung war damit überfordert, da konnte ich nicht guten Gewissens Urlaub beantragen. Und dann das hier ..." Er deutete auf die Bühne. „Der Mord an Lara erregt viel Aufsehen und mein Chef macht Druck, er will, dass ich den Fall so schnell wie möglich abschließe."

„Und das ist der Grund, warum ich heute Abend ein bisschen Zeit mit meinem Freund verbringen kann", sagte ich ironisch. „Du bist doch nur hier, um die Verdächtigen im Auge zu behalten."

„Nein, ich hätte auch meinen Sergeanten oder einen der Junior Detective Constables schicken können, um sich die Show anzusehen. Es ist nicht so wichtig." Devlin zog mich enger an sich und streifte meine Wange mit seinen Lippen. „Aber ich möchte nicht, dass jemand anderes mit meiner Lieblingsdetektivin kuschelt", neckte er mich.

Ich musste wider Willen lachen. Es war schwer, auf Devlin wütend zu sein, wenn er so war.

„Hallo, ihr zwei Turteltäubchen, dürfen wir uns zu

euch setzen?“

Cassie und Seth standen im Gang zwischen den Sitzreihen.

„Cass! Seth!“ Ich richtete mich auf. „Schön, euch zu sehen.“

Sie ließen sich auf die Plätze neben uns sinken. Seth sah mich und Devlin wehmütig an und streckte dann zaghaft den Arm aus, als wollte er ihn um Cassies Schultern legen. Dann errötete er und zog ihn eilig wieder zurück. Ich empfand einen Anflug von Mitleid für ihn. Wie viele Männer sehnte sich Seth danach, Cassies Herz zu erobern. Im Gegensatz zu anderen Aspiranten litt er jedoch seit Jahren im Stillen - eigentlich schon seit wir uns alle zu Beginn unseres Studiums in unserer ersten Woche in Oxford kennengelernt hatten. Obwohl er den dringenden Wunsch verspürte, es ihr zu sagen, war er zu schüchtern, um seine Gefühle zu offenbaren. Und so stand ich hilflos daneben. Manchmal war ich von dieser Pattsituation so frustriert, dass ich es Cassie selbst sagen wollte, aber natürlich ging es mich eigentlich nichts an. Also bedachte ich Seth hinter Cassies Rücken mit einem mitfühlenden Lächeln und sagte schnell, um ihn abzulenken: „Seth – ich habe gehört, dass der Auftritt des Zauberers wiederholt wird.“

„Ach wirklich? Das ist fantastisch.“

„Darf er den flüssigen Stickstoff benutzen?“, fragte Cassie stirnrunzelnd. „Ich hätte gedacht ... wenn man bedenkt, dass damit ein Mord begangen wurde ... das kommt mir ein bisschen geschmacklos vor.“

„Albert besteht darauf, dass er ihn für die Spezialeffekte braucht und dass sein Auftritt sonst einfach nicht derselbe wäre. Und wie du weißt, schert sich Monty Gibbs nicht darum, ob etwas geschmacklos ist oder nicht.“

„Aber er ist bereit, besondere Vorkehrungen zu beachten“, sagte Devlin. „Hinter der Bühne hält einer meiner Männer Wache neben dem Behälter, damit nichts passiert.“

„Ich bezweifle, dass irgendjemand den flüssigen Stickstoff ein zweites Mal als Mordwaffe einsetzt“, meinte Cassie. „Nicht, dass ich mit einem weiteren Todesfall rechne ... du etwa? Bist du deshalb hier?“ Sie sah Devlin neugierig an.

„Nein, ich dachte nur, wenn ich den Kandidaten bei ihrem Auftritt zuschaue, kann ich sie vielleicht besser einschätzen, und außerdem hatte ich auf diese Weise eine Ausrede, um ein bisschen Zeit mit Gemma zu verbringen.“

„Ja, aber -“

„PSSST!“, machte Seth plötzlich. „Es geht los!“

Das Licht wurde gedämpft, das Gemurmel im Publikum verstummten allmählich, ein Trommelwirbel ertönte, dann kam eine Stimme aus den Lautsprechern: „Willkommen zur Fortsetzung des Halbfinales der Show ‚Vom Proll zum Promi‘ mit ihren einmaligen Chancen: Bei uns bist du ein Star!“

Etwas Peinlicheres als diesen schrecklichen

Slogan konnte ich mir kaum vorstellen, doch es kam noch schlimmer, als sich der Vorhang öffnete und die drei Juroren die Bühne betraten. Ich würde mich wahrscheinlich nie daran gewöhnen, meine Mutter dort zu sehen. Im Gegensatz zu Stuart Hollande in seinen trendigen Designerjeans und Monty Gibbs in einem schlecht sitzenden Markenanzug trug sie ein Kaschmir-Twinset, einen schlichten Bleistiftrock und eine Perlenkette. Sie sah aus, als hätte sie sich auf dem Weg zur Gartenparty der Queen verlaufen und sei zufällig hierher geraten. Allerdings musste ich zugeben, dass sie die Situation mit Bravour meisterte. Sie wirkte weder nervös noch unsicher und schien keinen Gedanken auf ihr Outfit zu verschwenden. Sie winkte huldvoll, wie Ihre Majestät höchstpersönlich, und aus dem Publikum erklangen sogar Rufe nach „Evelyn Rose! Evelyn Rose!"

„Das kapiere ich nicht!", flüsterte ich Cassie ins Ohr, während die Jury an dem langen Tisch vor der Bühne Platz nahm. „Meine Mutter sieht aus wie eine typische Hausfrau aus den 1950ern – typischer geht es eigentlich nicht mehr. Aber das Publikum ist hingerissen von ihr. Wie kann das sein?"

„Vielleicht freuen sich die Leute, mal etwas anderes zu sehen als die egozentrischen B-Promis, die ständig irgendwelche Nichtigkeiten absondern wie ‚Fantastisch, was du in dieses Lied reingegeben hast'", erwiderte Cassie. „Da ist es schön, eine aufrichtige Jurorin zu erleben, die nicht vor der Kamera posiert oder versucht, ihr Image aufzupolieren. Verstehst du, was ich meine? Die Kommentare, die deine Mutter loslässt, sind so altmodisch und alles andere als politisch korrekt und viele Zuschauer finden das zum Brüllen. Beim letzten Mal hat sie diesem Hip-Hop-Burschen gesagt, dass ihm eine glanzvolle Zukunft bevorsteht, wenn er sich einen ordentlichen Haarschnitt zulegt und sich einen Gürtel anschafft, damit ihm nicht ständig die Hose runterrutscht. Und dem singenden Klempner hat sie dringend empfohlen, sich endlich eine Ehefrau zu suchen, weil er mit vierundfünfzig nicht mehr der Jüngste sei und eine Frau brauche, die sich um ihn kümmert."

„Oh nein, das darf nicht wahr sein!" Ich verbarg das Gesicht in den Händen.

„Doch, aber ihre Sprüche machen in den sozialen Medien die Runde, deine Mutter ist der Hit! Ich habe sogar gehört, dass eine Frühstücksshow über sie berichtet hat. Die Moderatoren haben geschwärmt, dass sie traditionelle Werte im britischen Fernsehen wiederbelebt."

Ich schüttelte ungläubig den Kopf und fragte mich, was mein Vater dazu sagte. Er nahm zurzeit an einer Konferenz teil, sonst wäre er heute Abend hier, doch wäre der sanftmütige, zerstreute Professor Rose von all dem Trubel vermutlich hoffnungslos überfordert gewesen. Andererseits war er seit mehreren Jahrzehnten mit meiner Mutter verheiratet, sodass ihm dieser Zustand wahrscheinlich nur zu vertraut war.

Plötzlich ertönte von der Bühne laute Musik – es ging los. Dann war zu meiner Überraschung eine ernste Stimme zu hören: „Bevor wir mit der heutigen Show beginnen, möchten wir einen Augenblick innehalten und einer unserer fähigsten Kandidatinnen gedenken. Wir sind tief traurig über den Verlust von Lara King und werden sie sehr vermissen. Sie war ein durch und durch professioneller Mensch und wir sind sicher, dass sie dem althergebrachten Motto aus vollem Herzen zugestimmt hätte: The Show must go on. Ihr zu Ehren wollen wir Lara und ihrem Talent vor der Eröffnung der heutigen Runde Tribut zollen ...“

Eine Leinwand wurde herabgelassen, auf der ein Zusammenschnitt von Aufnahmen aus Laras Leben gezeigt wurde: Die Künstlerin singend auf der Bühne, entspannt hinter den Kulissen und beim Umziehen in der Garderobe, wobei sie den Reißverschluss ihres Kleides aufzog und viel nackte Haut – aber keinerlei Unterwäsche - zum Vorschein kam.

Im Publikum wurde anerkennendes Gemurmel laut. Ob Monty Gibbs schließlich doch auf seine Produzenten gehört und sich zu dieser Geste bereiterklärt hatte? In diesem Moment drehte sich der untersetzte Geschäftsmann um und musterte das Publikum. Er grinste zufrieden, als er die andächtigen Mienen wahrnahm. Zum Glück starrten die meisten Zuschauer wie gebannt auf die Leinwand und achteten nicht auf seinen Gesichtsausdruck, sonst wären sie sicher entsetzt gewesen, dass er angesichts von Laras Tod offenbar bester Laune war.

Nicht zum ersten Mal kamen mir Zweifel, was Gibbs' Moral anging. Er war bekannt dafür, dass er sich keinen Deut um Geschmack und Political Correctness scherte, aber was war mit seinem Sinn für Gerechtigkeit und Anstand? Würde er einen Mord begehen, um seiner Show die nötige Publicity zu verschaffen? In der Woche seit Laras Tod hatte sich die Show beim Fernsehpublikum immer größerer Beliebtheit erfreut. Obwohl keine weiteren Episoden ausgestrahlt worden waren, hatten die Wiederholungen traumhafte Einschaltquoten erreicht, und mittlerweile waren sogar Angebote von Fernsehanstalten aus aller Welt eingegangen, obwohl die Show noch nicht einmal in die letzte Runde gegangen war.

Ich wollte Devlin schon von meinen Zweifeln erzählen, doch in diesem Moment betrat Albert, der Zauberer, die Bühne und Devlins Augen leuchteten so begeistert, dass ich ihm nicht die Stimmung verderben wollte. Später würde sich sicher eine Gelegenheit ergeben, mit ihm zu reden.

Also lehnte ich mich auf meinem Plüschsessel zurück und sah mir Alberts Auftritt an. Da es sein zweiter Versuch war, schien er weniger nervös zu sein und schaffte es sogar, nicht zu stottern, als er sich vorstellte.

„Nun, Albert, du lebst in einer Sozialwohnung am Rand von Gloucester, stimmt's?" Stuarts Ton ließ vermuten, dass er beim Publikum auf die Tränendrüse drücken wollte. „Soweit ich weiß, hattest du es nicht leicht als Kind, deine Mutter hat dich allein großgezogen, nicht wahr?"

Albert wurde rot, senkte den Blick und scharrte verlegen mit den Füßen. „Ja, es war nicht einfach."

„Und deine Mutter? Ist sie heute Abend hier?"

„Nein", murmelte er. „Sie hatte keine Zeit."

„Aber ich bin sicher, dass sie sehr stolz auf Sie ist", mischte sich meine Mutter ein. „Sie sind ein netter junger Mann, ein Beweis für die Mühe und Sorgfalt, mit der Ihre Mutter Sie großgezogen hat. Bestimmt hat sie gesunde Mahlzeiten gekocht, als Sie klein waren? Ich weiß, dass Eltern heute eine andere Auffassung von Erziehung und sozialer Stimulation haben, aber ich bin überzeugt, dass Hausmannskost immer noch das Wichtigste ist, wenn man will, dass sein Kind gesund aufwächst. Ihre Mutter hat Ihnen gewiss köstliche Kuchen und Buns gebacken -"

Albert war inzwischen puterrot. „Ja, äh, ich habe ein paar Scones dabei, die sie gebacken hat."

„Oh, wie wunderbar! Meine Tochter Gemma hat einen Tearoom und ihre Scones sind so beliebt -"

Ich blickte entgeistert auf. Lieber Himmel, konnte sie mich nicht heraushalten?

„- und sie backt jeden Tag frisch – also, jedenfalls ihre Konditorin Dora backt, denn Gemma kann gar nicht backen. Nicht, dass ich es nicht versucht hätte, es ihr beizubringen, aber es hat nichts genutzt, es gelingt ihr einfach nicht. Ich finde, es ist eine Schande, dass die jungen Frauen heutzutage Karriere machen, aber nichts vom Kochen verstehen. Meiner Meinung nach ist dies eine wesentliche Fähigkeit, die jede Frau haben sollte -"

„Bitte, bring sie jemand zum Schweigen!", stöhnte ich. Meine Freunde schienen die Ausführungen meiner Mutter jedoch amüsant zu finden, selbst Devlin kicherte in sich hinein.

Zu meiner Erleichterung schaffte es Stuart schließlich, den Redeschwall meiner Mutter zu unterbrechen. „Ganz recht, Evelyn", sagte er charmant. „Ich bin sicher, dass Alberts Mutter zu Hause am Fernseher sitzt und ihm die Daumen drückt. Und wir lehnen uns jetzt zurück und genießen seine Zaubernummer, ja?"

Im Lichtkegel eines einzigen Scheinwerfers begann Albert mit seiner Vorführung. Die Darbietung war nicht besonders aufregend oder originell - es war ein Gemisch aus bekannten Zaubertricks, die er passend zu seinem Kostüm mit einem leichten „Fantasy"-Einschlag versehen hatte. Ehrlich gesagt war ich überrascht, dass Albert es damit bis ins Halbfinale geschafft hatte. *Vielleicht hat er aus lauter Mitleid so viele Stimmen bekommen*, dachte ich. Schließlich ritten die Juroren ständig auf seiner schwierigen Kindheit herum und als Underdog hatte man beim Publikum immer gute Karten. Außerdem wirkte Albert so verletzlich, wie ein kleines Tier, das sich angstvoll in einer Ecke zusammenkauerte. Man verspürte unweigerlich das Bedürfnis, ihm zu helfen und ihn zu beschützen.

Der dichte weiße Nebel, den er mit dem flüssigen Stickstoff erzeugte und der sich von der Seitenbühne her ausbreitete, verlieh seiner Zaubernummer etwas Geheimnisvolles. Er reichte Albert bis zu den Knien, sodass es aussah, als schwebte er über der Bühne. In den wabernden Nebelschwaden konnte er zudem seine gelegentlichen Ungeschicklichkeiten verbergen. Als er zum Höhepunkt seiner Vorführung kam, bei dem er verschwand und ein paar Minuten später aus den weißen Wolken am anderen Ende der Bühne wieder auftauchte, war ich zu meiner eigenen Überraschung beeindruckt und klatschte begeistert Beifall.

„Was meinst du, hat es sich gelohnt, sich die Nummer noch einmal anzusehen?", fragte ich Seth, nachdem Albert die Bühne verlassen hatte.

„Ja, obwohl ich dachte, dass er mehr zeigen würde. Letztes Mal haben wir gar nicht so viel verpasst. Wir waren an dem Punkt angekommen, wo er verschwindet, als wir dich haben schreien hören. Das Ende haben wir also nicht mitbekommen."

„Ja, erst dachte ich, das Geschrei sei Teil der Vorführung", meinte Cassie.

Bevor ich etwas erwidern konnte, verkündete eine Stimme: „Und jetzt ein Leckerbissen für alle Hundeliebhaber! Heißen Sie Trish Bingham und ihren vierbeinigen Tanzpartner Skip willkommen!"

Die Menge klatschte pflichtschuldigst, als Trish

auf der Bühne erschien, mit Skip brav bei Fuß. Sie hatte sich für ein Cowgirl-Kostüm entschieden und ihrem Hund ein passendes Halstuch umgebunden. Ich musste widerstrebend zugeben, dass beide sehr gut aussahen, und das Publikum schien ebenfalls der Meinung zu sein, denn ich hörte einige „Oooohs" und „Ahhhs" aus den hinteren Reihen.

Wie üblich stellte Stuart Hollande als Sprecher der Juroren die nächste Nummer vor und fragte Trish, warum es ihr wichtig sei, den Wettbewerb zu gewinnen.

„Ich will einfach gewinnen", erwiderte sie, ohne eine Miene zu verziehen.

„Haha, natürlich. Bestimmt haben Sie große Pläne mit dem Preisgeld."

„Nein."

„Oh." Stuart sah verblüfft aus. „Äh, dann nehme ich an, dass Sie mit Ihrer Nummer bekannt werden wollen? Vielleicht, um damit im Land auf Tour zu gehen?"

„Nein, ich will nur gewinnen", wiederholte Trish.

Stuart zwackte überrascht mit den Augen. „Oh, aha."

„Da sind Sie wie ich", meldete sich Monty Gibbs zu Wort. „Wir wollen gewinnen, okay? Immer."

Als Trish nicht reagierte, entstand eine peinliche Pause, bis Stuart sie hastig aufforderte, mit ihrer Nummer zu beginnen. Frau und Hund nahmen ihre Position in der Bühnenmitte ein. Dann ertönten die ersten Takte einer Country-Melodie und der Tanz begann. Trish machte eine tiefe Verbeugung und Skip machte sie nach, indem er die sogenannte Playbow-Haltung einnahm, mit der Hunde ihre Artgenossen zum Spielen auffordern. Dann drehte er sich um die eigene Achse und schob sich mit dem Hinterteil zuerst zwischen Trishs Beinen hindurch, um danach auf die Hinterbeine zu springen.

„Oooo-oooh!", rief das begeisterte Publikum.

Mit einem Seil, das sie sich um die Taille gewickelt hatte, tat Trish so, als wollte sie Skip mit dem Lasso einfangen, während der Collie über das schwingende Seil sprang und ihm geschickt auswich. Auf ein Kommando von Trish schnappte er sich das Seil mit den Zähnen, ging rückwärts und zog kräftig daran. Trish zog an ihrem Ende und die beiden veranstalteten ein spannendes Tauziehen. Dabei drehten sie sich im Kreis, bis sie gleichzeitig losließen und zusammen herumwirbelten.

„Ooooh! Aaaaah!", rief das Publikum.

Trish und Skip bildeten ein großartiges Team, sie hüpften, marschierten und tanzten im Takt der Musik über die Bühne. Während der ganzen Zeit ließ sich Trish nicht einmal zu einem Lächeln hinreißen, doch Skips offenkundige Begeisterung machte die mürrische Miene seines Frauchens mehr als wett. Als sie ihre letzte Drehung vollführt hatten und sich mit einer Verbeugung verabschiedeten, brach donnernder Applaus los.

„Ich sage es nur ungern, aber Trish war richtig gut", bemerkte Cassie. „Jetzt, wo Lara nicht mehr da ist, wird es ein Kopf-an-Kopf-Rennen zwischen Gaz und ihr.“

Ich wollte gerade antworten, da wurde schon die nächste Nummer angekündigt. Die Ansage aus dem Lautsprecher ließ mein Herz vor Aufregung schneller schlagen.

„Es scheint, als würde es heute Abend in der Show Katzen und Hunde regnen! Eine kleine Katze folgt Skip, dem Collie, auf dem Fuße - äh, ich meine natürlich: auf der Pfote. Begrüßen Sie Cheryl Sullivan und ihre spezielle Freundin, Müsli!“

Kapitel 16

Ich hielt gespannt die Luft an, als Cheryl mit Müsli an der Leine die Bühne betrat. Meine kleine Tigerkatze blieb im Lichtkegel des Scheinwerfers stehen und spitzte die Ohren, während das Publikum johlte und klatschte.

Ich fragte mich nervös, wie sie wohl mit all dem Lärm und der grellen Beleuchtung zurechtkommen würde. Müsli war mit Abstand die selbstbewussteste Katze, die ich kannte, aber diese Situation war für sie ganz ungewohnt. Bei der gestrigen Probe hatte sie ihre Aufgabe zwar sehr gut gemeistert, doch hatte da nicht ein solcher Geräuschpegel geherrscht.

Müsli schaute sich neugierig um, ihr Schwanz zuckte hin und her und sie hob eine Pfote, als wollte sie im nächsten Moment losrennen. Cheryl beugte sich schnell zu ihr hinunter, streichelte sie und sprach beruhigend auf sie ein. Die kleine Katze entspannte sich und auch im Publikum wurde es allmählich leiser.

„*Miau?*", fragte sie laut und vernehmlich.

„Ooooh", kam die Antwort aus der Menge.

Ich musste grinsen. Wenn es bei dem Wettbewerb nur um Niedlichkeit gegangen wäre, hätte Cheryl schon gewonnen. Begeistert sah das Publikum zu, wie Müsli zu der kleinen Plattform in der Mitte der Bühne lief und in den Korb sprang. Cheryl unterhielt sich lächelnd mit ihr und fragte sie, ob sie eine Geschichte hören wolle, und meine Katze antwortete wie aufs Stichwort an den richtigen Stellen mit einem fröhlichen „*Miau!*".

Die Zuschauer schmolzen förmlich dahin, und ich war unglaublich stolz auf Müsli. Meine Anspannung ließ nach und ich sah zufrieden zu, wie Cheryl die Marionetten zur Hand nahm und ihr Lied anstimmte. Sie hatte jedoch kaum zwei Strophen gesungen, als sich meine Katze plötzlich in ihrem Korb aufsetzte. Sie warf einen Blick in den Zuschauerraum und reckte schnuppernd ihre rosa Nase in die Luft. Mit einem Satz sprang sie aus dem Korb und rannte nach vorne zum Bühnenrand.

„*Miau?*" Interessiert musterte sie das Publikum.

Cheryls Stimme stockte für einen Moment, dann aber versuchte sie so zu tun, als gehöre das alles zu ihrem Auftritt, während sie weiter sang und die Marionetten führte. Ich überlegte, ob ich Müsli rufen sollte, um sie zu beruhigen, oder ob das alles nur noch schlimmer machen würde. Die Katze lief ein paarmal hin und her, dann spannte sie ihre Muskeln an und sprang von der Bühne. Die Zuschauer schrien erschrocken auf, um gleich darauf aufzuatmen, als Müsli auf dem Tisch der Juroren landete.

„Was zum -! He, verschwinde!" Monty Gibbs versuchte, sie mit hektischen Handbewegungen zu verscheuchen.

„Oh, Müsli!", rief meine Mutter streng.

Sie griff nach ihr, aber Müsli wich ihr geschickt aus, schlenderte weiter über den Tisch, vorbei an einem verdutzten Stuart Hollande, und sprang in den Mittelgang. Im Zuschauerraum wurde Gelächter laut, einige Leute versuchten, sie mit „Miez, miez, miez!" zu locken, während andere sie fangen wollten. Ein Mann rief erbost, man solle das örtliche Tierheim benachrichtigen. Währenddessen achtete niemand mehr auf die arme Cheryl und ihre Marionetten.

Von meinem Platz in der Mitte der Sitzreihe konnte ich nicht in den Gang gelangen, ohne mich an etlichen Zuschauern vorbeizuschlängeln, also stand ich auf, stellte mich auf die Zehenspitzen und rief: „Müsli! Müsli!", konnte allerdings das immer lauter werdende Stimmengewirr nicht übertönen. Derweil spazierte meine Katze den Gang entlang, sah sich suchend um und miaute.

Da ertönte plötzlich Devlins Baritonstimme: „MÜSLI!"

Die kleine Katze blieb kurz stehen, bevor sie kehrtmachte und in unsere Richtung lief. Als Devlin noch einmal ihren Namen rief, sprang sie auf die Rückenlehne des nächsten Sitzes und balancierte über alle Hindernisse, bis sie bei uns war und ich sie auf den Arm nehmen konnte. Dort wollte sie jedoch nicht bleiben, sondern streckte Devlin eine Pfote entgegen. Ich schüttelte lachend den Kopf. Ich hätte es wissen müssen: Devlin war Müslis unumstrittener Lieblingsmensch. Vielleicht hatte sie von der Bühne aus seinen Duft wahrgenommen und war heruntergesprungen, um nach ihm zu suchen. Jetzt schnurrte sie zufrieden auf seinem Arm.

Ein paar Mitglieder der Crew versuchten erfolglos, für Ruhe im Zuschauerraum zu sorgen. Die Leute standen aufgeregt schwatzend in kleinen Gruppen zusammen und niemand dachte daran, sich zu setzen.

Schließlich ertönte eine Stimme aus dem Lautsprecher: „Meine Damen und Herren, äh … wir machen jetzt eine kurze Pause. In zwanzig Minuten geht es weiter."

Langsam leerte sich der Zuschauerraum. Viele gingen ins Foyer, um sich die Beine zu vertreten und Erfrischungen zu holen. Auf der Bühne stand Cheryl einsam und verlassen da. Ihr Anblick versetzte mir einen Stich. Hätte Devlin nicht in einer der vorderen Reihen gesessen, hätte Müsli ihn vielleicht nicht gerochen und wäre nicht weggelaufen …

Zehn Minuten später entdeckte ich Cheryl hinter der Bühne und ging rasch zu ihr, mit Müsli auf dem Arm. Die Erzieherin lächelte erleichtert, als sie uns sah.

„Oh, ich bin so froh, dass Sie sie einfangen konnten! Sie ist doch nicht verletzt, oder?"

„Nein, Müsli geht es gut", versicherte ich ihr. „Sie scheint ihr kleines Abenteuer sogar genossen zu haben. Ich wäre schon früher zu Ihnen gekommen, aber ich wurde immer wieder angehalten, weil die Leute sie streicheln wollten."

Ich setzte Müsli in ihren Transportkorb, dann sah ich, wie Cheryl ihre Marionetten wegpackte.

„Lassen sie Sie nicht noch einmal auftreten?", fragte ich.

„Es hat keinen Sinn", antwortete sie mit einem traurigen Lächeln. „Ich glaube, es lohnt sich nicht, es erneut zu versuchen."

„Es tut mir so leid wegen Müsli -", setzte ich an, doch sie unterbrach mich.

„Nein, nein, es war meine Schuld. Es war dumm von mir. Wie konnte ich nur annehmen, dass sie mit all dem Lärm und dem ganzen Drumherum zurechtkommt?" Sie lachte verlegen. „Keine Ahnung, was ich mir dabei gedacht habe, mit einer Katze aufzutreten." Sie warf einen neidischen Blick zu Trish und Skip auf der anderen Seite des Wartebereichs und fügte seufzend hinzu: „Mit Hunden ist es viel einfacher."

„Sie könnten Ihre Nummer ohne Müsli aufführen", schlug ich vor.

„Nein, mit einer Katze als Partner wird mein Auftritt erst etwas Besonderes. Ohne Müsli wäre es nur eine Frau mittleren Alters, die ein albernes Lied singt. Aber egal ..." Sie seufzte erneut. „Diese ganze Sache hat mir klar gemacht, dass es vielleicht doch nicht das ist, was ich machen will."

„Wirklich? Aber ich dachte -"

„Ich glaube, das Showbusiness ist nichts für mich. Es macht mir Spaß, Geschichten zu erzählen und dazu zu singen und die Marionetten tanzen zu lassen - und die strahlenden Gesichter der Kinder zu sehen."

„Das könnten Sie auch machen, ohne bei einer Talentshow den Sieg zu erringen. Die Nachfrage nach Animateuren für Kinder ist riesig und ich glaube, Sie wären ein echter Hit. Selbst als Erwachsene war ich wie gebannt von Ihrem Auftritt - und das hatte nichts mit der Katze zu tun", fügte ich schnell hinzu. „Das waren Sie. Verkaufen Sie sich nicht unter Wert, Cheryl. Sie sind eine großartige Entertainerin und haben eine schöne Stimme."

„D-danke." Mein enthusiastisches Lob schien sie zu überraschen.

„Warum drucken Sie nicht ein paar Handzettel und verteilen sie in der näheren Umgebung? Dann könnte man Sie für Geburtstagsfeiern oder ähnliche Anlässe engagieren."

Sie wirkte nicht überzeugt. „Ja, vielleicht ... Ich müsste allerdings erst die Erlaubnis meiner Arbeitgeber einholen."

„Eine Erlaubnis?"

„Der Kindergarten, in dem ich arbeite, ist einer

sehr exklusiven Privatschule angegliedert, und es gibt strenge Verhaltensregeln für das Personal. Eine Kollegin wurde vor Kurzem entlassen, und obwohl es offiziell hieß, es handele sich um eine Stellenstreichung, wussten alle, was der wahre Grund war: Man hatte herausgefunden, dass sie bei sich zu Hause Mädels-Partys veranstaltet hat."

„Partys nur für Mädchen?"

Sie sah mich von der Seite an. „Ja, Partys für eine Gruppe von Freundinnen, bei denen die einschlägigen Firmen Vertreter vorbeischicken, mit sexy Unterwäsche und Spielzeug für Erwachsene, das man sich ansehen und kaufen kann. Das ist sehr beliebt bei Hen Partys, die junge Bräute vor ihrer Hochzeit mit ihren Freundinnen feiern. Die Gastgeberin bekommt normalerweise eine Provision."

„Aber es ist doch vollkommen egal, was Ihre Kollegin in ihrem Privatleben tut, solange es nicht ihre Lehrtätigkeit beeinträchtigt."

Cheryl zuckte mit den Schultern. „Das sind die Regeln. Die Schule ist eine katholische Einrichtung und bei bestimmten Dingen äußerst intolerant. Die Bezahlung ist allerdings sehr gut - fast doppelt so hoch wie üblich -, folglich nehmen die Leute das in Kauf." Ihre Miene hellte sich auf. „Die Schule war jedoch ganz verständnisvoll, was meine Teilnahme an diesem Wettbewerb angeht, und hat mir sogar einen längeren Urlaub gewährt, also haben Sie vielleicht recht. Schließlich ist eine Nebenbeschäftigung als Kinderanimateurin etwas anderes als der Verkauf von Sexspielzeug." Sie lächelte mich an. „Danke für die Anregung. Jetzt fühle ich mich schon viel besser."

„Viel Glück - und ich hoffe, Sie kommen uns irgendwann in meinem Tearoom besuchen", sagte ich mit einem warmen Lächeln.

„Oh, auf jeden Fall", versprach sie. „Ich wohne in Burford, gleich bei der Kirche, also nicht weit von Ihrer Teestube." Sie streichelte Müsli durch die Gitterstäbe der Transportbox und sagte lächelnd: „Und natürlich muss ich meine zweitliebste Tigerkatze besuchen!"

***

Nachdem ich Müsli in ihrer Transportbox in einer Ecke des Wartebereichs untergebracht hatte, wo sie niemandem im Weg war, ging ich zu Devlin und den anderen zurück. Doch als ich den Saal gerade wieder betreten wollte, sah ich das Hinweisschild zu den Toiletten. Ich warf einen Blick auf die Uhr: Bis zum Ende der Pause waren es noch einige Minuten, und ausnahmsweise war die Schlange vor der Damentoilette nicht allzu lang. Schnell stellte ich mich an. Vor mir stand eine Gruppe von drei Frauen, und ihrem Akzent nach klang es, als seien sie aus Birmingham angereist.

„Trishs Auftritt hat's nicht gebracht, was?", sagte eine der Frauen verächtlich.

„Die gleiche alte Nummer, die sie immer abzieht",

meinte eine zweite Frau. „Ich dachte, sie hätte sich für die Show etwas ganz Besonderes ausgedacht, sonst wäre ich gar nicht erst gekommen. Aber nein, es sind immer dieselben langweiligen Übungen. Sie hat sich nicht einmal die Mühe gemacht, die Reihenfolge zu ändern! Sie macht jedes Mal die gleichen Schritte, egal zu welcher Musik. Ich hätte mir ihre Nummer auch montags im Club ansehen können.“

„Ihre Rückwärtsdrehungen waren auch total schlampig“, bemerkte die dritte Frau. „Meine Bella würde das viel besser machen - und ich habe nur zwei Sitzungen Clickertraining gebraucht, um es ihr beizubringen. Ich habe gesehen, wie Trish im Club das wochenlang mit Skip geprobt hat.“

„Ihr Timing ist völlig falsch, das ist es. Ich habe sie beobachtet. Die Belohnungen müssten schneller kommen. Der Hund kapiert sonst die Verbindung nicht“, meinte die erste Frau.

„Hast du ihr das gesagt?“

„Machst du Witze? Die Frau rastet sofort aus. Ich halte mich von ihr fern.“

„Was meinst du?“

„Hast du nicht gehört, was letzten Monat bei der Obedience Club Show passiert ist?“

„Als der Pudel die Dogge angegriffen hat?“

„Nein, das war das Wochenende davor. Ich meine die Meisterschaft der C-Klasse, mit dem Preisrichter aus Australien.“

„Oh ... ja?“

„Ja, also, Trish hat gegen diese Neue und ihren Labrador verloren - sie waren wirklich gut, obwohl sie erst vor sechs Monaten angefangen hatten. Sie haben die Anfängerklasse und die Klassen A und B mit Bravour geschafft - und sie waren an dem Tag definitiv die Besten im Ring. Aber Trish ist total ausgeflippt, als der Preisrichter die Namen der Sieger genannt hat! Sie stürzte sich auf die Gewinnerin, ist richtig auf sie losgegangen. Sie brauchten zwei Leute, um sie wegzuziehen."

„Ehrlich?! War das Mädel okay?", fragte die dritte Frau.

„Ja, sie hatte Glück - sie hatte einen üblen Bluterguss am Kiefer und ein paar Kratzer, aber nichts allzu Ernstes."

„Das wundert mich nicht, um ehrlich zu sein", sagte die zweite Frau. „Ich habe Trish schon öfter auf Turnieren erlebt: Sie ist eine verdammt schlechte Verliererin. Ich habe immer Mitleid mit denen, die gegen sie antreten - ich mache jedenfalls einen großen Bogen um sie."

„Hat diese junge Frau sie wegen Körperverletzung angezeigt?", fragte die nächste Frau.

„Nein, Trish hat sich entschuldigt, da hat sie beschlossen, die Sache auf sich beruhen zu lassen."

„Ich hätte sie angezeigt", brummte die dritte Frau. „Die zuständigen Stellen sollten wissen, dass sie aggressiv wird. Das ist wie mit den Hunden, wisst ihr? Man meldet sie dem Hundewart."

„Ja, aber was ist, wenn Trish herausfindet, dass

du sie verpfiffen hast?", fragte die zweite Frau. „Dann würde ich an deiner Stelle aufpassen, nicht in ihre Nähe zu kommen, wenn ich das nächste Mal im Club trainiere."

„Aber du weißt doch, dass -" Die erste Frau brach abrupt ab, als sie meinen Blick bemerkte und feststellte, dass ich jedem Wort aufmerksam lauschte.

Ich errötete, wandte mich hastig ab und tat so, als würde ich auf meine Uhr sehen. Die Frauen beäugten mich misstrauisch, drehten mir dann den Rücken zu und wechselten das Thema. Zum Glück waren sie bald an der Reihe, und ich blieb absichtlich lange in meiner Kabine, um ihnen beim Herauskommen nicht über den Weg zu laufen.

Dadurch kehrte ich später als beabsichtigt zu meinem Platz zurück. Im Saal war es bereits dunkel, als ich den Gang hinunterhuschte und mich entschuldigend an mehreren Leuten in unserer Reihe vorbeischob. Endlich gelangte ich zu meinem Platz zwischen Cassie und Devlin.

„Ich dachte schon, du hättest dich aus dem Staub gemacht", ulkte er. „Ist Müsli okay?"

„Es geht ihr gut", flüsterte ich.

Ich wollte ihm erzählen, was ich über Trish gehört hatte, aber in diesem Moment dröhnte Musik aus den Lautsprechern und erstickte jede Unterhaltung im Keim. Ich beschloss, später mit Devlin zu reden. Doch als die Zwillinge mit ihrer Gesangs- und Stepptanznummer auftraten, fiel es mir schwer, mich auf das Geschehen auf der Bühne zu konzentrieren. Stattdessen kehrten meine Gedanken immer wieder zu dem Gespräch zurück, das ich mitangehört hatte.

Vieles davon, das musste ich zugeben, klang einfach nur nach Eifersüchteleien. Dennoch waren die Beobachtungen der drei Frauen nicht von der Hand zu weisen. Sie kannten Trish gut, da sie offensichtlich im selben Hundeverein trainierten. Sie hatten sich die Geschichten über ihr Verhalten sicher nicht ausgedacht. Trish Bingham schreckte also nicht vor körperlicher Gewalt zurück und war bekanntermaßen eine schlechte Verliererin. Und jetzt nahm sie an einem Wettbewerb teil, der zehnmal wichtiger war als irgendeine Hundeshow im heimischen Verein. Wie weit würde sie gehen, um sich den Sieg zu sichern?

Kapitel 17

Ich war so in meine Spekulationen vertieft, dass ich vom Auftritt der Zwillinge kaum etwas mitbekam, doch dann riss mich die Stimme aus dem Lautsprecher aus meinen Gedanken: „Und nun, meine Damen und Herren, etwas ganz anderes - eine Band, die uns zeigt, dass das Alter nicht mehr ist als eine Zahl. Bitte begrüßen Sie die Pussy Puffs - äh, Entschuldigung, ich meine natürlich: die Herb Girls!"

Das Publikum applaudierte lachend, als die Silberlocken mit June Driscoll die Bühne betraten. Sie hatten zwar ihren Namen geändert, ihre weißen, mit Strasssteinen besetzten Elvis-Outfits hatten sie jedoch beibehalten. Die Reaktion des Publikums schien sie nicht im Geringsten zu beeindrucken. Sie standen stumm in einer Reihe und strahlten trotz ihres bizarren Erscheinungsbildes eine gewisse

Würde aus, sodass das Gejohle und die begeisterten Pfiffe der Zuschauer bald einer respektvollen Stille wichen.

„Also, die Herb Girls!", sagte Stuart Hollande strahlend. „Wir freuen uns, sie in der Show zu haben. Ihre Altersklasse ist bei solchen Wettbewerben nicht oft vertreten. Wenn ich es mir recht überlege, ist es das erste Mal in der Geschichte der Talentshows, dass eine Band mit einem Durchschnittsalter um die achtzig -"

„Haben Sie das gehört?" Monty Gibbs reckte triumphierend eine Faust in die Höhe. „Das ist ein Novum im britischen Fernsehen! Wir sind die Vorreiter. Leute, ihr seid vielleicht verschrumpelte alte Pflaumen, so wie die fünf hier, aber ihr könnt immer noch ein Star sein!"

„Äh ... ja, danke, Monty", warf Stuart hastig ein. „Vielleicht möchten die Herb Girls ein paar Worte an die Zuschauer richten, bevor sie mit ihrem Auftritt beginnen. Äh ..." Er warf einen Blick in seine Notizen, dann sah er Mabel erwartungsvoll an. „Sie sind Petersilie, stimmt's?"

„Nein, ich bin Petersilie!", quiekte Ethel. „Sie ist Estragon ... und das ist Schnittlauch." Sie zeigte auf Florence.

„Und ich bin Dill", meldete sich Glenda. „Nicht etwa Fenchel, die beiden dürfen Sie nicht verwechseln, auch wenn sie sehr ähnlich aussehen. Aber Dill schmeckt viel besser, finde ich, vor allem zu gegrilltem Lachs oder wenn man Gurken einlegt, meinen Sie nicht auch?"

„Äh, ja." Stuart sah aus, als hätte er kein Wort verstanden. „Können Sie uns sagen, was Sie dazu inspiriert hat, eine Granny-Band zu gründen?"

„Ich denke, diese Frage sollte Borretsch beantworten", sagte Mabel und deutete auf June, die neben ihr stand.

Die Witwe trat vor und sagte mit zittriger Stimme: „Wir treten für meinen Mann Bill an, der letztes Jahr verstorben ist. Ich hoffe, dass wir gewinnen und mit dem Geld B.U.S. fördern können, seine Selbsthilfegruppe für Menschen mit buschigen Augenbrauen. Wir wollen die Arbeit im Gedenken an ihn fortsetzen."

Im Publikum brach Gelächter aus und einen Augenblick lang fürchtete ich, dass Stuart sie nach weiteren Details fragen würde. Er schien jedoch ein Signal aus dem Backstage-Bereich bekommen zu haben, dass er sich an den Zeitplan halten solle, denn er berührte ein verborgenes Mikrofon an seinem Ohr, nickte und sagte zur Bühne gewandt: „Wie rührend! Und jetzt sind Sie an der Reihe: Die Herb Girls!"

Das Publikum johlte, wie immer vor einer neuen Nummer. Als jedoch die Musik einsetzte und die fünf alten Damen sich im Rhythmus zu wiegen begannen, klatschte die Menge begeistert mit. Mit ihrer frischen Blautönung im Haar, den neuen orthopädischen Schuhen und extradicken Stützstrümpfen trugen die Silberlocken und June ihre Nummer mit viel

Enthusiasmus vor. Okay, sie konnten keinen einzigen Ton halten und vergaßen zwischendurch den Text, aber ihr Auftritt hatte etwas Anrührendes an sich, das die Zuschauer mit tosendem Applaus belohnten.

Schließlich wurde das Klatschen leiser und Stuart fragte meine Mutter: „Nun, Evelyn, was hältst du von unseren flotten Rentnerinnen? Sind sie gut genug fürs Finale?"

Meine Mutter wiegte den Kopf bedächtig hin und her. „Hm, ich kann eigentlich nichts dazu sagen. Mabel, Glenda, Florence und Ethel sind Freundinnen von mir und -"

„Psst!", zischte Monty Gibbs. „Das musst du doch nicht rausposaunen. Tu einfach so, als hättest du sie noch nie gesehen."

Meine Mutter schüttelte entschlossen den Kopf. „Nein, das wäre nicht richtig. Bei einem Interessenkonflikt muss ich mich heraushalten."

Gibbs lief rot an und wollte etwas erwidern, als Stuart ihn hastig unterbrach: „Äh ... okay, also ... du bist wahrscheinlich der gleichen Meinung wie ich, Evelyn. Diese umwerfenden alten Damen machen es den jüngeren Kandidaten wirklich schwer. Ich finde, sie haben eine Chance verdient, im Finale aufzutreten, schon allein wegen ihres Mutes. Monty? Was sagst du?"

Monty Gibbs warf ihr einen weiteren bösen Blick zu, dann riss er sich zusammen und sagte: „Äh ... ja! Ja, ja! Verdammt, natürlich haben sie es verdient, weiterzukommen! Aber das Publikum hat das letzte Wort." Er sah direkt in die Hauptkamera und deutete mit dem Finger darauf. „Also, an alle, die heute Abend vor dem Fernseher sitzen: am Ende der Show unbedingt abstimmen!"

Nun fehlte nur noch ein Auftritt: Gaz und seine Imitationen. Das Publikum erwartete ihn voller Spannung, das war deutlich zu spüren. Danach sollten die Telefonleitungen für die Abstimmung geöffnet werden und die beiden Finalisten würden ermittelt. Wenn man nach den Reaktionen des Publikums ging, hatten die Zwillinge die Nase vorn, während Trish gute Chancen auf den zweiten Platz hatte, dicht gefolgt von den Silberlocken. Natürlich konnte sich das alles ändern, wenn Gaz das Publikum mitriss ...

Der attraktive Komiker schlenderte auf die Bühne. In seinem bunten Hemd und den Designerjeans sah er sehr trendy aus, wirkte allerdings auch leicht gereizt. Er rieb sich mit der Hand über eine Wange und ich musste an das denken, was er gestern Abend im Pub zu Cassie gesagt hatte. Ob die Visagistin ihm eine letzte großzügige Portion Gesichtspuder verpasst hatte?

„Gaz, schön, dich zu sehen", begrüßte Stuart ihn mit einem herzlichen Lächeln. „Du bist unser letzter Kandidat heute Abend, getreu dem Motto, dass man sich das Beste für den Schluss aufhebt, nicht wahr?"

„Ja, ich ... ich habe eine tolle Show geplant ..." Gaz brach ab und kratzte mit den Fingernägeln über die Wange, auf der sich ein roter Strich zeigte. Dann kratzte er sich an der Nase und rieb sich den Nacken. „Ich ... äh ..." Er brach erneut ab und begann, sich mit beiden Händen zu kratzen.

Devlin meinte stirnrunzelnd: „Da stimmt etwas nicht!"

Es sah aus, als wolle sich Gaz die Gesichtshaut abkratzen. Er drehte sich hierhin und dorthin und versuchte, an etliche Stellen gleichzeitig zu gelangen. Dabei stieß er fürchterliche Flüche aus. Im Publikum machte sich besorgtes Gemurmel breit, als klar wurde, dass seine hektischen Bewegungen nicht Teil seiner Nummer waren, sondern Ausdruck höchster Not.

Devlin stand plötzlich auf und rief: „Er braucht Hilfe! Möglicherweise hat er einen allergischen Schock!"

Im nächsten Moment stürzten mehrere Crew-Mitglieder auf die Bühne und schoben Gaz in den Seitenflügel außer Sichtweite. Die Juroren sprangen ebenfalls auf und eilten durch ihren privaten Zugang hinter die Bühne. Devlin drängte sich an den anderen in unserer Sitzreihe vorbei, lief den Mittelgang hinunter und verschwand ebenfalls hinter den Kulissen. Ich folgte ihm auf dem Fuße, während hinter uns im Publikum ein Gewirr aus aufgeregten Rufen und Fragen zu hören war. Durch die Türen, die das Foyer mit dem Backstage-Bereich verbanden, gelangten wir in den Wartebereich, wo Gaz von Juroren, Crew-Mitgliedern und anderen

Kandidaten umgeben war, während andere Leute in Panik umherliefen. Alle redeten durcheinander.

Gaz rieb sich immer noch das Gesicht. „Ich muss duschen", stöhnte er. „Ich muss das Zeug abspülen!"

„Hat jemand den Krankenwagen gerufen?", fragte Devlin.

„Ja, Sir, er ist unterwegs", meldete sich sein Police Constable zu Wort.

„Gibt es hier eine Dusche?", rief Monty Gibbs.

„Nein, Sir."

„Was ist mit dem Waschbecken?", schlug Stuart vor.

Da ergriff Mabel das Wort, ihre dröhnende Stimme durchbrach das hektische Stimmengewirr. „Junger Mann ..." Sie deutete mit dem Finger auf eines der Crew-Mitglieder. „Bringen Sie mir eine der Flaschen, die Sie zum Auffüllen des Wasserspenders verwenden.

„Wie bitte?"

„Diese großen Fünfzehn-Liter-Flaschen. Stehen Sie nicht so herum - beeilen Sie sich!"

Der junge Mann zögerte einen Moment, dann eilte er davon und kam gleich darauf mit einer großen Plastikflasche zurück. Die schnappte sich Gaz und kippte sich den Inhalt über den Kopf, sodass er ein paar Minuten später tropfnass dastand, während sich um seine Füße herum eine riesige Pfütze bildete.

„Geht es Ihnen besser?", fragte meine Mutter besorgt.

„Ja, ein bisschen", keuchte Gaz. „Es juckt nicht

mehr so schlimm.“

Florence und Ethel reichten ihm ihre bestickten Taschentücher. Glenda kramte in ihrer Handtasche und holte eine große Tube Creme hervor.

„Tragen Sie die im Gesicht auf, mein Lieber. Es ist Aloe-Vera-Creme, sie wirkt beruhigend auf die Haut.“

Gaz wischte sich das Gesicht trocken, bevor er Glendas Rat befolgte und die kühlende Creme im Gesicht verrieb. Es dauerte ein paar Minuten, doch endlich stieß er einen erleichterten Seufzer aus. Der rote Ausschlag sah nicht mehr ganz so schlimm aus.

„Danke, jetzt geht es mir besser.“

„Das war eine gute Idee, Mrs Cooke.“ Devlin nickte Mabel anerkennend zu. Er trat vor, und alle anderen machten unwillkürlich Platz, weil ihn eine Aura der Autorität umgab. „Sind Sie gegen irgendetwas allergisch, Mr Hillman?“, fragte er Gaz.

Der Komödiant schüttelte den Kopf. „Nein. Ich hatte nie ein Problem mit Erdnüssen, Schalentieren oder anderen Nahrungsmitteln.“

„Wann haben Sie den Juckreiz zum ersten Mal bemerkt?“

„Keine Ahnung ... ich glaube, es ging los, als ich auf die Bühne kam.“

„Haben Sie unmittelbar davor etwas auf die Gesichtshaut aufgetragen?“

„Nein, ich nicht, aber Sharon!“ Gaz zeigte vorwurfsvoll auf eine Frau in der Menge. „Dieser blöde Puder. Wenn ich es mir recht überlege, hat das Jucken angefangen, als sie mir das Gesicht gepudert hat.“

Die Frau riss angstvoll die Augen auf. „Aber ... aber es ist doch nur Gesichtspuder. Den ... den haben wir schon öfter benutzt und es gab nie Probleme“, stammelte sie verwirrt.

„Kann ich den Puder mal sehen?“, fragte Devlin.

Die Frau kramte in einer großen Schultertasche und holte eine kleine, flache Dose heraus. Ich fuhr zusammen, als ich sie erkannte.

„Das ist das Pulver, das Trish gestern in der Hand hatte!“ platzte ich heraus.

Alle drehten sich um und starrten mich an, dann richteten sie ihre Blicke auf die Hundebesitzerin. Sie errötete und trat einen Schritt zurück.

„Was sagst du da, Gemma? Hast du gesehen, wie Trish sich an dieser Dose zu schaffen gemacht hat?“, fragte Devlin. Er nahm Sharon die Dose mit einem Taschentuch ab, um keine Fingerabdrücke zu hinterlassen.

Ich zögerte. „Nun, nicht direkt. Ich bin nur zufällig in die Garderobe gegangen und Trish war da drin. Sie war an einem der Schminktische zugange und war sehr feindselig, als sie mich sah. Sie ist schnell verschwunden, aber mir ist aufgefallen, dass auf dem Tisch, über den sie sich gebeugt hatte, etwas Puder verschüttet war und eine kleine flache Dose stand nicht in einer Reihe mit den anderen Sachen.“ Ich deutete auf die Dose in Devlins Hand. „Sie sah genauso aus wie diese.“

Gaz sah Trish wütend an. „Das warst du! Du

wollest meinen Auftritt ruinieren!"

„Nein! Sie ... sie lügt! Ich war es nicht!", rief Trish und schüttelte heftig den Kopf. „Ich schwöre, ich habe die Dose nie angefasst."

„Moment mal, diese Dose ist nicht -", setzte Sharon an, doch Gaz unterbrach sie.

„Ich weiß, dass du es warst, Trish! Du hattest Angst, ich würde dich bei der Abstimmung heute Abend schlagen, und du wolltest vorsichtshalber die Konkurrenz ausschalten. Wahrscheinlich hast du auch Lara ermordet, du -"

„Mr Hillman." Devlins ruhige Stimme ließ Gaz verstummen. „Ich muss Sie bitten, sich mit Schuldzuweisungen zurückzuhalten und die Angelegenheit der Polizei zu überlassen. Die Dose wird auf Fingerabdrücke untersucht. Auf diese Weise können wir feststellen, ob Ms Bingham sie berührt hat oder nicht. In der Zwischenzeit möchte ich Sie bitten, mich auf die Wache zu begleiten, um einige Fragen zu beantworten - nachdem Sie von den Sanitätern untersucht wurden, sobald diese eintreffen. Und Sie auch, Ms Bingham", wandte er sich an die blasse Trish.

Sharon wollte wieder etwas sagen, doch sie wurde erneut unterbrochen, diesmal von Monty Gibbs.

„Moment - was ist mit der Show?", fragte er. „Gaz hat seine Nummer noch nicht gezeigt."

„Sie können doch nicht erwarten, dass er jetzt auf die Bühne geht", sagte Devlin ungläubig.

„Wir müssen das Halbfinale zu Ende bringen",

erwiderte Gibbs hartnäckig.

„Von meiner Seite ist die Show beendet." Devlins Stimme ließ keinen Widerspruch zu. „Hierbei hat es sich möglicherweise um einen böswilligen Sabotageakt gehandelt, der ernsthaften Schaden hätte anrichten können. Ich muss ein Team der Spurensicherung anfordern und alle befragen, die in der Nähe waren."

„Nein! Nein, Sie können uns die Show nicht vermasseln!", rief Monty Gibbs. „Wissen Sie eigentlich, wie viele Leute uns heute Abend zusehen? Haben Sie eine Ahnung, was die Werbespots kosten? Ganz zu schweigen von meinen Lizenzverträgen? Das ist *meine* Show, und ich werde nicht zulassen, dass Sie uns schon wieder den Hahn zudrehen, Chef!"

„Und es ist *meine* Mordermittlung, Mr Gibbs", gab Devlin kühl zurück. „*Ich* werde nicht zulassen, dass Sie Menschen in Gefahr bringen, nur um Gewinne einzustreichen. Entweder Sie lassen mich meine Arbeit machen oder ich lasse Sie von meinen Männern vom Gelände eskortieren."

Ohne die Stimme zu erheben, machte Devlin klar, dass er es ernst meinte. Monty Gibbs plusterte sich auf, stotterte wütend herum und wurde immer röter im Gesicht, doch dann schien er sich zu beruhigen und trat zur Seite.

Devlin fügte in etwas versöhnlicherem Ton hinzu: „Wir wissen nicht, welche Substanz den Juckreiz hervorgerufen hat - vielleicht ist der Bereich hinter der Bühne oder sogar die Bühne selbst kontaminiert.

Sie wollen sicher nicht riskieren, dass das Publikum Schaden nimmt. Es wäre das Beste, wenn Sie die Concert Hall zur Sicherheit aller räumen würden.“

Monty Gibbs riss vor Entsetzen die Augen auf, als er eine Woge von Schadenersatzprozessen auf sich zurollen sah, ganz zu schweigen von der negativen Publicity, und plötzlich konnte er nicht schnell genug mit der Polizei kooperieren. Innerhalb einer halben Stunde waren der Zuschauerraum und die Hinterbühne geräumt, und Trish und Gaz waren in einem Polizeiauto auf dem Weg zur Befragung auf dem Revier.

Ich begleitete Devlin zu seinem schwarzen Sportwagen, als er ebenfalls zur Wache fahren wollte. Er öffnete die Fahrertür und warf mir einen schuldbewussten Blick zu.

„Es tut mir leid, dass der Abend auf diese Weise zu Ende gegangen ist, Gemma.“

„Ist schon gut - ich verstehe das“, sagte ich und umarmte ihn kurz. „Es tut mir nur leid für dich, dass du jetzt wieder zur Arbeit musst. Ich hoffe, du sitzt nicht zu lange dort fest.“

Devlin rieb sich seufzend den Nacken. „Es wird auf jeden Fall bis weit in die Nacht dauern. Ich rufe dich morgen früh an und erzähle dir mehr.“

Er gab mir einen kurzen, fordernden Kuss, dann stieg er in sein Auto und fuhr mit einem kraftvollen Brummen des Motors vom Parkplatz der Concert Hall.

Kapitel 18

Devlin hielt Wort und rief mich am nächsten Morgen an. Bis das Telefon endlich klingelte, war ich ziellos in meinem Haus umhergelaufen und überlegte, was ich mit mir anfangen sollte. Da die Show auf Eis lag, stand kein Catering an, aber da es jederzeit wieder losgehen konnte, wollte ich die Teestube vorsichtshalber nicht aufmachen. Dieser frustrierende Schwebezustand machte mich ganz unruhig, und als sich Devlin meldete, war ich froh über die Ablenkung.

„Hallo, mein Schatz", begrüßte mich Devlin mit müder Stimme.

„Oh je, du bist ja völlig fertig. Wann bist du ins Bett gekommen?"

„Ich weiß es nicht … irgendwann in den frühen Morgenstunden. Es war eigentlich nicht so schlimm, wie ich erwartet hatte. Ich dachte, ich würde die ganze Nacht auf der Wache sein."

„Und? Was ist passiert? Habt ihr Trish verhaftet?"

„Nun, zuerst müsste ich etwas finden, wofür ich sie verhaften könnte."

„Was meinst du damit? Was ist mit dem Sabotageanschlag auf Gaz?"

„Da hat sie die Wahrheit gesagt. Ihre Fingerabdrücke waren nicht auf der Dose."

„Aber ... aber ich habe sie definitiv gesehen ...“

„Sie hat zugegeben, in der Garderobe gewesen zu sein, ja. Sie gab an, sie habe etwas von dem Make-up ausprobiert und es sei ihr peinlich gewesen, als du sie ertappt hast. Aber sie bestreitet, die Sachen auf dem Schminktisch mit irgendwelchen schädlichen Substanzen versetzt zu haben. Und die Aussage von Sharon, der Maskenbildnerin, bestätigt das. Sie kam gestern Abend zu mir, bevor ich die Concert Hall verließ, und sagte, dass der Puder, den sie für Gaz benutzt hat, nicht von einem der Schminktische in der Garderobe stammt. Er kam aus einer Dose, die sie immer in einer Tasche bei sich hat, für den Fall, dass jemand schnell noch etwas davon braucht."

„Oh." Ich hatte ein schlechtes Gewissen, weil ich Trish ohne Grund beschuldigt hatte. Dann seufzte ich resigniert. „Wenn Sharons Tasche in der Wartezone stand, hätte jeder im Backstage-Bereich sich daran zu schaffen machen können. Und bei der Hektik, die dort geherrscht hat, wäre es ein Leichtes gewesen, dem Puder unbemerkt etwas zuzusetzen.

Also stehst du wieder vor dem alten Problem: zu viele Verdächtige! Übrigens, was war in dem Pulver?"

„Die Analyse der Inhaltsstoffe ist noch nicht abgeschlossen, aber es scheint auf eine Art Juckpulver hinauszulaufen – das Zeug, das man Leuten ins Hemd schüttet, um sie zu ärgern."

„Igitt. Unglaublich, dass manche Leute das lustig finden! Ich meine, Gaz hat wirklich gelitten. Wie geht es ihm eigentlich?"

„Es geht ihm gut, er hat keinen bleibenden Schaden davongetragen. Juckpulver ist meistens unangenehm, aber ziemlich harmlos."

„Also nehme ich an, dass ihr Trish habt gehen lassen?"

„Nun, wir haben sie gar nicht erst verhaftet, es gab keinen Grund, sie festzuhalten. Sie bestreitet, irgendetwas mit dem verunreinigten Puder zu tun zu haben, und die Beweislage scheint das zu bestätigen."

Ich seufzte. „Es hätte so gut gepasst, wenn sie es gewesen wäre ..."

„Was meinst du?"

„Ich kann mir vorstellen, dass sie so etwas tut. Sie ist sehr ehrgeizig – fast besessen, sie ist der Typ, der einfach gewinnen muss, koste es, was es wolle. Und sie hat schon mal eine Konkurrentin angegriffen, die ihr den Sieg streitig gemacht hat." Ich erzählte Devlin von dem Gespräch, das ich in der Warteschlange vor den Damentoiletten belauscht hatte.

„Hmm ..." Devlin schwieg einen Moment. „Sie

scheint durchaus eine aggressive Art zu haben, aber ohne konkrete Beweise, die Trish mit dem Mord oder mit diesem Sabotageversuch in Verbindung bringen, ist sie nicht mehr oder weniger verdächtig als die anderen."

„Hm, ein paar haben wir schon von der Liste der Verdächtigen gestrichen", überlegte ich laut. „Wer bleibt denn noch?"

„Ganz ausgeschlossen haben wir die meisten bislang nicht. Nicole hat nach wie vor kein Alibi für die Zeit des Mordes, außerdem hat sie ein Motiv. Cheryl hat ebenfalls kein Alibi, allerdings scheint sie auch kein Motiv zu haben. Die Silberlocken kommen natürlich nicht in Frage, und ihre Freundin June Driscoll - nun, sie war bei ihnen, also nehme ich an, dass sie für sie bürgen könnten. Bleibt demnach nur Gaz. Und nach den Vorkommnissen gestern Abend bin ich eher geneigt, ihn als Opfer zu betrachten."

„Vielleicht will er, dass alle das denken", sagte ich plötzlich. „Vielleicht hat er die ganze Sache inszeniert, um den Verdacht von sich abzulenken."

Devlin lachte. „Gemma, vor zwei Minuten warst du noch davon überzeugt, dass Trish die Schuldige ist, und Gaz tat dir leid. Und jetzt sagst du, er könnte es selbst gewesen sein? In dem Fall müsste er ziemlich masochistisch veranlagt sein, denn es war nicht erfreulich, was er gestern durchgemacht hat."

„Du hast selbst gesagt, dass Juckpulver keine langfristigen Folgen hat."

„Ja, stimmt, aber ebenso gut könnte man sagen,

dass es keine langfristigen Folgen hat, wenn man sich die Nasenhaare eins nach dem anderen ausreißt. Auch ohne bleibende Schäden würdest du kaum jemanden finden, der das freiwillig über sich ergehen lässt! Außerdem, welches Motiv sollte Gaz haben? Er hatte am wenigsten mit Lara zu tun."

„Das denkst du. In Wirklichkeit haben er und Lara sich ziemlich gut gekannt ... im biblischen Sinne."

„Was? Woher hast du das denn?"

„Von den Silberlocken."

„Und woher haben sie es?"

„Backstage-Tratsch – sie haben mit einer jungen Frau geplaudert, die gehört hat, wie Lara am Telefon prahlte, sie habe eine heiße Nacht mit Gaz verbracht."

Devlin stieß einen Pfiff aus. „Darauf haben meine Jungs keinen Hinweis gefunden."

Ich lachte. „Deine Jungs müssen bei den Silberlocken Unterricht nehmen."

„Gaz und Lara waren also ein Paar?"

„Nein, so weit würde ich nicht gehen. Nach dem, was die Silberlocken gesagt haben, klingt es eher nach einem One-Night-Stand."

„Und wie kannst du dir sicher sein, dass ihre Informationen zuverlässig sind?"

„Wir haben Gaz selbst gefragt."

„Ihr habt *was?*"

„Er kam zufällig in den Pub, vorgestern Abend, als ich mit Cassie dort war, und die Silberlocken folgten ihm - sie haben ihn beschattet, weißt du."

„Wie bitte? Ach, egal." Devlin seufzte. „Ich glaube, das will ich gar nicht wissen."

Ich grinste. „Sie kamen an unseren Tisch und erzählten uns, was sie herausgefunden hatten. Dann haben sich Mabel und Cassie gestritten, es ging darum, ob man jemanden dazu bringen kann, unvorsichtig zu werden und ohne es zu wollen mit der Wahrheit herauszuplatzen, indem man einfach mit ihm redet. Und so hat Cassie beschlossen, es mit Gaz zu versuchen. Devlin, du hättest sie sehen sollen - sie war brillant! Mata Hari höchstpersönlich hätte es nicht besser machen können. In weniger als fünf Minuten hatte sie ihn so weit, dass er das Techtelmechtel mit Lara zugegeben hat."

„Sie hat ihn danach gefragt und er hat es ihr gesagt, einfach so?", fragte Devlin ungläubig.

„Nein, sie hat ihn erst ein bisschen weichgeklopft. Sie hat mit ihm geflirtet und ihm geschmeichelt. Und du weißt ja, wie fantastisch Cassie aussieht, mit diesen verführerischen Rundungen und den langen, sexy Haaren - welcher Mann könnte da widerstehen?"

„Ich persönlich stehe eher auf Frauen mit einer schlanken, athletischen Figur mit einem hübschen, kurzen Bob."

„Danke", lachte ich und war froh, dass er nicht sah, wie rot ich wurde. „Von meiner schlanken, athletischen Figur ist bald nichts mehr übrig, wenn Dora mich im Tearoom weiterhin mit köstlichen

Backwaren füttert."

„Gaz hat euch also alles über seine Affäre mit Lara erzählt?", hakte Devlin nach.

„Ja, obwohl er betont hat, dass es nur die eine Nacht war und dass er keinen Grund hatte, Lara umzubringen."

„Nun, er konnte ja kaum etwas anderes sagen", entgegnete Devlin trocken. „Was hat er noch gesagt? Irgendetwas über die anderen Verdächtigen?"

Ich zögerte. Mir war klar, dass Devlin wissen sollte, was Gaz über Cheryls Vergangenheit und die Möglichkeit gesagt hatte, dass Lara sie erpresst haben könnte, aber ich brachte es nicht über mich.

„Gemma?"

„Ähm, ich überlege gerade ..." Ich holte tief Luft. „Nein, weiter hat er nichts gesagt."

Einen Moment lang dachte ich, Devlin würde mir nicht glauben. Er besaß die unheimliche Fähigkeit, meine verborgensten Gedanken zu erraten, und wenn er in diesem Moment mein Gesicht gesehen hätte, wäre ich mit meiner Lüge nicht durchgekommen. Zu meiner Erleichterung ging er nicht weiter auf das Thema ein, am Telefon schien sein Radar für meine Flunkereien nicht zu funktionieren. Stattdessen sagte er: „Übrigens, Gemma, weißt du noch, ob du am Tag des Mordes Scones serviert hast?"

„Scones?" Ich begriff nicht, worauf er mit seiner Frage hinauswollte. „Ja, warum?"

„Ach, ist nicht weiter wichtig. Die

Spurensicherung hat ein paar Krümel an Laras Kleidung gefunden, die sie nicht eindeutig identifizieren konnte. Es scheint sich weder um Brot noch um Kuchen zu handeln, daher meinte ich, es könnten Gebäckkrümel sein, die von deinem Pullover oder deiner Hose gefallen sind, als du dich über sie gebeugt hast."

„Wahrscheinlich", sagte ich. „Ich habe nur eine verschwommene Erinnerung an den ganzen Tag. Aber ja, ich bin sicher, ich hatte Scones mitgebracht - Monty Gibbs mag sie sehr gerne, deshalb gehören sie zum täglichen Catering-Angebot. Er prüft die Lieferungen oft persönlich und nimmt sich dann gleich ein paar, als Vorrat für den Tag. Übrigens - ich nehme nicht an, dass Monty Gibbs verdächtigt ist, Lara umgebracht zu haben?"

„Gibbs? Warum fragst du?" Devlin klang überrascht.

„Es ist nur ... er scheint sehr ..." Ich brach ab. „Ach, wahrscheinlich ist es eine dumme Idee."

„Ich mag deine dummen Ideen", erwiderte Devlin. „Na los, erzähl."

„Na ja, ich habe mich nur gefragt, wie weit Monty Gibbs gehen würde, um die Einschaltquoten für seine Show in die Höhe zu treiben."

Devlin holte tief Luft. „Du meinst, er würde einen Mord begehen, um Werbung für die Show zu machen?"

„Er wirkt einfach so ... so kaltblütig und berechnend! Er lässt ein Kamerateam backstage herumlaufen, das den Kandidaten ständig auf den Fersen ist - du weißt schon, wie beim Reality-TV – und vor allem auf publikumswirksame Aufnahmen aus ist, koste es, was es wolle. Das Kamerateam ist nicht eingeschritten, als Lara und Nicole sich gestritten haben, sondern hat sich darauf gefreut, im Krankenwagen zu filmen, falls eine von beiden verletzt in die Klinik gebracht werden müsste! Und die Produzentin hat nicht eingesehen, warum ich mich darüber aufgeregt habe", fügte ich entrüstet hinzu. „Sie meinte, sie müsste mir erklären, was ‚gutes Fernsehen' ist. Monty Gibbs selbst hat mir einen langen Vortrag darüber gehalten, warum es okay ist, die Wahrheit zu verdrehen, Hauptsache, die Leute kriegen gute Unterhaltung geboten. Er wollte unbedingt diese rührselige Geschichte über Alberts entbehrungsreiche Kindheit breittreten, und als ich ihm gesagt habe, was ich davon halte, hat er den Experten hervorgekehrt. Er findet es vollkommen akzeptabel, das Publikum mit aufgebauschten Geschichten zu manipulieren."

„Gemma, das ist heutzutage nichts Ungewöhnliches, so ist es nun mal beim Fernsehen. Manipulationen sind an der Tagesordnung, mit Aufnahmen, die oft aus dem Zusammenhang gerissen werden und ein Ereignis aus einem bestimmten Blickwinkel präsentieren."

„Nun, mir wäre es lieber, dass meine Backwaren nicht mit solch einer erlogenen Geschichte in Verbindung gebracht werden!", sagte ich hitzig. „Und wie weit würde Monty Gibbs gehen, wenn er bereit ist, seine Show mit unlauteren Mitteln zu promoten?"

„Mord ist etwas anderes als die Wahrheit ein bisschen zurechtzubiegen", sagte Devlin. „Auf jeden Fall saß Monty Gibbs die ganze Zeit mit den anderen Juroren am Tisch, in Sichtweite des Publikums. Er hat also ein wasserdichtes Alibi."

„Vielleicht hat er den Mord nicht persönlich begangen", murmelte ich.

Devlin lachte. „Gemma, jetzt fantasierst du dir etwas zusammen! Wenn er kein Alibi hätte, würde ich ihn durchaus verdächtigen, aber als Drahtzieher einer Verschwörung hinter den Kulissen sehe ich ihn nicht. Oder meinst du, er hat sein ganzes Team so sehr unter seiner Fuchtel, dass es für ihn morden würde?"

„Okay, du hast recht, das ist ein bisschen weit hergeholt", räumte ich zähneknirschend ein. „Aber wenn jemand mit Sconeskrümeln auf der Kleidung herumläuft, dann ist es Monty Gibbs!"

***

Nachdem ich mich von Devlin verabschiedet hatte, saß ich lange gedankenverloren auf dem Sofa. Devlin hatte mir gesagt, dass die Polizei die Concert Hall wieder freigegeben hatte, die Crew durfte also die Vorbereitungen und Dreharbeiten wie gewohnt fortsetzen, doch ich wusste, dass nicht viel passieren würde, bis die Stimmen ausgezählt waren und die beiden Finalisten feststanden. Die Telefonleitungen waren gestern Abend bis Mitternacht geöffnet gewesen, und sicher würde sich Monty Gibbs an den ursprünglichen Plan halten, die Ergebnisse morgen Abend in einer Sondersendung bekannt zu geben. Mir kam der etwas zynische Gedanke, ob der zu klein geratene Wirtschaftsmogul die Verkündung der Namen mithilfe von allerlei nichtssagendem Filmmaterial künstlich hinauszögern würde. Das wäre eine Möglichkeit, für hohe Einschaltquoten zu sorgen und die Leute bei der Stange zu halten, während sie auf die Ergebnisse warten.

Neben mir streckte sich Müsli genüsslich im Schlaf, dann öffnete sie ein grünes Auge und sah mich schläfrig an.

„Miau?"

„Es wird Zeit, dass du aufstehst, du Faulpelz", sagte ich und kraulte sie unter dem Kinn. „Du schläfst schon den ganzen Vormittag!"

Mit dem Einsetzen des kühlen Spätherbstwetters war Müsli dazu übergegangen, zum Frühstück aufzustehen und sich dann sofort in ihr kuscheliges Nest aus Decken auf dem Sofa zurückzuziehen, wo sie den größten Teil des Tages verschlief. Dagegen war nichts einzuwenden, nur war sie abends meist voller Tatendrang und machte mich verrückt, weil sie vor Energie strotzend durch das Haus tobte. Wenn ich sie mit zur Arbeit nehmen konnte, hielt das geschäftige Treiben in der Teestube sie wach und lenkte sie ab, doch während des Caterings in der Concert Hall war Müsli sich zu Hause weitgehend selbst überlassen. Nach mehreren unruhigen Nächten, in denen ich meine kleine Katze gegen 2 Uhr morgens die Treppe auf- und ablaufen hörte, wollte ich versuchen, sie tagsüber wach zu halten, damit sie nachts schlief, statt sich auszutoben.

Heute Morgen hatte ich es jedoch nicht übers Herz gebracht, sie zu wecken, als ich sie gemütlich in ihrem Deckennest liegen sah, das Gesicht an eine ihrer weißen Pfoten gepresst. Außerdem war sie nach dem aufregenden Abend beim Halbfinale wahrscheinlich erschöpft und brauchte ein wenig zusätzlichen Schlaf, um sich zu erholen. Bei der Erinnerung an Müslis Abenteuer in der Concert Hall musste ich an Cheryl denken, und sofort hatte ich ein schlechtes Gewissen, weil ich Devlin nicht erzählt hatte, was Gaz über sie zu berichten wusste. Wie kam ich dazu, etwas so Wichtiges zurückzuhalten – in einem Mordfall? Außerdem war es nur eine Frage der Zeit, bis die Polizei die Wahrheit über Cheryls Vergangenheit ausgrub, und dann würde Devlin mir böse sein, weil ich ihm Informationen vorenthalten hatte. Eigentlich wunderte es mich, dass Devlins Leute es nicht längst herausgefunden hatten, aber bei so vielen Verdächtigen war die Kripo diesmal wohl etwas überfordert und kam mit den Ermittlungen nicht so gut voran, wie es normalerweise der Fall war.

Warum helfe ich ihnen nicht? Bei dem Gedanken

setzte ich mich mit einem Ruck auf.

Gaz hatte einen Laden in der Cowley Road erwähnt - zweifellos ein Geschäft, in dem man alte Exemplare von Pornoheften kaufen konnte. Ich könnte dort vorbeischauen und mich vergewissern, dass er die Wahrheit sagte, bevor ich mit Devlin redete. Auf diese Weise riskierte ich nicht, dass ich Cheryl grundlos einer demütigenden Befragung auslieferte, falls sich herausstellte, dass Gaz log oder sich geirrt hatte.

Ich gab Müsli einen leichten Klaps zum Abschied, schnappte mir dann mein Fahrrad und fuhr los.

Kapitel 19

Die Cowley Road stand in dem Ruf, das multikulturelle, künstlerisch angehauchte und leicht anrüchige Herz von Oxford zu sein. Sie verlief in südöstlicher Richtung aus der Stadt hinaus, vorbei am Magdalen College, einem markanten Umriss in der wohlbekannten Skyline von Oxford, bis zum Industriegebiet Cowley am Stadtrand. In der Straße lebte eine bunte Mischung aus Jamaikanern, Pakistanern, Italienern, Griechen, Türken, Russen und Studenten aus aller Welt. Es gab kuriose kleine Läden und einzigartige Restaurants mit internationaler Küche, die Musikszene von Oxford war hier ansässig, und der alljährliche farbenfrohe Straßenumzug war ein fester Bestandteil des lokalen Veranstaltungskalenders.

Wenn Oxford ein Rotlichtviertel hätte, wäre es wahrscheinlich in der Cowley Road angesiedelt. Hier fand ich auch den Laden, den Gaz erwähnt hatte. Ich stand vor dem For Your Eyes Only, trat unentschlossen von einem Fuß auf den anderen und bemühte mich, den nötigen Mut aufzubringen und hineinzugehen. Ich weiß, es klingt albern, aber ich war noch nie in einem Sexshop gewesen, und es war mir peinlich. Die Schaufenster waren zugehängt, sodass die Kunden vor neugierigen Blicken der Passanten geschützt waren, doch das machte mich umso nervöser, weil ich nicht sehen konnte, was mich im Inneren erwartete.

Plötzlich legte sich eine Hand auf meine Schulter, ich wirbelte erschrocken herum – und stand Auge in Auge mit den Silberlocken.

„Hallo, meine Liebe, wie schön, dich hier zu sehen!", begrüßte Ethel mich.

„Wir kamen gerade die Straße entlang und ich sagte: ‚Das ist doch Gemma', und ich hatte recht." Mabel nickte zufrieden.

„Du siehst ein bisschen schmal aus, Liebes - bist du sicher, dass du ordentlich isst?", fragte Florence, das rundliche Gesicht in sorgenvolle Falten gelegt.

„Ja, du darfst nicht zu dünn werden, weißt du - Männer haben gern was zum Anfassen", erklärte Glenda.

„Wa-was machen Sie hier?", brachte ich mühsam hervor.

„Wir verfolgen eine Spur", erwiderte Mabel wichtig. „Nach dem, was Gaz gestern Abend passiert ist, sind wir zu dem Schluss gekommen, dass er doch nicht der Mörder sein kann. Aber dann fiel uns ein, was er über Cheryl gesagt hat ..."

„Es war ein Hinweis!", rief Florence.

„Und ich habe mich an den Namen des Buchladens erinnert, den er erwähnt hat", fügte Ethel stolz hinzu.

„Also haben wir gedacht, wie sehen uns mal um!", schloss Glenda.

Ethel betrachtete kopfschüttelnd die Ladenfassade. „Das ist eine sehr seltsame Buchhandlung, nicht wahr? Warum sind die Fenster zugehängt?"

„Äh ... es ist eigentlich keine Buchhandlung", erklärte ich.

Mabel marschierte auf die Eingangstür zu, an der ein unauffälliges Schild hing. Die anderen Silberlocken folgten ihr und ich schloss mich ihnen widerwillig an.

„Hmm ... ‚Mit Vergnügen – nur für Erwachsene'", las Mabel vor.

„Oh, das heißt, es ist ein Sexshop!", kreischte Glenda. „Wie aufregend! In solch einen Laden wollte ich immer schon mal."

„Aber warum sollte Cheryl in einem Buch in einem Sexshop abgebildet sein?", fragte Ethel verständnislos.

Florence tätschelte ihr begütigend den Arm. „Weil sie wahrscheinlich für Nacktfotos posiert hat, Liebes. Du weißt schon, die Art von Fotos, die sich Männer gerne ansehen, wenn sie sich einen runterholen."

Ihre Sachlichkeit überraschte mich. Vielleicht war es naiv von mir, aber irgendwie hatte ich erwartet, dass der bloße Gedanke an Pornografie bei netten alten Damen helle Empörung auslösen würde.

„Ja, das hat Gaz angedeutet - dass Cheryl früher als Glamour-Model gearbeitet hat. Er hat es herausgefunden, als er sie auf den Seiten eines alten Männermagazins wiedererkannt hat", erklärte ich Ethel.

„Bestimmt würde sie nicht wollen, dass jemand davon erfährt", meinte Florence. „Das wäre ihr peinlich!"

„Aber Lara wusste davon, weil Gaz es ihr erzählt hat", sagte Glenda.

„Und das bedeutet, dass Cheryl Lara ermordet haben könnte, um zu verhindern, dass sie sie mit ihrem sündigen Geheimnis erpresst", sagte Mabel triumphierend.

„Moment mal - das ist ein bisschen weit hergeholt", protestierte ich. „Wir können uns nicht sicher sein, ob Cheryl klar war, dass Lara Bescheid wusste oder dass Lara sie erpressen wollte. Und selbst wenn, heißt das noch lange nicht, dass Cheryl sie ermordet hat! Ehrlich, schließlich ist es kein Staatsgeheimnis - Lara zum Schweigen zu bringen, ist eine Sache, aber dann ist da immer noch Gaz, der ebenfalls davon weiß. Und es gibt andere Möglichkeiten, es herauszufinden, man muss nicht zufällig über ein altes Pornoheft stolpern. Ich bin sicher, die Polizei hätte es irgendwann ausgegraben, wenn sie sich ein bisschen eingehender mit Cheryls Vergangenheit beschäftigt hätte."

„Wenn du so sehr davon überzeugt bist, dass Cheryl unschuldig ist, warum bist du dann hier?", fragte Mabel.

Ich sah sie verblüfft an. Ihre Frage war berechtigt. „Ich ... ich wollte mich nur vergewissern, das ist alles", erklärte ich wenig überzeugend. „Gaz könnte gelogen haben, daher wollte ich mit eigenen Augen sehen, ob es tatsächlich kompromittierende Aufnahmen von Cheryl gibt."

„Und warum gehst du dann nicht rein?", fragte Mabel.

Ohne meine Antwort abzuwarten, öffnete sie die Tür und marschierte in den Laden, während die anderen Silberlocken ihr im Gänsemarsch folgten. Ich zögerte einen Moment, schließlich ging ich seufzend hinterher. Der Laden war bis zur Decke vollgestopft mit Sexspielzeug, Dessous, Bondage-Ausrüstung, Gleitmitteln, Kondomen und vielen seltsam aussehenden Gegenständen, deren Funktion sich mir nicht erschloss – und vermutlich wollte ich gar nicht wissen, wofür man sie verwendete.

Eine junge Frau in einem ausnehmend hässlichen schwarzen Lederkorsett eilte uns entgegen, blieb jedoch erstaunt stehen, als ihr Blick auf die Silberlocken fiel.

„Kann ... kann ich Ihnen helfen?", fragte sie.

„Ich schaue mich nur um", antwortete ich

fröhlich.

Sie starrte die Silberlocken an, die wortlos an uns vorbeischlurften. „Äh ... schauen die sich auch nur um?"

„Ja, sie ... äh, wir gehören zusammen", murmelte ich und lief den vier alten Damen hinterher.

Die Verkäuferin zog sich kopfschüttelnd hinter ihren Tresen zurück, ließ uns jedoch nicht aus den Augen, während wir den Laden durchstöberten. Ich hatte gehofft, geradewegs auf das Regal mit den Erotikmagazinen zuzusteuern, die alten Ausgaben durchzublättern und so schnell wie möglich wieder zu verschwinden, doch die Silberlocken hatten andere Pläne. Neugierig begutachteten sie alles, was sie in die Finger bekamen, und untersuchten auch das kleinste Detail.

„Wofür ist das wohl, Florence?", fragte Glenda und hielt ein Gebilde aus grellrosa Silikon in die Höhe.

„Es sieht ein bisschen aus wie eine Banane", antwortete Florence nachdenklich.

„Aber da sind Batterien drin." Glenda schraubte ein Ende ab und zeigte uns das Innere des mysteriösen Gegenstandes.

„Vielleicht ist es eine Art Taschenlampe", überlegte Ethel. „Bei meiner großen Taschenlampe schraubt man auch die Kappe ab, so wie hier. Sind das 9V-Batterien?"

„Die Qualität der Produkte in diesem Laden lässt wirklich zu wünschen übrig." Mit verächtlichem

Schnauben hielt Mabel einen schwarzen Slip hoch. „Seht euch diesen Schlüpfer an - da ist ein riesiges Loch in der Mitte! Und bei dem auch! Und hier!" Sie zog ein Wäschestück nach dem anderen hervor. „Die haben alle Löcher. Man sollte sie an den Hersteller zurückschicken, statt sie hier im Laden zu verkaufen. Was für eine Unverschämtheit! Und dann zu diesen Preisen! Unglaublich!"

„Oh, hier gibt es sogar Kekse", rief Florence vom anderen Ende des Ganges. Sie wies auf eine Dose mit der Aufschrift „Dunking Dickies" hoch.

Ethel schaute ihr über die Schulter. „Wie ungeschickt! Wer auch immer diese Kekse gemacht hat, konnte offenbar nicht mit der Ausstechform umgehen", meinte sie tadelnd. „Die Kekse sehen alle wie Penisse aus."

„Und was macht man damit?" Glenda hielt einen lebensgroßen Gummifuß in die Höhe.

Hilfe! In meinen kühnsten Träumen hätte ich mir nicht vorgestellt, dass ich mich jemals mit den Silberlocken in einem Sexshop wiederfinden würde. Ich riss Glenda den Gummifuß aus der Hand und schob ihn hastig zurück ins Regal.

„Hören Sie, können wir nicht einfach weitergehen? Ich glaube, die Zeitschriften sind da drüben."

Ich schob die vier zu der Wand mit den Zeitschriften, und während sie sich über die unglaubwürdigen Proportionen des vollbusigen Mädchens auf dem Cover eines Männermagazins ausließen, durchstöberte ich den Bereich mit der Aufschrift „Vintage Porn". Gaz hatte von den Achtzigerjahren gesprochen, also nahm ich mir die Ausgaben aus dieser Zeit vor, nahm einige Hefte heraus und blätterte sie schnell durch. Mir sank der Mut, als mir klar wurde, wie viele Zeitschriften vor mir in den Regalen lagen. Wie sollte ich das jemals schaffen?

Ich wollte mich schon geschlagen geben, als sich die Zeitschrift, die ich gerade hervorgezogen hatte, wie von selbst auf der Doppelseite in der Mitte öffnete. Zum Vorschein kam ein Foto einer jungen Frau, die nur mit einem schwarzen Samthalsband und Stöckelschuhen bekleidet war. Ich starrte auf die verblasste Aufnahme. Sie war schlanker, ihr Gesicht war deutlich jünger und frischer und ihr Haar war so blond, dass es unmöglich ihre natürliche Haarfarbe sein konnte. Es handelte sich jedoch zweifelsohne um Cheryl Sullivan.

Ihr Anblick versetzte mir einen Stich der Enttäuschung. Insgeheim hatte ich gehofft, dass Gaz gelogen hatte. Ich dachte voller Unbehagen an das, was Cheryl mir über die strenge katholische Schule erzählt hatte, an der sie arbeitete. Wenn ihre Kollegin gefeuert worden war, weil sie bei sich zu Hause Verkaufspartys für Sexspielzeug veranstaltet hatte, drohte Cheryl vermutlich das gleiche Schicksal, falls die Schule von ihrer Vergangenheit als Model erfuhr.

Trotzdem galt das, was ich den Silberlocken gesagt hatte. Auch wenn Cheryl sich für ihre

Vergangenheit schämte, hieß das nicht, dass sie zu einem so drastischen Mittel wie Mord griff, um zu verhindern, dass jemand davon erfuhr. Sie konnte sie letztlich nicht verbergen. Das war der Punkt. Lara aus dem Weg zu schaffen, bedeutete nicht, dass ihr Geheimnis sicher war – mit ein bisschen Glück und Entschlossenheit konnte jeder die Wahrheit herausfinden, wenn er tief genug grub. Mich wunderte sowieso, dass die Boulevardpresse nicht längst Wind davon bekommen hatte. Allerdings wusste ich, dass Menschen nicht immer logisch denken und handeln, vor allem dann nicht, wenn sie Angst haben und unter Druck stehen. Es war oft genug vorgekommen, dass jemand aus einem nichtigen Grund tötete, nur weil er in Panik geraten war.

„Was hast du gefunden, meine Liebe?", fragte Mabel, als die Silberlocken näherkamen.

Ethel riss die Augen auf, als sie das Bild von Cheryl sah. „Meine Güte, sie hat noch nicht einmal ihren Vorderpopo bedeckt!", kreischte sie.

„Ist das wirklich Cheryl?" Glenda beugte sich vor, um die Seite genau zu betrachten.

„He! Was machen Sie da?"

Die Verkäuferin starrte uns empört an.

„Diese Zeitschriften stehen zum Verkauf – im Laden wird nicht gelesen. Oder sind Sie nur hier, um sich kostenlos ein paar Pornos reinzuziehen?", fragte sie.

„Oh nein ... nein!", sagte ich, schob das Heft an

seinen angestammten Platz und griff wahllos etwas aus dem benachbarten Regal. Ich eilte zum Tresen. „Ich ... äh ... nehme das."

Das schien sie zu beschwichtigen. „Cool. Ich habe dieses Modell des Randy Rabbit noch nicht ausprobiert, aber soweit ich gehört habe, ist es wirklich gut."

„Der Randy *was* ...?" Ich schaute entsetzt auf die Schachtel, die ich ihr soeben überreicht hatte. Darin befand sich ein riesiger lilafarbener Vibrator. „Oh! Ähm, ich weiß nicht ..."

„Keine Sorge, Sie werden es nicht bereuen", versicherte die junge Frau. Sie öffnete die Schachtel. „Sie haben verschiedene Einstellungen, sehen Sie? Rotieren, pulsieren -"

„Prima!", unterbrach ich sie. Mein Gesicht glühte vor Scham, als ein Pärchen den Laden betrat. *Oh mein Gott, ich hoffe, es sind keine Stammkunden aus der Teestube!*, dachte ich und wandte den beiden den Rücken zu.

„Soll ich ihn als Geschenk verpacken?"

„Äh ... nein, nein, das ist schon in Ordnung. Die Schachtel brauche ich nicht", sagte ich schnell, schnappte mir den Vibrator und verstaute ihn hastig in meiner Handtasche. „Ich bezahle ihn einfach, okay?"

Ich wartete mit hochrotem Kopf, während sie den Preis in die Kasse tippte. Die Silberlocken scharten sich um mich, und ich rechnete damit, dass Glenda fragte: „Und was hast du da gerade eingesteckt?" -

aber zum Glück fanden sie und Florence die sexy Dessous, die an der Kasse ausgestellt waren, so faszinierend, dass sie nicht auf mich achteten. Als die Verkäuferin mir die Quittung aushändigte, betrat ein Mann mit Schlips und Kragen den Laden. Er schaute sich kurz um, beugte sich dann über den Tresen und murmelte aus dem Mundwinkel: „Ich suche eine aufblasbare Puppe. Haben Sie welche mit extragroßen Brüsten?"

Bevor die Verkäuferin antworten konnte, sagte Mabel mit ihrer dröhnenden Stimme: „Die sind drüben im Schrank an der hinteren Wand, junger Mann. Allerdings finde ich es nicht in Ordnung, dass Sie nach einer großen Oberweite fragen. Zu meiner Zeit haben sich die jungen Frauen mit den Brüsten begnügt, die die Natur ihnen gegeben hat – dieser Unfug mit Brustvergrößerungen kam ihnen nicht in den Sinn. Und die Männer hätten ihre Vorlieben nicht in der Öffentlichkeit herausposaunt. Nein, sie haben sich wie Gentlemen benommen und -"

„Äh, ich glaube, wir sollten jetzt besser gehen", sagte ich, packte Mabel am Arm und zog sie aus dem Laden, während der Mann uns mit offenem Mund anstarrte.

„Auf Wiedersehen!" Die anderen Silberlocken winkten der jungen Frau hinter dem Tresen zu, bevor sie ebenfalls zur Tür gingen. „Vielen Dank, es war sehr nett hier!"

Kapitel 20

Nachdem ich die Silberlocken sicher in den Bus nach Meadowford-on-Smythe verfrachtet hatte, schwang ich mich auf mein Fahrrad, um mich auf den Heimweg zu machen, doch dann überlegte ich es mir anders. Der Gedanke, allein zu Hause zu sitzen, gefiel mir gar nicht, also beschloss ich, ebenfalls ins Dorf zu fahren. An der kleinen steinernen Brücke, die über den Bach am Dorfrand führte, stieg ich ab und schob das Rad langsam die High Street hinauf. Wie immer genoss ich den Anblick der hübschen kleinen Läden und der schmalen Gassen mit ihrem Kopfsteinpflaster, die Meadowford zu einem beliebten Ausflugsziel für Touristen machten. Selbst an einem grauen Tag wie diesem wirkten die strohgedeckten Cottages, die so typisch waren für die Cotswolds, malerisch und wunderbar altmodisch.

Ich stellte mein Fahrrad vor dem Tearoom ab, trat

ein, schloss die Tür hinter mir und lehnte mich mit einem zufriedenen Seufzer dagegen. Ahhh ... das Little Stables war natürlich noch geschlossen, doch auch ohne das vertraute Stimmengewirr und den betörenden Duft von frischem Gebäck hatte die Teestube etwas Gemütliches und Einladendes und gab mir ein Gefühl von Frieden und Sicherheit. Nach dem chaotischen Besuch im Sexshop war ich besonders froh, hier zu sein.

Gleichzeitig konnte ich nicht leugnen, dass ich mich vor einer unangenehmen Pflicht drückte. Ich musste Devlin anrufen und ihm von Cheryl erzählen. Diese Informationen waren wichtig, und so sehr ich Mistys Frauchen auch mochte: Sie war eine der Verdächtigen in einer Mordermittlung. Widerwillig zückte ich mein Handy und wollte gerade Devlins Nummer eingeben, als mich ein Klopfen an der Tür aufschrecken ließ. Ich öffnete und sah Cheryl Sullivan höchstpersönlich auf der Schwelle stehen.

„Hallo!", strahlte sie. „Ich hatte heute Morgen nichts vor, also dachte ich, ich nehme Ihre Einladung an und schaue in Ihrer Teestube vorbei. Dass Sie geschlossen haben könnten, ist mir erst eingefallen, als ich hier ankam. Doch dann sah ich das Fahrrad draußen und dachte, ich versuch's mal -" Sie verstummte und ihr Lächeln erlosch, als sie meinen Gesichtsausdruck sah. „Stimmt etwas nicht?"

Ich zögerte, holte dann tief Luft und sagte: „Cheryl, am ersten Abend des Halbfinales, als ich mit

Müsli in die Concert Hall zurückkam, habe ich Sie gesucht, konnte Sie aber nirgendwo finden. Wo waren Sie?"

Sie sah mich verwirrt an. „Was … was meinen Sie? Ich habe Ihnen doch gesagt, dass ich auf dem kleinen Parkplatz hinter der Halle nach Misty Ausschau gehalten habe."

„Haben Sie jemanden gesehen? Mit jemandem gesprochen? Hat Sie jemand gesehen?"

Sie errötete. „Sie wollen wissen, ob ich ein Alibi für die Zeit habe, als Lara getötet wurde, stimmt's? Glauben Sie ernsthaft, ich hätte sie umgebracht?", fragte sie ungläubig. „Das ist doch verrückt! Warum um alles in der Welt sollte ich sie ermorden?"

„Weil sie von Ihrem schändlichen Geheimnis wusste", platzte ich heraus.

Cheryl schien zu erstarren. „Mein … mein schändliches … Geheimnis?", stammelte sie. „Ich … ich weiß nicht, wovon Sie reden."

Als ich den Namen der Zeitschrift nannte, in der ich ihr Foto gesehen hatte, wurde sie kreidebleich.

„Das ist schon lange her", flüsterte sie. „Ich war Studentin, ich brauchte das Geld. Wir … wir alle treffen manchmal Entscheidungen, die wir später bereuen, besonders in jungen Jahren."

„Aber Sie dachten, die ganze Sache sei längst in Vergessenheit geraten, nicht wahr? Bis Lara alles ans Licht gezerrt hat. Was hat sie getan? Hat sie Sie verspottet? Hat sie gedroht, Sie vor der Presse bloßzustellen? Oder vor Ihren Arbeitgebern an der

Schule? Das hätte Sie doch Ihren Job gekostet, oder? Haben Sie sie deshalb umgebracht?"

„Nein!", rief Cheryl entsetzt. „Ich habe Lara nicht umgebracht! Wie können Sie nur so etwas Schreckliches sagen!"

„Die Wahrheit ist manchmal schrecklich."

„Aber das ist nicht die Wahrheit! Ich habe Lara nicht umgebracht! Ich hätte sie auch dann nicht umgebracht, wenn sie mich erpresst hätte oder was auch immer - aber das hat sie nicht! Ich weiß nicht, wie Sie auf diese verrückte Idee kommen. Ich glaube nicht, dass Lara überhaupt etwas über meine Vergangenheit wusste. Und wenn, dann hätte sie es meinen Arbeitgebern ruhig erzählen können." Sie straffte trotzig die Schultern. „Ich hatte es ihnen längst selbst gesagt."

„Sie haben es ihnen gesagt?"

Sie nickte. „Schon vor Jahren, beim Vorstellungsgespräch. Ich wollte nicht, dass diese Fotos wie ein Damoklesschwert über mir schweben, also habe ich ihnen alles erzählt. Sie waren erstaunlich verständnisvoll. Vielleicht hat es mit dem katholischen Glauben an Beichte und Vergebung zu tun. Jedenfalls habe ich die Stelle bekommen, trotz meiner ‚bewegten Vergangenheit'. Sie sehen also, dass Lara gar nichts gegen mich in der Hand gehabt hätte."

Ich wusste nicht, was ich sagen sollte – sie hatte mir den Wind aus den Segeln genommen und ich stand nicht nur wie eine Vollidiotin da, sondern kam mir auch vor wie eine engstirnige, hinterhältige Verräterin.

Ich räusperte mich. „Ähm … ja, also …"

„Ich habe mich in Ihnen getäuscht, Gemma." Cheryl sah mich wütend an. „Ich dachte, Sie seien meine Freundin - aber eine Freundin würde nicht hinter meinem Rücken in meiner Vergangenheit herumstochern und mir dann unterstellen, dass ich jemanden umgebracht habe."

Sie schob mir mit einer heftigen Bewegung die Geschenktüte hin, die sie die ganze Zeit in der Hand gehalten hatte. „Da, das habe ich Ihnen mitgebracht, als Dank für Ihre Hilfe bei meinem Auftritt." Sie reichte mir eine handgestrickte Maus. „Die habe ich für Müsli gemacht. Ich wollte sie ihr selbst bringen, aber es ist besser, wenn Sie sie ihr geben, denn ich glaube nicht, dass ich noch einmal herkomme."

Sie drehte sich auf dem Absatz um und hastete die Straße hinunter, bis sie außer Sichtweite war. Ich stand bedrückt mit der Geschenktüte in der Hand auf der Türschwelle und sah ihr nach. Noch nie hatte ich mich so klein gefühlt und mich so sehr geschämt. Wie hatte ich nur derart danebenliegen können? Dann schüttelte ich den Kopf. Nein, eigentlich hatte ich gar nicht danebengelegen. Mein Bauchgefühl hatte mir immer gesagt, dass Cheryl unschuldig war. Ich hatte mich nur von den vermeintlichen Beweisen davon abbringen lassen.

Seufzend ging ich wieder hinein und schloss die Tür. Doch nun wirkte die leere Teestube nicht mehr gemütlich und einladend. Stattdessen fühlte sich die Stille beklemmend an. Im Kopf hörte ich unablässig Cheryls Stimme: „Ich habe mich in Ihnen getäuscht, Gemma. Ich dachte, Sie seien meine Freundin ... Ich habe mich in Ihnen getäuscht, Gemma ... Ich dachte, Sie seien meine Freundin ...!"

Plötzlich hielt ich es nicht mehr aus. Ich sprang auf mein Fahrrad und fuhr zurück nach Oxford, nicht etwa zu meinem Cottage, sondern zum Haus meiner Eltern. Ich hatte das dringende Bedürfnis, meine Mutter zu sehen, trotz all ihrer Fehler und ärgerlichen Angewohnheiten. Ich radelte durch die von Bäumen gesäumten Straßen des nördlichen Oxford, stellte das Rad vor dem eleganten Stadthaus ab und ging schnell hinein. In der Wohnzimmertür blieb ich jedoch wie angewurzelt stehen. Meine Mutter hatte Besuch und mir sackte das Herz in die Hose, als ich die Frau erkannte, die neben ihr auf dem Sofa saß. Es war Grace Lamont.

„Hallo, Schatz, wie schön! Bleibst du zum Mittagessen?", flötete meine Mutter.

„Äh ..." Ich zögerte - das Letzte, was ich jetzt brauchen konnte, war ein Mittagessen mit der angsteinflößenden Herausgeberin der Zeitschrift Society Madam. Da mir jedoch spontan keine überzeugende Ausrede einfiel, stotterte ich: „Äh, ja, danke!"

Grace bewegte sich gereizt in ihrem Platz und sagte: „Ich verabscheue dieses ewige ‚Äh', mit dem junge Leute heutzutage jeden Satz anfangen. So schlampig und ungehobelt! Warum nicht frisch und entschlossen sagen, was es zu sagen gibt, statt erst ‚Äh' zu blöken wie ein Schaf?"

Oh je, das Mittagessen würde kein Vergnügen werden. Meine Mutter war immer schon sehr streng gewesen, was gutes Benehmen anging, doch im Vergleich zu Grace wirkte sie wie ein Blumenkind aus den Sechzigern, das sich über alle gesellschaftlichen Konventionen hinwegsetzte. Ich wusch mir vor dem Essen die Hände, ein weiteres Gebot, das man mir von klein auf eingebläut hatte, und setzte mich dann voller böser Vorahnungen an den Esstisch.

Meine Mutter hatte eine einfache Mahlzeit aus Salaten, Aufschnitt und Brötchen zubereitet, was mir gelegen kam, denn dafür brauchte man kein kompliziertes Besteck und ich musste nicht befürchten, ein Messer oder eine Gabel falsch zu benutzen. Selbst als ich mir ein Brötchen nahm, zögerte ich jedoch. Ich war mir sicher, dass man nicht einfach hineinbeißen durfte, aber sollte man das Brötchen mit den Händen in zwei Hälften teilen? Oder mit dem Brotmesser? Was war richtig? Plötzlich war ich so verunsichert, dass mir die einfachsten Regeln nicht mehr einfielen.

Ich warf einen verstohlenen Blick zu Grace, doch leider nahm sie zwar von den Salaten und der kalten Hähnchenbrust, aber nicht von den Brötchen. *Mist.* Wahrscheinlich machte sie eine Low-Carb-Diät. Meine Mutter war mir ebenfalls keine Hilfe, da sie gerade etwas aus der Küche holte, daher saß ich mit meinem Brötchen in der Hand da wie ein Eichhörnchen mit einer Nuss in den Pfoten.

Als Grace mich stirnrunzelnd ansah, legte ich das Brötchen schnell auf den Beilagenteller. Um Zeit zu gewinnen, nahm ich mir die Schüssel mit dem Kartoffelsalat, löffelte mir umständlich eine Portion auf den Speiseteller und sagte fröhlich: „Interviewen Sie auch die anderen Juroren der Show?"

„Nein, aber ich plane für die nächste Ausgabe einen Beitrag über einige der Teilnehmer", antwortete Grace. „Nach allem, was Ihre Mutter mir erzählt hat, haben einige einen sehr interessanten Hintergrund. Unsere Zeitschrift konzentriert sich zwar in erster Linie auf Haushalt, Mode und Etikette, aber von Zeit zu Zeit bringen wir auch gerne etwas über interessante Menschen und ihre Geschichten. Und in Anbetracht des enormen nationalen Interesses an der Show denke ich, dass sich unsere Leserinnen freuen würden, mehr über die Teilnehmer zu erfahren."

„Ja, ich habe gesehen, dass in mehreren Zeitungen und Zeitschriften über die Kandidaten berichtet wurde."

„Nun, im Gegensatz zur Boulevardpresse bedienen wir natürlich nicht die Sensationsgier der Leute", bemerkte Grace hochmütig. „Ein durchdachter, intelligenter Artikel, der die Werte der Familie betont – das ist unser Stil. So würde ich zum Beispiel mit der Mutter der Zwillinge über die

Erziehung von künstlerisch hochbegabten Kindern sprechen. Und der Klempner, Mr Ziegler, scheint ein interessanter Mann zu sein. Ihre Mutter sagte, seine Familie sei während des Zweiten Weltkriegs aus Deutschland nach England gekommen."

„Ach ja", meinte meine Mutter, die gerade mit einer Suppenterrine aus der Küche kam. „Ich habe mich mit Herrn Ziegler unterhalten, und es war faszinierend, was er erzählt hat. Seine Großeltern sind mit zwei kleinen Kindern vor den Nazis geflohen, erst nach Frankreich und dann weiter nach England. Mr Zieglers Vater war damals erst sechs Jahre alt - und es klang nach einer äußerst beschwerlichen Reise."

„Sich in ihrer Wahlheimat einzuleben, dürfte ihnen auch nicht gerade leichtgefallen sein, aber trotz aller Schwierigkeiten wurde der Vater von Mr Ziegler zu einem aufrechten Bürger dieses Landes, nicht wahr?" Grace sah meine Mutter fragend an.

„Ja, er hat als Lehrling in einer Fabrik angefangen, hat sich aber bald zum Vorarbeiter hochgearbeitet und wurde sogar zum Vorsitzenden der örtlichen Fabrikarbeitergewerkschaft gewählt. Leider starb er recht früh an Lungenkrebs, und Mr Zieglers Mutter stand allein da."

„Ach ja?" Grace schien erfreut, dass sie ein weiteres rührendes Detail für ihren Artikel ergattert hatte. „Das kann in den 1960er-Jahren nicht einfach gewesen sein. Hmm … ja, eine sehr herzerwärmende Geschichte. Und Mr Ziegler selbst - er scheint trotz des schwierigen Starts als Kind einer alleinstehenden Mutter ein erfolgreicher Mann zu sein und leitet heute ein ansehnliches Unternehmen."

„Er hat mir erzählt, dass sein Großvater in Deutschland Klempner war und er stolz darauf sei, die Familientradition fortzusetzen", sagte meine Mutter lächelnd. „Und auch das Jodeln hat in seiner Familie Tradition. Sein bayerischer Großvater war ein Könner auf dem Gebiet."

„Sehr lobenswert, sehr lobenswert." Grace nickte anerkennend. „Es ist eine Schande, dass er wahrscheinlich aus dem Wettbewerb ausscheidet."

„Ja, als Teil der Jury hat man es nicht leicht", sagte meine Mutter seufzend. „Man soll die Teilnehmer ausschließlich nach ihren Leistungen beurteilen, und doch ist es so schwer, kritisch zu sein, wenn man ihren Hintergrund kennt und weiß, wie sehr sie eine Chance auf den Sieg verdienen."

„Vielleicht ist das der Grund, warum die anderen Juroren sich eher von den Kandidaten ferngehalten haben", warf ich ein. „Dann haben sie kein Problem damit, sich zu entscheiden."

„Ich finde es sehr gut, dass Ihre Mutter so viel persönliches Interesse an den Kandidaten zeigt", meinte Grace und sah mich stirnrunzelnd an.

„Ach", sagte meine Mutter, „sie haben alle so herzzerreißende Schicksale, dass man gar nicht anders kann. Dieser Junge, Albert, zum Beispiel – er ist ebenfalls nur mit seiner Mutter aufgewachsen, wussten Sie das? Sein Vater hat die Familie verlassen, um mit seiner Geliebten zusammenzuleben und ist dann bei einem Autounfall ums Leben gekommen, sodass Alberts Mutter ganz allein dastand. Sie mussten in eine Sozialwohnung ziehen, und die arme Frau wurde darüber anscheinend depressiv. Er hat mir erzählt, dass er mit den Zaubertricks angefangen hat, um sie aufzuheitern."

„Ahh!" Grace witterte eine weitere rührselige Geschichte. „Ein hingebungsvoller Sohn, der sich um seine vom Schicksal gezeichnete Mutter kümmert. Ja, ich muss Albert unbedingt interviewen. Er sollte ebenfalls in dem Artikel zu Wort kommen. Meinen Sie, seine Mutter würde für einen Fototermin nach Oxford kommen? Wenn nicht, könnte ich einen Fotografen hinschicken. Und was ist mit diesem netten Mädchen am Klavier? Sie scheint eine recht zurückhaltende und gesittete junge Dame zu sein."

„Über Nicole weiß ich leider nicht sehr viel. Sie wirkt schüchtern und bleibt lieber für sich", stellte meine Mutter fest, während sie nach einem Brötchen griff.

Ich sah zu, wie sie einfach ein Stück abbrach, mit dem Messer etwas Butter darauf strich und es sich ohne weitere Umstände in den Mund schob. Aha! Ich folgte ihrem Beispiel, hielt jedoch inne, als ich Grace sagen hörte: „Sie ist Fußpflegerin, nicht wahr? Und ich habe gesehen, dass sie als ‚Mrs Flatley' geführt wird, aber ich glaube nicht, dass ich ihren Ehemann während der Aufnahmen für die Show gesehen habe. Man sollte doch annehmen, dass er mitkommt zu den Auftritten, um seine Frau zu unterstützen. Vielleicht rufe ich Nicole an und frage sie nach ihrem Mann. Ein Hauch Romantik fehlt uns noch bei dem Artikel und -"

„Oh nein, tun Sie das nicht!", platzte es aus mir heraus.

Grace schaute mich erstaunt an. „Wie bitte?"

„Tut mir leid ... es ist nur ... es ist wahrscheinlich keine gute Idee, Nicole nach ihrem Mann zu fragen."

„Und warum nicht?"

„Nun ..." Ich rutschte unbehaglich auf meinem Stuhl hin und her und hatte das Gefühl, Nicoles Vertrauen zu missbrauchen. „Nicoles Mann hatte eine Affäre. Er hat sie vor Kurzem verlassen, und ich glaube, sie ist noch nicht darüber hinweg."

„Interessant ..." Die Augen der Herausgeberin leuchteten. „Nun, wir können den Blickwinkel ändern und sie als selbstbewusste Frau darstellen, die gestärkt aus einer schwierigen Situation hervorgeht. Vielleicht war das ihr Motiv für die Teilnahme an der Show: Sie wollte ihrem Mann eine lange Nase zeigen. Ja, ich glaube, das wäre noch besser als der romantische Touch."

„Nein, nein, ich glaube wirklich nicht, dass Nicole das gefallen würde", protestierte ich. „Warum nehmen Sie nicht einfach einen der anderen Kandidaten? Die restlichen Teilnehmer bieten Ihnen sicher mehr als genug Stoff.“

„Oh nein, das ist Melodrama vom Feinsten, das können wir nicht links liegen lassen. Solche Geschichten verkaufen sich sehr gut, unsere Leserinnen lieben sie.“

Ich betrachtete sie mit einer Mischung aus Überraschung und Abscheu. Grace Lamont war also trotz ihres vornehmen Auftretens nicht besser als Monty Gibbs: selbstgerecht und sensationsgierig, immer mit einem Auge auf den Profit, den eine Geschichte bringen würde. Monty war mir unsympathisch, weil er aufdringlich und rücksichtslos war, aber wenigstens war er ehrlich, während Grace eine große Heuchlerin war.

„Ich finde, Sie sollten den Anstand haben, Nicoles Gefühle zu respektieren und sie in Ruhe zu lassen, statt aus ihrer Situation Kapital schlagen zu wollen.“ Meine Worte klangen schärfer, als ich es beabsichtigt hatte.

Grace Lamont schnappte empört nach Luft und meine Mutter sah mich entsetzt an.

„Gemma!“, rief sie.

„Es tut mir leid“, entschuldigte ich mich steif. „Ich denke, bei gutem Benehmen und gutem Geschmack geht es um mehr als um den korrekten Gebrauch von Weingläsern und Besteck. Es geht vor allem darum, wie wir uns unseren Mitmenschen gegenüber verhalten.“

Grace plusterte sich entrüstet auf, schien aber um eine Antwort verlegen zu sein und so saßen wir eine ganze Weile schweigend da, bis meine Mutter mit strahlendem Lächeln aufsprang und auf das britische Allheilmittel zurückgriff: „Wie wär's mit einer schönen Tasse Tee?"

Kapitel 21

Am nächsten Tag war in der Concert Hall alles wie immer. Früh am Morgen hatte mich einer der Produzenten der Show mit der telefonischen Bitte geweckt, das übliche Catering zu liefern. Nach einem panischen Anruf bei Dora und einer hastigen Fahrt zur Teestube, um ihr und Cassie bei den Vorbereitungen zu helfen, kam ich am Vormittag in der Concert Hall an, wo noch mehr Aufregung herrschte als sonst und die Luft vor Spannung zu knistern schien. Die Ergebnisse der Abstimmung lagen bereits vor, aber die Verantwortlichen hüllten sich in tiefes Schweigen. Erst am Abend sollten die Finalisten vor laufender Kamera auf der Bühne bekanntgegeben werden.

Wie sich herausstellte, hatte ich unrecht gehabt: Monty Gibbs nutzte die gespannte Erwartung der Zuschauer keineswegs aus, um die Show über

Gebühr in die Länge zu ziehen. Im Gegenteil: Die Show war kürzer als die bisherigen. Geplant waren der Gastauftritt einer neuen britischen Rockband, gefolgt von einem kurzen Resümee der Jury über die einzelnen Kandidaten und der Bekanntgabe der beiden Finalisten.

Danach hatte Monty Gibbs die gesamte Besetzung und die Crew zu einer „After-Show-Party" auf sein Anwesen in den Cotswolds eingeladen. Offenbar hatte er, nachdem er seinen Traum von der Fernsehjury verwirklicht hatte, den Ehrgeiz entwickelt, wie die Promis aufzutreten, die nach Preisverleihungen wie den Oscars glamouröse Partys veranstalten.

Zu meiner großen Überraschung wurde ich ebenfalls eingeladen, und weil ich keine anderen Pläne für den Abend hatte, beschloss ich, die Einladung anzunehmen. Da meine Mutter als Mitglied der Jury sowieso in der Concert Hall war, würden wir nach der Show gemeinsam zu Gibbs' Anwesen fahren. Damit war die Transportfrage geklärt, doch ich brauchte noch jemanden, der Müsli am Abend fütterte, und außerdem hatte ich nichts Passendes anzuziehen.

Ein kurzer Anruf bei Cassie löste das erste Problem – sie würde sich um Müsli kümmern. Für das zweite hatten die Silberlocken die ideale Idee.

„Frag Sharon, Liebes", schlug Mabel vor. „Sie ist die leitende Visagistin und verwaltet auch den Kostümfundus. Ich habe gesehen, dass in der

Garderobe ein ganzer Kleiderständer mit Outfits in unterschiedlichen Größen für die Kandidaten bereitsteht. Ich nehme an, dass sie für Nicole, Cheryl und Lara gedacht waren. Trish hat normalerweise ihr eigenes Kostüm mitgebracht, aber die anderen konnten sich für ihren Auftritt etwas aussuchen. Bestimmt findest du dort etwas in deiner Größe, das du dir für den Abend ausleihen kannst."

Ich hatte meine Zweifel, aber als ich Sharon darauf ansprach, war ich angenehm überrascht.

„Oh ja, ich glaube, ich habe etwas, das Ihnen perfekt passen würde", sagte die Frau und musterte mich von oben bis unten. „Sie haben Größe 38, nicht wahr?"

„Ja, normalerweise schon, aber manchmal nehme ich lieber Größe 40, das sitzt lockerer und ist bequemer."

Sharon lachte. „Schätzchen, wir reden hier von Abendkleidern, nicht von Strickpullovern. Das Kleid soll Ihre Figur umschmeicheln, und nicht um Sie herumschlottern."

Das Kleid, das ihr vorschwebte, entpuppte sich als ein elegantes Gewand aus einem tiefburgunderroten Samtstoff, der meine knabenhafte Figur sanft umspielte und weiblicher machte. Die Farbe ließ meinen Teint wunderbar strahlend und meinen dunklen Haarschopf besonders glänzend aussehen. Ich war so begeistert von meinem Anblick, dass ich überlegte, ihr das Kleid nach der Party abzukaufen!

„Das ist fantastisch!", schwärmte ich, als ich vor dem Spiegel stand und den Samt über den Hüften glattstrich.

„Mm ...", sagte Sharon hinter mir. Sie hatte eine Stecknadel zwischen den zusammengepressten Lippen, weil sie an der Rückseite des Mieders noch etwas ändern musste. „Das sollte ein bisschen enger sein – keine Sorge, das haben wir gleich.

Wie sieht es übrigens mit Make-up aus? Bei einem solchen Kleid muss man sich ein bisschen zurechtmachen. Wenn Sie nicht geschminkt sind, wirkt das komisch. Sie können sich gerne hier bedienen, falls Sie nichts dabeihaben." Sie deutete auf die Schminktische, auf denen jeweils eine Kollektion von Cremes, Puder, Lidschatten und Lippenstiften stand.

„Oh, danke, das ist wirklich nett. Vielleicht komme ich darauf zurück - obwohl ich normalerweise nicht viel Make-up verwende."

„Wenn Sie nur einen leichten, natürlichen Look wollen, habe ich eine tolle Palette in meiner Schminktasche, außerdem etwas getönten Lipgloss und einen losen Puder, den ich ganz zum Schluss auftrage - oh, nicht den, den ich neulich benutzt habe", fügte sie schnell hinzu. „Keine Sorge, ich habe eine frische Dose aufgemacht."

„Ja, klar, das hätte ich auch nicht gedacht, dass Sie den Puder weiterhin verwenden", versicherte ich ihr. „Außerdem hat die Polizei die Dose vermutlich mitgenommen, um den Inhalt analysieren zu lassen.“

„Stimmt, aber soweit ich gehört habe, ist nichts Brauchbares dabei herausgekommen - außer der Tatsache, dass sich jemand daran zu schaffen gemacht hat.“ Sie verzog das Gesicht. „Offenbar hat jemand Juckpulver in den Puder gemischt – wirklich ein übler Scherz!“

„Meinen Sie, es war ein Scherz?“

„Was denn sonst?“

„Ich dachte, es könnte etwas mit dem -“ Ich brach ab und lächelte. „Nein, Sie haben wahrscheinlich recht.“

Langsam begriff sie. „Ach, Sie glauben immer noch, dass Trish damit Gaz‘ Auftritt sabotieren wollte? Aber ich dachte, die Polizei hat die Dose auf Fingerabdrücke untersucht und nachgewiesen, dass Trish sie nicht angerührt hat.“

„Sie haben recht. Außerdem hat mir Dev- ich meine, Inspector O’Connor gesagt, dass der Puder, den Sie für letzte Korrekturen benutzen, nicht aus diesem Raum stammt. Es kann also nicht die Dose gewesen sein, die Trish in der Hand hatte, als ich hereinkam.“

„Ja, ich bewahre diese Last-Minute-Sachen getrennt auf. Wie ich schon sagte, handelt es sich meist um hellere, natürlichere Farben – falls die Haut an einer Stelle zu stark glänzt oder der Lipgloss retuschiert werden muss, Sie wissen sicher, was ich meine. Um die Kandidaten, die sich hier in diesem Raum umziehen, kümmert sich die

Maskenbildnerin. Sie benutzt die kräftigeren Farben, die Sie auf den Schminktischen sehen."

„Wer auch immer sich also an der Dose zu schaffen gemacht hat, hat es nicht in der Garderobe, sondern im Wartebereich getan, als niemand hingesehen hat", überlegte ich.

„Das hat der Inspector auch gesagt. Aber die Sache ist die …" Sie runzelte die Stirn. „Ich habe mir das Hirn zermartert und bin sicher, dass ich meine Tasche nicht unbeaufsichtigt gelassen habe. Außerdem habe ich erst bei der Granny-Band das Make-up nachgebessert und dann bei Gaz. Die alten Damen hatten aber keinen Juckreiz, nicht wahr?"

„Ja, was bedeutet, dass das Juckpulver zwischen dem Auftritt der Granny-Band und dem von Gaz hinzugefügt wurde. Sind Sie sicher, dass Sie die Tasche nicht irgendwo abgestellt haben, und sei es nur für eine Minute?"

Sie nickte. „Ich trage den Riemen immer quer über dem Körper, so – sehen Sie?" Sie machte es vor. „Ich stelle sie nur ab, wenn ich einen Kandidaten in Behandlung habe, sozusagen. Dann ist es einfacher, sie neben mir stehen zu haben, weil ich die Sachen schneller greifen kann." Sie verzog nachdenklich das Gesicht. Aber jetzt fällt es mir ein … ich hatte mit den alten Damen zu tun, das war nicht viel Arbeit. Sie haben eine erstaunlich schöne Haut, keinerlei Altersflecken oder dergleichen – oh, nur bei June musste ich die Besenreiser auf einer Wange abdecken. Die sind ihr wunder Punkt, deshalb habe ich mir mit ihr besonders große Mühe gegeben. Sie war als Letzte an der Reihe. Und dann bin ich kurz zur Toilette gegangen - aber die Damen von der Granny-Band haben auf meine Schminktasche aufgepasst. Als ich wiederkam, habe ich sie mir umgehängt und nicht wieder abgesetzt, bis ich mir Gaz vorgenommen habe." Sie schüttelte verwirrt den Kopf. „Ich kapiere nicht, wann sich jemand an dem Puder zu schaffen gemacht haben sollte."

„Und Sie sind sicher, dass die Silber- ich meine, die alten Damen Ihre Tasche im Auge behalten haben?"

„Ja, ich habe sie direkt neben June abgestellt, und sie hat versprochen, auf sie aufzupassen."

Ein unbehaglicher Gedanke keimte in mir auf, aber bevor ich Sharon weiter ausfragen konnte, tauchte einer der Mitarbeiter mit einer Nachricht von Monty Gibbs auf, der wissen wollte, wo das Catering blieb. Also zog ich mich schnell um, überließ Sharon das Abendkleid zur Änderung und machte mich auf den Weg zu Gibbs.

Der Rest des Tages verging wie im Fluge, und ehe ich mich versah, war es Zeit für die Show. Ich atmete erleichtert auf, als es endlich so weit war, denn die Atmosphäre war alles andere als erfreulich. Trish war sogar noch unfreundlicher als sonst: An ihren verärgerten Blicken war deutlich zu erkennen, dass sie mir die Schuld für ihre Befragung auf der Polizeiwache gab. Auch Cheryl zeigte mir die kalte Schulter, wich meinem Blick aus und weigerte sich, mit mir zu reden. Ich hatte ein furchtbar schlechtes Gewissen, weil ich an ihr gezweifelt hatte. Gaz schlich umher, ein Schatten seines früheren fröhlichen Selbst. Das Fiasko mit dem Juckpulver war ihn teuer zu stehen gekommen, weil er seine Nummer nicht hatte wiederholen können, bevor die Abstimmung per Telefon um Mitternacht beendet wurde. Er konnte also nur hoffen, dass sich das Publikum an seine früheren Auftritte erinnerte und er mit seinem Charme und Talent einen guten Eindruck hinterlassen hatte. Seine mürrische Miene deutete jedoch an, dass er sich keine allzu großen Chancen ausrechnete.

Auch die anderen Kandidaten wirkten seltsam bedrückt - selbst die Silberlocken waren weniger gesprächig als sonst und saßen mit ihrer Freundin June in einer Ecke des Wartebereichs zusammen. Ich war froh, als sich der Vorhang endlich hob und die vertraute Stimme aus dem Lautsprecher ertönte. „Willkommen bei ,Vom Proll zum Promi', der Show, in der wir verborgene Fähigkeiten ans Licht holen."

Ich sah mir den Auftritt der Rockband von der Seitenbühne aus an, wartete aber wie der Rest des Publikums ungeduldig auf den Höhepunkt des Abends. Als die Juroren begannen, die Kandidaten einzeln auf die Bühne zu rufen und ihre Stärken und Schwächen darstellten, war die Spannung fast mit Händen zu greifen. Schließlich war auch dieser Programmpunkt erledigt, die Teilnehmer des Halbfinales standen in einer Reihe und warteten aufgeregt auf das Abstimmungsergebnis. Ich stellte fest, dass ich mir vor Nervosität die Fingernägel in die Handflächen bohrte.

Stuart Hollande stand auf und hielt einen großen goldfarbenen Umschlag hoch. Es herrschte eine atemlose Stille, als er ihn langsam öffnete und die Karte herauszog.

„Und die Finalisten sind ...“ Er lächelte meine Mutter an und hielt ihr die Karte hin. „Eigentlich, Evelyn, denke ich, gebührt diese Ehre dir.“

„Oh!“ Meine Mutter stand auf und sah sich kurz verwirrt um. Sie fasste sich jedoch schnell, nahm die Karte und las mit ihrer klaren, wohlklingenden Stimme vor: „Molly und Polly und ... die Herb Girls!“

Unter dem Jubel des Publikums fiel June Driscoll den Silberlocken um den Hals. Mabel, Glenda, Florence und Ethel schienen noch nicht begriffen zu haben, was passiert war, und ich muss gestehen, dass ich ebenfalls überrascht war. Die Granny-Band war sicherlich etwas Ungewöhnliches, das sich in vielerlei Hinsicht von den anderen Kandidaten abhob, doch so sehr ich die Silberlocken mochte: Ihr Gesang war schlicht grauenhaft. Waren sie bei den Zuschauern wirklich besser angekommen als Trish und Skip mit ihrer perfekten Tanznummer?

Trish schien ähnlich zu denken wie ich, denn während die anderen unterlegenen Kandidaten sich ein Lächeln abrangen, sparte sich Trish die Mühe. Mit grimmiger Miene beorderte sie Skip durch Fingerschnippen an ihre Seite und stapfte dann wortlos mit dem Collie von der Bühne. Ihr plötzlicher Abgang ließ alle ratlos zurück, der Applaus versiegte und peinliche Stille breitete sich aus.

Schnell sprang Stuart Hollande mit seinem üblichen Charme in die Bresche: „Äh ... herzlichen Glückwunsch an die Finalisten und vielen Dank an die übrigen Teilnehmer. Sie waren alle großartig - es ist eine beachtenswerte Leistung, in diesem Wettbewerb so weit gekommen zu sein, und ich weiß, dass die anderen Jurymitglieder mit mir einer Meinung sind, wenn ich sage, dass ihr alle auf eure Art Gewinner seid!"

Das Publikum johlte und applaudierte begeistert.

„Ja, und ich lass euch nicht einfach gehen, okay?" Monty Gibbs ergriff sein Mikrofon und stand auf, damit ihn alle sehen konnten.

„Ihr seid alle zu einer grandiosen After-Show-Party auf mein Anwesen eingeladen! Denn wir sind nicht wie andere Talentshows - wir schmeißen die Verlierer nicht einfach raus und vergessen sie - wir behandeln sie mit Respekt und verabschieden sie ehrenvoll."

„Ja, danke, Monty. Sehr großzügig von dir." Stuarts Gesichtsausdruck wirkte gequält. Er räusperte sich und wandte sich wieder an das Publikum: „Aber die Show ist noch lange nicht vorbei – jetzt wird es erst richtig aufregend! Die beiden Finalisten treten in der nächsten Folge gegeneinander an - das solltet ihr nicht verpassen!"

„Und wir liefern euch Aufnahmen von der After-

Show-Party!", fügte Monty Gibbs hinzu. „Dann seht ihr, was die Kandidaten gegessen und getrunken haben. Für das Essen hab ich einen Sternekoch engagiert und -"

„Danke, Monty, das ist großartig", unterbrach Stuart ihn hastig. „Und jetzt wünschen wir Ihnen allen eine gute Nacht und freuen uns auf Sie in der nächsten Folge."

Er sah erleichtert aus, als die Titelmusik aus den Lautsprechern dröhnte und der Vorhang fiel. Die Sendung war zu Ende.

Kapitel 22

Während sich der Zuschauerraum allmählich leerte, herrschten hinter der Bühne Lärm und hektisches Treiben. Die Mitglieder der Crew rannten hin und her, bauten die Kulissen ab und räumten die Requisiten weg. Derweil packte das Kamerateam seine Ausrüstung zusammen, bevor es zur After-Show-Party aufbrach.

Eigentlich hatte ich mit meiner Mutter zu Gibbs' Anwesen fahren wollen, aber irgendwie wurde ich zusammen mit den Kandidaten in einen gemieteten Reisebus gescheucht. Ich beschloss also, mit dem Strom zu schwimmen, ließ mich im hinteren Teil des Busses nieder und wünschte, Devlin wäre bei mir. Zum einen hätte ich mich gerne in meinem burgunderroten Kleid gezeigt, zum anderen hätte ich mich weniger einsam gefühlt. Er war leider mit einem anderen Fall beschäftigt, bei dem sich neue Entwicklungen ergeben hatten, sodass er heute Abend einer Spur nachgehen musste.

Devlin hatte jedoch einen seiner Detective Constables geschickt, der während der Show hinter der Bühne für Sicherheit gesorgt hatte, daher nahm ich an, dass der junge Beamte uns auch zu der Party begleiten würde. Ich reckte den Hals, konnte ihn aber nicht entdecken. Stattdessen sah ich Trish am Fenster sitzen und vom Nachbarsitz lugte eine schwarz-weiße Schwanzspitze hervor. Nach ihrem spektakulären Abgang von der Bühne hätte ich nicht gedacht, dass sie zu der Party kommen würde.

Dann stieg ein schlaksiger junger Mann in den Bus. Er war zwar in Zivil, doch man sah ihm den Polizisten trotzdem sofort an. Auf der Suche nach einem freien Platz kam er den Mittelgang entlang, blieb neben mir stehen und fragte höflich: „Entschuldigen Sie, ist hier noch frei?"

„Ja, bitte, setzen Sie sich." Ich lächelte ihn freundlich an, als mir einfiel, wo ich ihn gesehen hatte: Er war der Polizist, der sich so fürsorglich um mich gekümmert hatte, nachdem ich Laras Leiche gefunden hatte. Wahrscheinlich war er neu bei der Kripo, jedenfalls wirkte er eifrig und neugierig wie ein junger Hund.

„Mein Name ist Darren", stellte er sich schüchtern vor. Er räusperte sich. „Äh … ich meine, DC Lester. Detective Constable Lester."

„Schon gut - ich weiß, dass Sie offiziell im Dienst sind, aber ich denke, wir können uns mit dem Vornamen anreden", erklärte ich ihm grinsend. „Ich bin Gemma."

Er entspannte sich ein wenig und erwiderte mein Grinsen. „Danke. Ich muss mich erst an alles gewöhnen."

„Nun, mit diesem Fall wurden Sie gleich ins kalte Wasser geworfen, nicht wahr?"

Er lachte. „Ja, das stimmt. Aber ich lerne eine Menge. Der Chef ist toll - er ist so geduldig und nimmt sich die Zeit, mir alles zu erklären. Und wenn ich einen Fehler mache, ist er mir nicht böse."

„Ich bin sicher, dass Devlin sich noch genau erinnert, wie er selbst bei der Kripo angefangen hat", sagte ich.

Er sah mich überrascht an, weil ich seinen Vorgesetzten so beiläufig beim Vornamen nannte. „Oh ... äh ... kennen Sie den Inspector?"

Ich lachte. „Ja, das kann man wohl sagen. Ich bin seine Freundin."

„Oh!" Er errötete. „Tut mir leid, das wusste ich nicht."

„Woher sollten Sie das auch wissen? Außerdem spielt das hier keine Rolle."

„Der Chef bespricht seine Fälle mit Ihnen, oder?"

Ich senkte vorsichtshalber die Stimme. „Nicht immer, aber ja, manchmal tut er es. Vor allem, wenn ich unmittelbar involviert bin, wie in diesem Fall. Warum fragen Sie?"

„Weil ich mich dann bei Ihnen nicht ganz so vorsehen muss, was ich sage, da ich natürlich keine vertraulichen Informationen preisgeben darf. Bei den anderen Leuten hier heißt es wachsam sein, vor allem bei diesen alten Damen dort." Er wies mit dem Kopf auf die Silberlocken, die mit June Driscoll vorne im Bus saßen. „Sie löchern mich mit Fragen zu dem Fall!"

Ich kicherte. „Ich glaube, bei denen brauchen Sie auch nicht aufzupassen, was Sie sagen. Devlin kennt sie ziemlich gut. Sie sind, na ja, sagen wir einfach, sie haben einige Erfahrung mit Mordermittlungen und haben der Polizei in der Vergangenheit gelegentlich auf die Sprünge geholfen. Sie sind also nicht das, was man normalerweise unter ‚Öffentlichkeit' versteht."

„Sie haben Erfahrung mit Mordermittlungen? Wie das?", fragte Darren erstaunt.

„Das ist eine lange Geschichte. Ich bin sicher, Devlin wird sie Ihnen irgendwann erzählen. Also ..." Ich sah mich um. Wir saßen in der vorletzten Reihe, die letzte Sitzreihe war leer. Auf der anderen Seite des Ganges unterhielten sich Tim, der Hip-Hop-Tänzer, und ein Kameramann über verschiedene Hip-Hop-Bands, vor ihnen saßen Albert und ein Mitglied der Crew, die sich etwas auf dem Handy ansahen. Unmittelbar vor uns gingen Sharon und einer der Showproduzenten Tagesdispositionen und Produktionsnotizen durch, und in der Sitzreihe vor ihnen ahmte Gaz gerade Mr Ziegler, den Jodelnden

Klempner nach. Er hatte offensichtlich seine gute Laune wiedergefunden und jodelte schief, aber aus voller Kehle, während Herr Ziegler neben ihm gutmütig grinste. Die übrigen Kandidaten saßen weiter vorne.

Alle schienen beschäftigt zu sein und außerdem sang Gaz so laut, dass uns vermutlich niemand hören konnte. Vorsichtshalber dämpfte ich dennoch die Stimme: „Gibt es irgendwelche Entwicklungen in dem Fall? Ich habe zwar gestern mit Devlin gesprochen, aber seitdem habe ich nichts gehört. Hat sich etwas Neues ergeben?"

„Nein, eigentlich nicht", antwortete Darren leise, „nur weitere Details der forensischen Untersuchung, die heute Vormittag reinkamen: die vollständige Analyse des verunreinigten Gesichtspuders und nähere Einzelheiten zum Tatort. Außerdem die Ergebnisse der toxikologischen Untersuchung des Opfers."

„Laras Blut wurde auf Giftspuren getestet?", fragte ich überrascht.

„Das Blut, der Mageninhalt und der Urin – das gehört bei einer Autopsie zum Standardprogramm. Der Chef wollte ganz sichergehen, was die Todesursache angeht. Es hätte ja sein können, dass der flüssige Stickstoff nur dazu diente, die tatsächliche Mordmethode zu verschleiern."

„Wow, darauf bin ich gar nicht gekommen!"

„Ja, der Chef denkt an alles."

„Und? Keine Giftspuren?"

„Nein, keine Giftspuren. Überhaupt war an den Untersuchungsergebnissen nichts Auffälliges."

„Was ist mit den Krümeln?"

„Krümel?" Er sah mich verdutzt an, dann dämmerte ihm, was ich meinte. „Oh, wenn ich mich recht erinnere, bestanden sie aus Mehl, Butter, Zucker, Eiern, Milch, Vanilleextrakt, Backpulver und Salz. Der Chef meint, sie kämen wahrscheinlich von den Scones, die Sie beim Catering angeboten haben. Als Sie Lara gefunden haben, haben Sie die Krümel verteilt, ohne es zu merken."

„Ich glaube nicht, dass das meine Scones waren", sagte ich nachdenklich. „Wir verwenden darin normalerweise keinen Vanilleextrakt, aber es könnte natürlich sein, dass Dora das Rezept abgeändert hat. Wissen Sie was? Ich gebe Devlin einen unserer Scones, dann kann die Forensik die Inhaltsstoffe vergleichen."

Darren nickte und sah sich vorsichtig um. Gaz war verstummt, im Bus war es ruhiger und es bestand nun eher die Gefahr, dass jemand mithörte. „Da war noch etwas: ein Strassstein", raunte er.

„Ein Strassstein?", wiederholte ich aufgeregt.

„Ja, er war ... an ihrem Gesicht oder was davon übrig war, daher ist er zunächst nicht aufgefallen. Aber eine heiße Spur ist das nicht, immerhin waren einige Kostüme mit diesen Glitzersteinchen besetzt, wie das Cowboy-Outfit von Trish und Nicoles Abendkleid."

Und die Elvis-Anzüge von June und den

Silberlocken, dachte ich. Nicht zum ersten Mal keimte dieses Unbehagen in mir auf, das ich nicht in Worte fassen wollte. Der Gedanke war einfach lächerlich!

„Außerdem war der Boden im Wartebereich und in den Garderoben übersät mit Strasssteinen", fuhr Darren fort. „Sie lösen sich sehr leicht vom Stoff, daher engt das den Kreis der Verdächtigen nicht ein. Der Chef sagt, das ist das Problem bei diesem Fall: zu viele Verdächtige, zu viele Leute, die ein Motiv und die Gelegenheit hatten, die Frau umzubringen, und zu viele Leute ohne Alibi. Wenn Sie es nur mit ein, zwei Verdächtigen zu tun haben, ist die Sache relativ einfach, aber so? Man weiß gar nicht, wo man anfangen soll."

Ich musste unwillkürlich lächeln: Er klang so ernst und aufrichtig. „Das ist ein schwieriger Einstieg in Ihren Job bei der Kripo. Es muss frustrierend sein."

„Ach, wissen Sie ..." Da war wieder dieses schüchterne Lächeln. „Ich habe mich gefreut, als ich erfuhr, dass ich an dem Fall mitarbeiten soll. Es ist cool, bei solch einer Show hinter die Kulissen zu schauen. Bis jetzt kenne ich das nur aus dem Fernsehen, ich sehe mir gern ‚The X Factor' und ‚Britain's Got Talent' an, aber wann kommt man schon mal so nah dran und hat Gelegenheit, die Teilnehmer ein bisschen kennenzulernen?"

Ich lachte. „Wer ist Ihr Lieblingskandidat?"

„Schwer zu sagen", antwortete er stirnrunzelnd.

„Dieser Jodler gefällt mir. Ist mal was anderes. Und Lara war ebenfalls toll, sie konnte wunderbar singen. Der Typ mit dem Hip-Hop ist auch cool. Und dann dieser Zauberer – ich wüsste zu gerne, wie seine Tricks funktionieren." Er warf einen Blick auf Albert, eine Reihe vor uns auf der anderen Seite des Ganges. „Sehen Sie, da sitzt er. Ich frage ihn einfach."

„Ich glaube kaum, dass Sie etwas aus ihm herausbekommen. Zauberer verraten ihre Geheimnisse nicht."

Darren beugte sich vor und klopfte Albert auf die Schulter. Als der sich umdrehte, lächelte er ihn freundlich an und sagte: „Hey, Kumpel, Ihre Tricks waren prima, vor allem bei der Schwebenummer und der, bei dem Sie vom Stuhl verschwunden sind. Sagen Sie uns, wie Sie das gemacht haben?"

Albert erwiderte sein Lächeln nicht. „Ein Zauberer lässt sich nicht in die Karten sehen."

„Ach, kommen Sie, ich sag's auch nicht weiter." Darren ließ nicht locker. „Nur ein kleiner Hinweis, ja?"

„Ich würde gegen die Regeln der Zunft verstoßen", erwiderte Albert hochtrabend, dann wandte er den Blick ab.

Ich grinste, als Darren sich enttäuscht zurücklehnte.

„Machen Sie sich nichts draus", versuchte ich ihn aufzumuntern. „Ich habe einen Freund, der sich für Zauberei interessiert, er ist ein echter Experte, nachdem er sich jahrelang damit beschäftigt hat. Er hat mir neulich von dem Trick mit dem Stuhl erzählt, und bestimmt kennt er auch den Schwebetrick. Ich könnte ihn fragen, wenn Sie wollen."

„Oh!", sagte Darren. „Das wäre der Wahnsinn!"

Ich schaute ihn fragend an. „Macht es denn nicht alles kaputt, wenn man weiß, was hinter den Zaubertricks steckt? Zerstört es nicht die Aura des Geheimnisvollen? Das ist so, als würde man herausfinden, dass es den Weihnachtsmann nicht gibt – und auf einmal ist Weihnachten nicht mehr so aufregend."

„Vielleicht haben Sie recht, aber es interessiert mich eben, wie Dinge funktionieren. Als Junge habe ich immer Uhren und Fernbedienungen auseinandergenommen, um sie mir von innen anzusehen. Meine Mutter hat das verrückt gemacht." Er schmunzelte. „Vielleicht bin ich deshalb zur Kripo gegangen, weil ich wissen will, wie man einen Mord begeht."

„Ich denke immer, dass das Warum viel interessanter ist als das Wie. Schließlich ist es der Schlüssel zur Lösung, meinen Sie nicht?"

„Nicht immer, manchmal lässt sich aus dem Wie schließen, wer der Täter sein könnte. Aber natürlich ist das Warum interessanter, obwohl es gleichzeitig schrecklich verwirrend sein kann. Wie in diesem Fall – es gibt keinen Mangel an möglichen Motiven." Er schüttelte den Kopf. „Wo soll man da anfangen?"

„Eigentlich ist die Liste möglicher Motive bei einem Mord recht kurz", wandte ich ein. „Die meisten

Menschen töten, um an Geld oder Macht zu kommen, weil sie vor etwas Angst haben oder etwas verbergen wollen, aus Leidenschaft - sei es nun Eifersucht oder Hass -, um jemanden zu schützen, den sie lieben, oder aus Rache."

„Wow." Darren sah mich bewundernd an. „Sie klingen wie einer unserer Lehrer bei der Polizeiausbildung."

Ich lachte verlegen. „Na ja, als Freundin eines Detectives lernt man eine Menge. Aber wenn man darüber nachdenkt, ist es nur schlüssig."

„Was, meinen Sie, ist in diesem Fall das Motiv?"

Ich zuckte mit den Schultern. „Wenn ich das wüsste, wüsste ich wahrscheinlich auch, wer der Mörder ist."

Kapitel 23

Die Fahrt von Oxford zu Gibbs' Anwesen dauerte wahrscheinlich nicht länger als vierzig Minuten, doch sie fühlte sich an wie eine Ewigkeit. Unterwegs gab es nicht viel zu sehen, da es bereits dunkel war und die Landstraßen nur spärlich beleuchtet waren. Als wir endlich ankamen, knurrte mir der Magen, und ich war mehr als bereit für das versprochene Sterne-Menü. Außerdem war es schön, einmal zu einer Veranstaltung zu gehen, bei der jemand anderes das Catering übernahm.

Vor dem Essen bestand Monty Gibbs darauf, uns sein Anwesen zu zeigen. Das traditionelle Landhaus war komplett renoviert und modernisiert worden und hatte nun eine protzige Garage für drei Autos auf der einen Seite und einen großen Anbau aus Glas und Chrom auf der anderen. Zu dem weitläufigen Anwesen gehörten außerdem ein Fitnessraum, eine

Sauna und ein beheiztes Schwimmbad, ein Heimkino und ein Musikraum, außerdem ein Arbeitszimmer, das wie eine Mischung aus einem englischen Herrenclub und einem Casino aus einem James-Bond-Film aussah (mit rundem Poker- und Roulettetisch), ein Weinkeller und eine Kunstgalerie - alles verteilt auf zwei einander gegenüberliegende Gebäudeflügel, die auf einen riesigen zentralen Innenhof mit Nachbildungen italienischer Marmorbrunnen und gigantischen Kübelpflanzen blickten. Jenseits des Innenhofs gingen die gepflegten Rasenflächen in professionell gestaltete Gärten über, mit einem gewundenen Weg, der zu einem künstlichen See und einem Bootshaus hinunterführte.

„Das Bootshaus besteht aus einer modernen Stahlkonstruktion, ist aber komplett mit original Cotswolds-Steinen verkleidet", erklärte Monty Gibbs stolz und zählte auf: „Zwei überdachte Slips im Schwimmdock und Zugang zum See mit einem System aus Gleitrollen, durch große Doppeltüren. Und alles automatisiert, versteht sich. Über den Anlegern gibt es einen Aufenthaltsraum, kein kleines Rattenloch, sondern top ausgestattet: Fußbodenheizung, Lichtsteuerung, eingebaute Lautsprecher, ferngesteuerte Oberlichter und Schieferfliesen auf dem Boden. Es gibt sogar eine Küchenzeile, eine Bar und eine begehbare Regendusche."

Zum Glück scheuchte uns Monty Gibbs nicht in

der Dunkelheit zum See hinunter, auf dass wir uns die ganze Pracht höchstpersönlich ansahen. Stattdessen folgten wir ihm dankbar zurück ins Haus, das mit teurem Mobiliar und einer Mischung aus Antiquitäten und skandinavischen Designermöbeln eingerichtet war. Es war offensichtlich, dass Gibbs das Beste zusammengetragen hatte, was man für Geld kaufen konnte. Es war ebenso offensichtlich, dass er dabei nicht auf eine geschmackvolle Zusammenstellung geachtet, sondern sich bei seiner Wahl hauptsächlich nach dem Preis gerichtet hatte. Das Ergebnis war ein Sammelsurium, das mehr an einen edlen Garagenflohmarkt erinnerte als an das Heim eines Milliardärs.

Im Haus wimmelte es vor Menschen - es schien, als sei die Party bereits in vollem Gange - und in der vorderen Eingangshalle und dem riesigen Wohnzimmer tummelte sich eine ausgelassene Menge von Leuten, die sich unterhielten, lachten und sich gegenseitig mit Luftküssen begrüßten. Ich hatte keine Ahnung, wer die anderen Gäste waren - ich nahm an, dass es sich hauptsächlich um Geschäftspartner handelte, obwohl ich auch einige Lokalpolitiker und unbedeutendere Promis erkannte. Kellner in Handschuhen und weißen Jacken liefen mit silbernen Tabletts umher und servierten Champagner und Canapés, und eine Live-Jazzband sorgte für dezente Hintergrundmusik.

Wir gaben unsere Mäntel bei der Garderobiere in

der Vorhalle ab und schlenderten dann in den Speisesaal. Das üppige Buffet, das uns dort erwartete, bewies, dass Monty Gibbs Wort gehalten hatte: Der in der Mitte des Raumes aufgebaute Tisch bog sich fast unter Platten voller feinster Speisen, von frischen Austern mit Limetten über Blinis mit Beluga-Kaviar, schwarzen Trüffeln und Ziegenkäse-Ravioli bis zu gebackenem Hummer auf Knoblauchschaum …

„Oh je, das sieht alles so köstlich aus", sagte Glenda mit einem Blick auf das Buffet. Ihre Handtasche war ihr im Weg, während sie mit Teller, Serviette und Besteck jonglierte.

Mabel, Ethel, Florence und June hatten ähnliche Probleme. Ich schüttelte ungläubig den Kopf. Warum bloß bestanden sie darauf, ständig diese altmodischen Taschen mitzuschleppen, die eine verdächtige Ähnlichkeit mit denen der Queen hatten: kastenförmige Gebilde, die man entweder am Henkel packte oder am Unterarm baumeln ließ?

Eine Dame, die am Buffet neben uns stand, beugte sich vor und sagte: „Warum haben Sie Ihre Taschen nicht an der Garderobe in der Vorhalle abgegeben? Meine ist auch dort. Sie brauchen sich keine Sorgen zu machen, sie sind bestens aufgehoben. Deshalb hat Monty eine Garderobiere angeheuert, damit die Gäste ihre Sachen abladen und die Party genießen können."

„Geben Sie mir Ihre Handtaschen, dann bringe ich sie weg", bot ich June und den Silberlocken an.

Ein paar Minuten später machte ich mich mit fünf Ledertaschen in verschiedenen Beige-, Mauve- und Lavendeltönen auf den Weg zurück in die Vorhalle. Offenbar hatten mehrere Leute die gleiche Idee gehabt, und ich stöhnte insgeheim, als ich die Schlange an der Garderobe sah: lauter Frauen, die ihre Taschen abgeben wollten. Es ging jedoch schnell voran, und ich war fast an der Reihe, als mich eine Frau anrempelte, die sich vorzudrängen versuchte.

„Entschuldigen Sie!", sagte ich verärgert. „Ich glaube, ich bin vor Ihnen dran!"

Sie achtete jedoch gar nicht auf meinen Protest, gab mir einen weiteren Schubs und schob mich mit dem Ellbogen aus dem Weg. Ich stolperte ein paar Schritte rückwärts und ließ die Taschen fallen.

„He!"

Die Frau würdigte mich keines Blickes. Sie reichte der Garderobiere ihre Tasche, schnappte sich den nummerierten Abholzettel und verschwand in der Menge.

Die Garderobenfrau beugte sich über ihren Tresen und sah mich mitleidig an. „So eine Unverschämtheit", sagte sie. „Sie hätte sich wenigstens entschuldigen oder Ihnen anbieten sollen, beim Aufsammeln zur Hand zu gehen. Kann ich Ihnen helfen?"

„Nein, das geht schon", seufzte ich und bückte mich, um die Handtaschen aufzuheben. Zum Glück hatten die meisten Reiß- oder Schnappverschlüsse, aber bei einer hatte sich der Verschluss gelöst, als sie auf den Boden gefallen war. Der gesamte Inhalt hatte sich um mich herum verteilt.

Fluchend warf ich alles kurzerhand in die Tasche zurück.

Unglaublich, was alte Damen mit sich herumschleppten: Taschentücher, Lippenstifte, Kleingeld, Sicherheitsnadeln, Zahnseide, verblasste Quittungen, die mit einem Gummiband zusammengehalten wurden, ein altmodisches Scheckbuch ... Auch eine Dose war dabei, in der ich Pfefferminzbonbons vermutete, doch als mein Blick auf den Schriftzug auf der Dose fiel, stockte mir der Atem.

JUCKPULVER
Inhaltsstoffe: Mucuna pruriens
Warnhinweis: Nicht auf empfindlicher Haut
verwenden.
Nicht geeignet für Kinder unter 9 Jahren.

Langsam nahm ich die Dose in die Hand, meine Gedanken rasten. Wurde damit das Pulver für Gaz versetzt? Wessen Handtasche war das?

Ich kramte in der Tasche und zog ein Damenportemonnaie heraus. Ich öffnete es und starrte auf das Foto, das neben den Kreditkarten steckte. Es zeigte einen gutmütigen Mann mit buschigen Augenbrauen, und neben ihm stand June Driscoll, die mit strahlendem Lächeln seinen Arm umklammert hielt.

Kapitel 24

Ich hielt den Beweis in der Hand: Die nette Freundin der Silberlocken hatte Gaz diesen bösen Streich gespielt. Es konnte kein Zufall sein, dass sie eine Dose Juckpulver in der Tasche hatte. Als ich mich an das Gespräch mit Sharon erinnerte, fügte sich tatsächlich alles zusammen. June war die Letzte, bei der Sharon das Make-up aufgefrischt hatte, bevor Gaz an der Reihe gewesen war. Und Sharon hatte sogar ihre Schminktasche bei der Witwe gelassen, während sie auf der Toilette war. June hätte also mehr als genug Zeit gehabt, das Juckpulver unterzumischen. *Und es scheint ja auch funktioniert zu haben,* dachte ich erbittert. Als Gaz aus dem Rennen geschlagen war, erhöhten sich die Chancen für die Granny-Band und sie hatten tatsächlich einen der beiden begehrten Finalplätze ergattert.

Aber war es nur das Juckpulver gewesen? Wenn June zu einem solchen Sabotageakt bereit war, würde sie dann auch vor einem Mord nicht zurückschrecken? Der Strassstein, der am Gesicht der Leiche gefunden worden war, hätte von Junes Elvis-Kostüm stammen können. Was war mit ihrem Alibi? Ich versuchte, mir den Tag in Erinnerung zu rufen, als Lara gestorben war. Als ich mich auf der Suche nach Cheryl im Wartebereich umgesehen hatte, standen die Silberlocken neben Mr Ziegler und zupften ihre Kostüme zurecht. War June bei ihnen gewesen? Mir fiel ein, was Devlin gesagt hatte: „Einige Crew-Mitglieder sagen, dass sie die Silberlocken gesehen haben, aber sie waren nicht in der Lage, sie einzeln zu identifizieren."

Genaue Auskunft konnten wahrscheinlich nur die Silberlocken geben. Sie würden wissen, ob June die ganze Zeit bei ihnen war. Ich stopfte alles wieder in die Handtasche, reichte sie zusammen mit den anderen Taschen der Garderobiere und eilte zurück in den Speisesaal.

Doch als ich dort ankam, blieb ich verwirrt stehen. Die Silberlocken waren nirgends zu sehen. Auch June war nicht da, wie ich mit einem Anflug von Panik feststellte. *Wo sind sie nur hin?* Ich reckte den Hals und suchte die Menge ab. Dabei fiel mir auf, dass auch einige der anderen Teilnehmer fehlten, etwa Gaz, Tim und Albert, außerdem Monty Gibbs selbst, meine Mutter und Stuart Hollande. Von Trish und ihrem Collie fehlte ebenfalls jede Spur. Ich entspannte mich leicht. Vielleicht hatte der Gastgeber eine kleine Gruppe - darunter June und die Silberlocken - in einen anderen Teil des Anwesens geführt, um ihnen etwas zu zeigen?

Ich ermahnte mich, meine Fantasie zu zügeln, ging zum Buffet und begann, mir von den köstlichen Speisen zu nehmen. Ich würde einfach warten, bis die Silberlocken zurückkamen, und sie in einem geeigneten Moment auf June ansprechen. Und in der Zwischenzeit konnte ich genauso gut etwas essen. Aber je mehr Zeit verstrich, desto unbehaglicher war mir zumute. Schließlich stellte ich meinen halb vollen Teller ab und stand auf. Ich konnte nicht einfach hier sitzen - ich musste sie suchen gehen.

In diesem Moment trat Monty Gibbs durch eine Tür auf der anderen Seite des Raumes, gefolgt von einer kleinen Gruppe von Leuten, darunter meine Mutter und Stuart Hollande, mehrere Kandidaten und eines der allgegenwärtigen Kamerateams.

„… und ich plane, in Kürze auf IMAX umzurüsten. Normalerweise wird so etwas nicht in Privathäusern installiert, aber wie Sie gerade gesehen haben, ist mein Kino größer als die meisten öffentlichen Säle. Mein System wird maßgeschneidert", prahlte Monty.

Seine Begleiter murmelten anerkennend. Ich ließ meinen Blick noch einmal über die Gruppe schweifen und spürte erneut, wie Unruhe in mir aufstieg, als ich weder June noch die Silberlocken sah. *Wo waren sie?* War es wirklich reiner Zufall, dass June und die Silberlocken zur selben Zeit verschwunden waren? Meine vier Freundinnen konnten als Einzige angeben, wo June sich zum Zeitpunkt des Mordes aufgehalten hatte. Ihr Alibi beruhte auf der Annahme, dass sie zur Tatzeit bei ihnen war. Ohne die Silberlocken gab es niemanden, der es beweisen oder widerlegen konnte ...

Ich ging zu meiner Mutter, die sich gerade mit Stuart Hollande unterhielt, und wartete auf eine Pause in ihrem Gespräch, bevor ich beiläufig fragte: „Mutter, du hast nicht zufällig Mabel und die anderen gesehen, oder?"

„Mabel? Oh ja, ich glaube, ich habe sie gesehen, Schatz - als wir mit Monty zu seinem Kinosaal gingen. Sie wollten nach draußen."

„Nach draußen?" wiederholte ich erstaunt. „Im Dunkeln? Wozu denn das?"

„Ich weiß es nicht, Liebes. Sie schienen es aber ziemlich eilig zu haben."

„War ihre Freundin June Driscoll bei ihnen?"

„Ich bin mir nicht sicher - ich habe kaum auf sie geachtet. Vielleicht war sie dabei, vielleicht aber auch nicht."

Stuart sah mich neugierig an. „Stimmt etwas nicht?"

„Äh ..." Ich zögerte. Ich konnte ihm kaum sagen, dass ich eine nette alte Dame verdächtigte, Laras Mörderin zu sein, und dass ich Angst hatte, sie könnte ihren vier Freundinnen, ebenfalls nette alte Damen, etwas antun, um ihr Alibi zu sichern? Das klang selbst in meinen Ohren äußerst unglaubwürdig.

Außerdem wusste ich gar nicht, ob die Silberlocken wirklich in Gefahr waren. Es war ja durchaus möglich, dass sie gerade wieder einen ihrer verrückten Pläne schmiedeten, und wenn ich jetzt Alarm schlug und einen Suchtrupp losschickte, würde ich ganz schön dumm dastehen, falls sie nur irgendwo herumschnüffelten, wo sie nichts zu suchen hatten.

Ich zwang mich zu einem Lächeln. „Nein, nein, es ist alles in Ordnung. Ähm, entschuldigen Sie mich, ich gehe kurz raus und sehe nach ihnen."

„Vergiss deinen Mantel nicht, Schatz – draußen ist es sehr kühl", rief mir meine Mutter hinterher.

Ohne ihren Rat zu beherzigen, eilte ich hinaus, aber ich war noch nicht weit gekommen, als ich mir wünschte, dass ich auf meine Mutter gehört hätte. Das Haus war gut geheizt, mir war es drinnen schon fast zu warm, doch als ich jetzt den Hof überquerte, merkte ich, dass ich in der kühlen Nachtluft schnell zu frieren begann. Ich schlang die Arme um mich, während ich fröstelte und über die vom Haus abfallenden Rasenflächen spähte. In der Dunkelheit konnte ich gerade noch den grasbewachsenen Abhang und die Umrisse der Bäume ausmachen. Der See schimmerte schwach in der Senke, ein schmaler Weg schlängelte sich hinunter zum Wasser.

Im Innenhof befanden sich ein paar Raucher, die der Kälte trotzten, um ihrem Laster zu frönen, und vom See kam ein dick eingemummeltes Paar Hand in

Hand den Weg herauf. Vermutlich hatten sie einen romantischen Spaziergang zum Wasser unternommen. Ich wollte die beiden gerade fragen, ob sie ein paar nette alte Damen gesehen hätten, als ich einen lauten Pfiff hörte. Im nächsten Moment kam ein Fellbündel aus der Dunkelheit gesprungen. Ihm folgte eine Frau, die den Rasen rechts von mir überquerte. Es waren Skip und Trish, die vernünftigerweise ihren Mantel angezogen hatte. Sie hatte sogar an einen dicken Wollschal gedacht. Der Spaziergang schien ihr gutgetan zu haben, ihre Wangen waren frisch und rot.

Sie sah mich, machte aber keine Anstalten, mich zu grüßen, sondern ignorierte mich völlig, als sie an mir vorbeiging. Skip dagegen stürzte herbei, sprang mich an und verteilte schlammige Pfotenabdrücke auf meinem Kleid.

„Runter, Skip!", rief Trish streng.

Der Collie wedelte mit dem Schwanz und sah mich so glücklich an, dass ich mir ein Lächeln nicht verkneifen konnte.

„Schon gut", sagte ich und wischte mir den Schmutz vom Kleid. „Es muss sowieso chemisch gereinigt werden."

Trish sah mich erstaunt an. „Oh, die meisten Leute werden pampig, wenn Hunde sie anspringen."

Ich ging in die Hocke, um den Collie zu streicheln, und schmolz dahin, als er versuchte, mein Gesicht abzulecken. „Oh, er ist einfach hinreißend! Haben Sie ihn schon lange?"

Erst dachte ich, sie würde nicht antworten, dann sagte sie: „Ja, ich habe ihn mit acht Wochen bekommen. Er war der Kümmerling im Wurf."

„Wirklich? Wer hätte gedacht, dass aus ihm einmal ein so großer, hübscher Bursche werden würde?"

Skip reichte mir die linke Pfote, die ich kichernd nahm und schüttelte.

„Er ist wundervoll", sagte ich begeistert. „Manche Hunde sind wirklich gut erzogen, aber sie wirken ein bisschen roboterhaft, finde ich. Skip ist sehr folgsam und hat trotzdem jede Menge Persönlichkeit."

„*Wuff!*", machte Skip, als wollte er mir beipflichten.

Ich lachte und schrak zusammen, als ich Trish ebenfalls lachen hörte. Es klang ein wenig rostig, eher wie ein Husten, aber es war unverkennbar. Ich blickte auf und sah, dass ihre Miene weicher geworden war. Es war erstaunlich - sie kam mir vor wie ein anderer Mensch.

Wer hätte das gedacht? Der Weg zu ihrem Herzen führte über ihren Hund! Ich richtete mich langsam auf. Hätte ich bloß auf meine Mutter gehört! Es war wirklich empfindlich kalt. Ich rieb mir heftig über die Oberarme.

„Sie zittern ja!", bemerkte Trish plötzlich. „Hier, nehmen Sie den." Sie wickelte sich den Schal ab und reichte ihn mir.

Ich war so erstaunt über diese unerwartet freundliche Geste, dass ich sie einen Moment lang ausdruckslos anschaute, bevor ich ihn umlegte. Er glich eher einem Schultertuch: breit, dick und wunderbar warm.

„Vielen Dank." Nach kurzem Zögern fuhr ich fort: „Übrigens war ich überrascht, dass die Abstimmung so ausgegangen ist. Ich finde, Sie und Skip hätten es verdient, ins Finale zu kommen."

Sie starrte mich einen Moment wortlos an, dann sagte sie mürrisch: „Danke!"

„Haben Sie zufällig die Silb- ich meine, die alten Damen von der Granny-Band hier draußen gesehen?"

„Nein, aber ich bin mit Skip dort hinuntergegangen", antwortete sie und wies Richtung Hausecke. „Vielleicht habe ich sie verpasst."

Mit einem Blick auf den Weg, der sich zum See hinunterschlängelte, fragte ich vorsichtig: „Sagen Sie, könnte ich mir Ihren Schal eine Weile ausleihen? Ich will mich nur schnell nach ihnen umsehen."

„Klar, behalten Sie ihn ruhig. Mir ist ziemlich warm, also brauche ich ihn nicht, und außerdem wollte ich sowieso ins Haus zurück." Sie wandte sich zum Gehen und pfiff nach Skip, doch ausnahmsweise gehorchte ihr der Collie nicht und trottete über das Gras Richtung See, statt ihr zu folgen.

„Skip!", rief Trish. Sie klang verärgert und ein wenig verlegen.

„Wahrscheinlich hat er keine Lust, schon wieder

hineinzugehen", lachte ich. „Man kann es ihm kaum verdenken. Hier draußen ist es für einen Hund viel interessanter."

„Ja, drinnen wurde er unruhig, deshalb habe ich einen Spaziergang mit ihm gemacht." Sie schnalzte ungeduldig mit der Zunge, bevor sie sich ohne ein weiteres Wort abwandte und ihrem Hund nachlief. Vor dieser Begegnung hätte ich mich über das abrupte Ende unserer Unterhaltung geärgert, doch allmählich begriff ich, dass Trishs barsche Art nicht persönlich gemeint war – so war sie eben. Mittlerweile, stellte ich fest, fand ich sie gar nicht mehr unsympathisch. Ihre Umgangsformen ließen manches zu wünschen übrig, aber sie war kein schlechter Mensch. Was bei mir als unfreundliche Haltung ankam, war vermutlich nur Ausdruck ihrer Unsicherheit im Umgang mit anderen Leuten.

Ich zog den Schal enger um die Schultern und machte mich auf den Weg zum See.

Kapitel 25

Der Weg war gepflastert und in gutem Zustand, doch auf hochhackigen Schuhen war es trotzdem schwierig, voranzukommen. Außerdem schien es bis zum See weiter zu sein, als ich gedacht hatte. Ich wollte gerade aufgeben und umkehren, als ich jemanden den Pfad heraufkommen sah. Es war Albert. Er sah mich neugierig an, sagte aber nichts.

„Hi Albert, waren Sie unten am See?"

„Ja, ich wollte mir das Bootshaus ansehen, von dem Mr Gibbs erzählt hat. Ich habe gehört, dass er ein neues MasterCraft Xstar hat, mit einem 5500 GDI Ilmor und einem ZFT4-Tower." Er klang wehmütig, wie jemand, der genau wusste, dass er von solchem Luxus nur träumen konnte.

„Haben Sie am See die alten Damen gesehen?"

„Nein, aber ich war gar nicht im Bootshaus. Ich hörte Stimmen und ... äh, ich dachte, es ist ein

Pärchen, das ..." Im schwachen Licht konnte ich nicht sehen, wie er errötete, doch seine Stimme verriet ihn.

„Ein Mann und eine Frau?"

„Nein, es waren nur Frauenstimmen. Eine war sehr laut, sie dröhnte richtig. Sie hat mich an Mrs Adler erinnert, meine Lehrerin in der Grundschule. Vor der hatte ich immer Angst. Jedenfalls bin ich kurz vor dem Bootshaus umgekehrt."

„Ich sehe mal schnell nach", sagte ich und setzte mich in Bewegung.

Er sah mich fragend an. „Soll ich ... soll ich mitkommen?" Ohne meine Antwort abzuwarten, drehte er sich um und ging mit mir den Weg hinunter. „Ich begleite Sie lieber. Es ist dunkel dort unten und ... na ja, Sie sind eine Frau."

Angesichts seiner schmächtigen Statur bezweifelte ich, dass er als ritterlicher Verteidiger taugen würde. Trotzdem war ich froh, nicht allein zu sein. Schweigend folgten wir dem Pfad hinunter zum See, ließen die erleuchteten Fenster des Hauses und den Partylärm immer weiter hinter uns. Ich musste mich anstrengen, um mit Albert Schritt halten zu können, sodass ich außer Atem war und schwitzte, als wir am Bootshaus ankamen.

Das Gebäude sah still und verlassen aus. Ich blieb zögernd an der Tür stehen, während Albert durch die geschlossenen Fensterläden spähte.

„Da ist Licht", murmelte er.

Er drückte versuchsweise die Türklinke – zu

meiner Überraschung war die Tür offen. Wir betraten eine dunkle Eingangshalle. Neben der Tür führte eine Wendeltreppe nach oben. Vom Eingang gelangte man zu den Anlegestegen. Es gab zwei Ankerplätze, an einem lag ein glänzendes Schnellboot, am anderen eine luxuriöse Yacht. Das Wasser schwappte unablässig an die Wände und hallte in dem tunnelartigen Gebäude wider.

„Hallo? Mabel? Ethel? Glenda? Florence? Sind Sie hier?", rief ich. Im dämmrigen Licht konnte ich kaum etwas erkennen.

Die doppelflügelige Tür zum See war fest verschlossen, zwei Wandleuchten mit kugelförmigen Lampenschirmen waren die einzigen Lichtquellen. Es waren stilvolle Nachbildungen von Messinglampen, wie man sie früher auf Booten benutzte, sie gaben jedoch nur einen schwachen orangefarbenen Schimmer ab, der den Eindruck der Düsternis verstärkte, statt ihn zu vertreiben.

„Gibt es hier irgendwo einen Lichtschalter?", rief ich Albert zu.

„Ich sehe mal nach ...", murmelte er und tastete sich an der Wand entlang.

Ich ging vorsichtig zum Rand eines Anlegesteges, wobei ich angestrengt nach den Silberlocken Ausschau hielt. Neben mir ragte sanft schaukelnd die Yacht auf, die mit dicken Tauen an Klampen befestigt war. In dem schmalen Spalt zwischen mir und der Bordwand lag schwarz und kalt das Wasser, das mit jeder Bewegung des großen Schiffes zu schmatzen und zu brodeln schien, als würde unter dem Bug ein Seemonster leben.

„Ich glaube, hier ist niemand", sagte ich enttäuscht. „Wahrscheinlich – oh!"

Albert stand ganz dicht hinter mir und etwas an seinem Gesichtsausdruck ließ mich zusammenzucken.

„Haben Sie etwas gefunden?"

„N-nein", stammelte ich, während ich überlegte, wie ich ihn auf Abstand halten sollte. Ich stand ganz am Rand des Anlegestegs – noch ein Schritt und ich landete im Wasser.

„Äh, lassen Sie uns ins Haus zurückgehen."

„Nein, ich glaube, das ist keine gute Idee", erwiderte er im Plauderton. „Sonst sprechen Sie wieder mit diesem Polizisten und bringen ihn auf dumme Gedanken."

„Dumme Gedanken? Wovon reden Sie?"

„Das mit der Vergleichsanalyse, das hätten Sie nicht vorschlagen sollen -"

„Die Krümel!", rief ich. Mir schlug das Herz bis zum Hals. „Ich hatte recht – sie sind nicht von unseren Scones. Wir benutzen keinen Vanilleextrakt, aber ich wette, Ihre Mutter tut es, nicht wahr?" Ich sah ihn unverwandt an, während sich alle Puzzlestücke zusammenzufügen schienen. „Als meine Mutter Sie gefragt hat, ob Ihre Mutter für Sie kocht, da haben Sie gesagt, Sie hätten ein paar Scones dabei, die sie gebacken hat. Daher stammen die Krümel also. Sie sind nicht von meiner Kleidung abgefallen, sondern von Ihrer, als Sie Lara in den flüssigen Stickstoff gestoßen haben. Sie haben sie umgebracht."

„Ich musste es tun", antwortete er, immer noch mit dieser unheimlichen Beiläufigkeit. „Sie hat es verdient, zu sterben, nach allem, was sie meiner Mutter angetan hat."

„Ihrer ... Ihrer Mutter?" Ich starrte ihn einen Moment verständnislos an, dann begriff ich.

Ich dachte an das Gespräch zwischen Nicole und Lara, das ich mitgehört hatte. Die sexy Sängerin hatte mit ihren Eroberungen geprahlt und ich erinnerte mich nur zu deutlich an ihre Worte: „Einen Typen hab ich mal so weit gekriegt, dass er seine Frau und seinen Sohn am Weihnachtstag verlassen hat – kannst du dir das vorstellen? ... Hat sich nicht einmal von seinem fünfjährigen Sohn verabschiedet ..."

Und dann fiel mir ein, was meine Mutter beim Mittagessen mit Grace Lamont gesagt hatte: „Dieser Junge, Albert, zum Beispiel – er ist ebenfalls nur mit seiner Mutter aufgewachsen. Sein Vater hat die Familie verlassen, um mit seiner Geliebten zusammenzuleben, und ist später bei einem Autounfall ums Leben gekommen, sodass Alberts Mutter ganz allein dastand ..."

Ich ließ den jungen Mann vor mir nicht aus den Augen. Der liebende Sohn. Der fleißige Student. Der angehende Zauberer. Und der rächende Mörder der Frau, die seine Familie zerstört hatte.

„Wussten Sie, dass Lara an der Show teilnehmen würde? Haben Sie sich deswegen beworben?"

Sein seltsam fröhliches Lachen hallte von den Wänden des Bootshauses wider und jagte mir einen Schauder über den Rücken.

„Nein, ich hatte keine Ahnung. Ich habe sie nicht wiedererkannt, als ich ihr bei der Show zum ersten Mal begegnet bin. Und dann kam ich eines Tages an der Garderobe vorbei, als sie sich gerade auszog. Das hat sie gern gemacht, wissen Sie: die Tür offen gelassen, während sie nur in der Unterwäsche herumspazierte, sodass jeder Mann, der vorbeikam, sie sehen musste. Sie rief mich herein und bat mich, ihr mit dem Reißverschluss ihres Kleides zu helfen. Mir war klar, dass sie nur mit mir spielte – das war ihre Art, stets aufreizend und lockend. Nun, als sie ihr Kleid auszog, fiel mir das Tattoo auf der Innenseite ihres Oberschenkels auf. Es war das Bild einer nackten Frau, deren Beine sich zu einem Fischschwanz verjüngen. Wie eine Meerjungfrau ... aber es war keines der üblichen Tattoos von Meerjungfrauen ..." Alberts Blick wirkte entrückt. „Und plötzlich erinnerte ich mich, wo ich dieses Tattoo schon einmal gesehen hatte. Ich war noch klein, vielleicht fünf Jahre alt. Mein Dad hatte mich mitgenommen in den Park, während meine Mutter zu Hause gebacken hat. Und dann gesellte sich diese hübsche junge Dame zu uns. Ich weiß noch, dass Dad sie geküsst und mit ihr geschmust hat, weil ich dachte, er sollte eigentlich Mum küssen und mit ihr schmusen ... Die hübsche Dame trug eine kurze Hose und ich erinnere mich, dass ich das Tattoo auf ihrem Oberschenkel gesehen habe. Als ich sie fragte, was das Bild darstellte, lachte sie und sagte, es sei eine Sirene, eine schöne Frau mit Zauberkräften, die alle Männer dazu bringen kann, sie zu lieben."

Albert schüttelte sich leicht, er schien in die Gegenwart zurückzukehren und richtete seine Aufmerksamkeit erneut auf mich. „Da wusste ich, wer Lara war. Es war dasselbe Tattoo, genau an derselben Stelle ... und ich dachte, wie seltsam, dass wir so viele Jahre später in derselben Talentshow auftreten. Es war Schicksal, es musste vorbestimmt sein. Da war mir klar, dass ich sie töten musste. Das war meine Chance, verstehen Sie? Meine Chance, sie bezahlen zu lassen." Er sah mich mit einem leeren Lächeln an und sagte in einem Ton, als plauderte er über das Wetter: „Wussten Sie, dass mein Vater uns am Weihnachtstag verlassen hat? Meine Mutter trug gerade das Festessen auf, da ist er aufgestanden, weil das Telefon klingelte, und danach ist er einfach gegangen, ohne ein weiteres Wort. Ich habe nicht viele Erinnerungen an meine Kindheit, aber daran erinnere ich mich, als sei es gestern gewesen."

Ich starrte ihn an – diese ausdruckslosen Augen, das Lächeln, das seine Lippen umspielte, die ruhige, freundliche Stimme, mit der er diese herzzerreißenden Ereignisse schilderte – und dachte: *Oh mein Gott, er ist völlig verrückt.*

„Ich hatte das perfekte Mordinstrument", fuhr

Albert fort und seine Miene erhellte sich. „Den flüssigen Stickstoff! Ich hatte ihn für meinen Auftritt angeschafft, ohne überhaupt daran zu denken, wie einfach es wäre, damit jemanden umzubringen. Sehen Sie? Auch das war Schicksal. Am Abend des Halbfinales wollte ich zuschlagen. Ich wusste, dass hinter der Bühne das übliche Chaos herrschen würde. Bei diesem Durcheinander merkt niemand etwas. Außerdem würde ich die meiste Zeit auf der Bühne sein, also hatte ich das perfekte Alibi." Er runzelte die Stirn. „Dass man ihre Leiche so bald findet, gehörte nicht zu meinem Plan. Mit Ihnen hatte ich nicht gerechnet. Aber letzten Endes hat es keinen Unterschied gemacht. Allerdings wissen Sie jetzt viel zu viel und deshalb muss ich Sie ebenfalls umbringen."

Der Schreck fuhr mir in die Knochen. Dass er so ruhig und sachlich klang, war viel schlimmer, als wenn er mich wütend angefaucht hätte. Er betrachtete mich so kalt wie ein Fischhändler, der überlegt, wo er bei einem Lachs das Filetiermesser ansetzen soll.

„Haben Sie vorhin tatsächlich Stimmen gehört? Oder haben Sie das erfunden?", plapperte ich, in der Hoffnung, ihn am Reden zu halten.

Er lachte erneut. „Oh, das war geflunkert. Mir war klar, dass Sie sonst kaum mitkommen würden. Und ich musste Sie von der Gesellschaft im Haus weglocken. Denn sehen Sie: Seit ich gehört habe, wie Sie im Bus mit dem Polizisten geredet haben, überlege ich, wie ich Sie umbringe. Ich wusste, dass ich Sie zum Schweigen bringen musste, bevor Sie sich alles zusammenreimen. Und dann kamen Sie mir entgegen und boten mir die perfekte Gelegenheit! Das ist wieder Schicksal, verstehen Sie? Es sollte so sein."

Oh nein, das sollte es verdammt noch mal nicht, dachte ich grimmig und versuchte, ihm mit einem Satz zur Seite auszuweichen.

Aber er war bereit. Seine Hände schossen nach vorn und versetzten mir einen heftigen Stoß. Ich schrie auf, als ich nach hinten taumelte und auf der Kante des Stegs ausrutschte.

Und dann fiel ich ...

Ich schlug auf dem schwarzen Wasser auf und versank in den eisigen Tiefen.

Kapitel 26

Es war kalt ... so kalt.

Das eisige Wasser drang mir in den Mund, in die Nase, in die Augen ...

Zappelnd und um mich tretend kämpfte ich mich an die Wasseroberfläche, bis ich nach Atem ringend auftauchte.

Das Wasser schwappte um mich herum. Mir war so kalt, dass ich heftig zu zittern begann, meine Zähne klapperten wie Kastagnetten. Ich wusste, dass die Gefahr der Unterkühlung mit jeder Sekunde wuchs und damit das Risiko, in die Tiefe zu sinken und zu ertrinken.

Ich versuchte mich in vorsichtigem Wassertreten, während ich mich orientierte. Ich war in den schmalen Spalt zwischen Jacht und Anlegesteg gefallen. Auf der Suche nach etwas, woran ich mich hochziehen könnte, stieß ich an die glatte Bootswand, die mir keine Hilfe sein würde. Vielleicht hatte ich am Anlegesteg mehr Glück, doch bevor ich diese Seite erkunden konnte, drückte mich etwas erneut unter die Wasseroberfläche.

Es war eine Hand, nein, zwei Hände. Albert beugte sich mit entschlossener Miene über den Rand des Stegs und hielt mich nieder. Trotz seiner schmächtigen Statur hatte er eine beängstigende Kraft in den Armen. Ich würgte und spuckte, als das Wasser erneut über meinem Kopf zusammenschlug, doch die Panik verlieh mir ungeahnte Kräfte. Wild mit den Armen rudernd gelang es mir, mich für einen Moment aus seinem Griff zu befreien, aufzutauchen und nach Luft zu schnappen.

„NEIN! AUFHÖREN! HILFE! HILFE!!!", schrie ich, bevor Albert mich wieder in die eisige Tiefe drückte. Das Wasser drang mir in Mund und Nase, es dröhnte in meinen Ohren. Ich versuchte, mich zu wehren, doch meine Bewegungen wurden bereits schwächer, Arme und Beine fühlten sich bleischwer an.

Dann spürte ich, wie der Druck auf meinen Kopf nachließ. Mit letzter Kraft arbeitete ich mich zurück an die Wasseroberfläche. Irgendjemand hatte Albert abgelenkt, er warf einen Blick über die Schulter – und mein Herz machte einen Satz, als ich Hundegebell hörte, gefolgt von Trishs Stimme. Ein Licht ging an.

„He, was ist hier los? Gemma – um Himmels

willen, Albert, was machen Sie mit ihr?“

Ich hörte hastige Schritte auf den Holzplanken, dann einen erschrockenen Ausruf und Geräusche, die auf ein Handgemenge hindeuteten.

Ich sah Trish, die mit Albert rang, während der Collie laut bellend um die beiden herumlief.

„Albert, was zum Teufel ist los mit Ihnen?“, rief Trish, die sich verzweifelt gegen ihn wehrte.

„Es hat keinen Zweck, Trish, diesen Kampf können Sie nicht gewinnen.“ Seine Stimme klang immer noch so unheimlich ruhig, obwohl er vor Anstrengung keuchte. „Ich habe das Schicksal auf meiner Seite. Es wird sich alles fügen, weil es vorbestimmt ist. Ich kann Sie ebenfalls ertränken, und niemand wird es je erfahren.“

Trish starrte ihn fassungslos an, doch bevor sie etwas sagen konnte, schoss Alberts Hand vor und packte sie an der Kehle.

Sie kämpften schwer atmend und fluchend über mir auf dem Steg, als Albert Trish einen kräftigen Tritt vors Schienbein versetzte, sodass sie sich vor Schmerz krümmte. Er erkannte seinen Vorteil und stieß sie mit einer entschlossenen Bewegung ins Wasser.

KLATSCH!

Durch den Aufprall schwappte eine Woge über mich, ich hatte Mühe, mich über Wasser zu halten. Meine Kräfte waren beinahe aufgebraucht, ich merkte, dass ich tiefer ins kalte Wasser sank, aber irgendwie war es mir inzwischen egal. Ein angenehm mattes Gefühl breitete sich in meinen Gliedern aus, die Kälte spürte ich kaum, ich wurde schläfrig ... *Es wäre so einfach, für einen Moment die Augen zu schließen,* dachte ich. *Ich bin so müde ...*

Verzweifeltes Bellen riss mich aus meiner Benommenheit, ich öffnete mühsam die Augen. Skip lief hektisch auf dem Steg auf und ab, ohne den Blick vom Wasser zu nehmen. Trish! Ich konnte sie nirgendwo sehen. Oh mein Gott, wo war sie?

Dann fiel mir ein, dass Trish im Gegensatz zu mir einen Mantel anhatte. An Land hatte er sie warmgehalten, aber im Wasser würde er sich rasch vollsaugen und sie unweigerlich in die Tiefe ziehen.

„Tr-Trish?", japste ich, während ich mich angstvoll nach einem Lebenszeichen von ihr umsah.

Über mir beugte sich Albert über den Rand des Anlegestegs. Er lächelte zufrieden, als Trish verschwunden blieb. Dann sah er mich mit kalter Entschlossenheit an.

„N-n-nein!", keuchte ich. Mit schwachem Paddeln versuchte ich, mich außer Reichweite zu bewegen, doch er reckte sich vor und streckte eine Hand nach mir aus. „Es hat keinen Sinn", sagte er freundlich. „Sie entkommen mir nicht."

Da brach neben uns etwas durch die Wasseroberfläche. Es war Trish, die wie ein Geschöpf aus einer griechischen Sage aussah: Aus dem tropfnassen Haar rann das Wasser über die Schultern, ihre Augen funkelten wild. Mit gebleckten Zähnen packte sie Albert und zerrte ihn zum Wasser.

Mit einem erschrockenen Aufschrei versuchte er, heftig um sich schlagend den Sturz in die Tiefe zu verhindern. Er hatte sich jedoch zu weit vorgelehnt, bekam Übergewicht, krachte mit dem Kopf gegen den Bootsrumpf und fiel ins Wasser.

Durch den Aufprall schwappte eine weitere Woge über mich hinweg, sodass ich wieder reflexartig nach Luft schnappte. Mittlerweile hatte ich nicht einmal mehr Kraft, um Wasser zu treten. Es reichte mir bis zum Kinn, bis zum Mund, zur Nase ...

„GEMMA!"

Kräftige Hände packten mich und zerrten mich nach oben. Ich hustete und spuckte. Trish, die jetzt eher wieder so aussah, wie ich sie kannte, und nicht wie eine wütende Wassernymphe, hielt mich mit einer Hand fest, paddelte mit der anderen und strampelte mit den Beinen, um uns beide über Wasser zu halten.

„Gemma, Sie müssen wach bleiben. Hören Sie?" Sie schüttelte mich und spritzte mir Wasser ins Gesicht. „Los, bewegen Sie sich. Nicht nachlassen!"

Der Befehlston war der einer Hundetrainerin. Und so lächerlich es scheinen mag: Ich mobilisierte die letzten Kraftreserven und gehorchte. Trish sprach nun mit Skip, der abwartend auf dem Steg stand.

„Skip, bring's! Bring das Seil! Guter Junge – bring es!" Sie zeigte auf ein Tau, das aufgerollt am Ende des Stegs lag.

Der Collie legte den Kopf schief, sah sie einen Moment fragend an, dann lief er schwanzwedelnd zu der Taurolle. Das Seil war dick und schwer, doch er packte es mit den Zähnen und schleppte ein Ende zu uns.

„Braver Skip! Bring es mir." Trish streckte eine Hand aus und gleich darauf legte der Hund das Tau in Reichweite ab.

„Hören Sie, Gemma, ich muss Sie loslassen, ich brauche beide Hände, um mich hochzuziehen. Nur eine Minute, dann hole ich Sie raus. Aber Sie dürfen auf keinen Fall untergehen, verstehen Sie? Schwimmen Sie! Sie müssen in Bewegung bleiben."

Ich nickte schwach und bewegte meine Arme und Beine, so gut es ging, kein Hundepaddeln, sondern eher die Bemühungen einer ertrinkenden Ratte, nicht unterzugehen. Trish wand sich das Tau ein paarmal um die Handgelenke, packte es mit beiden Händen und befahl Skip: „Zieh, Skip! Brav, Skip, zieh!"

Der Collie schnappte sich das andere Ende des Taus und zerrte es knurrend vom Steg weg. Trish stemmte sich mit dem Körper gegen den Rand und hievte sich aus dem Wasser, während sie ihren Hund unablässig ermutigte und ihm Befehle zurief. Kurze Zeit später kroch sie mit letzter Kraft und tropfnass über den Rand des Stegs und stand mit zittrigen Beinen auf. Skip sprang voller Freude um sie herum und wedelte dabei wild mit dem Schwanz. Sie gab ihm einen dankbaren Klaps, dann beugte sie sich zu mir herunter.

„Nehmen Sie meine Hand, Gemma!"

So sehr ich mich auch reckte – meine Finger erreichten kaum ihre Fingerspitzen und ich hatte nicht die Kraft, mich mit den Beinen weiter aus dem Wasser schieben. Trish legte sich auf den Bauch und versuchte es noch einmal. Diesmal gelang es ihr, meine Hand zu greifen. Ich hielt sie umklammert, als wollte ich sie nie wieder loslassen, als sie mich langsam aus dem Wasser zog. Es fühlte sich an, als würde sie mir die Arme ausreißen, doch ich biss die Zähne zusammen.

Nach einer gefühlten Ewigkeit lag ich schließlich nach Luft schnappend auf dem Steg. Die Holzplanken unter mir fühlten sich hart an, doch ich war noch nie so froh gewesen, festen Boden unter mir zu spüren. Dann fühlte ich, wie Trish etwas Weiches, Wohliges über mich breitete. Es war eine alte Decke, die sie in einer Ecke des Bootshauses gefunden hatte. Sie war schmutzig und staubig, aber in diesem Moment war sie mir willkommener als jeder Pelzmantel. Zitternd schmiegte ich mich in die schützende Wärme.

„D-d-danke", brachte ich zwischen klappernden Zähnen hervor.

Trish ließ sich neben mir auf den Steg sinken. Sie wickelte sich in eine andere Decke und bedachte mich mit einem schwachen Lächeln, während sie Skip streichelte, der versuchte, sich auf ihren Schoß zu setzen.

„Al-Albert? Ist ... ist er ...?" Ich warf einen angstvollen Blick auf das Wasser.

„Er ist nicht wieder aufgetaucht."

„Meinen Sie, wir sollten -"

„Nun, ich gehe da nicht wieder rein", sagte Trish knapp. „Aber wenn Sie nach ihm tauchen wollen – bitte sehr! Um Himmels willen, Gemma, der Mann hat versucht, Sie umzubringen! Sein Schicksal dürfte Ihnen wohl egal sein, oder?" Sie sah mich fragend an. „Warum hat er Sie angegriffen?"

„Er – er wollte mich zum Schweigen bringen, weil ich – zu viel wusste. Er hat Lara umgebracht."

Trish riss erstaunt die Augen auf. „Tatsächlich? Aber warum?"

Ich seufzte. „Es ist eine lange Geschichte. Wahrscheinlich könnte man sagen – es war Rache. Oder Wahnsinn." Dann sah ich sie bewundernd an. „Oh mein Gott, Trish – ich dachte, er bringt uns beide um! Ich – ich weiß nicht, wie Sie das geschafft haben ... wie Sie mit ihm gekämpft haben ... und wie Sie ihn aus dem Wasser heraus angegriffen haben – d-d-das war unglaublich."

Sie zuckte mit den Schultern. „Ich wusste, dass er abgewartet hat, dass ich auftauche, daher habe ich die Luft angehalten und bin eine Weile länger unten geblieben."

„Aber war es nicht furchtbar kalt? Hatten Sie keine Panik? Ich konnte keinen klaren Gedanken fassen, als ich ins Wasser fiel. Es war solch ein Schock! Ich hatte solche Angst, dass ich wild um mich geschlagen habe."

Wieder zuckte sie die Schultern. „Ich weiß nicht.

Ich habe gar nicht groß nachgedacht – mir ging es nur darum, ihn zu besiegen." Sie sah mich arglos an. „Er hat gesagt, ich würde nicht gewinnen – und ich hasse es, wenn Leute das sagen."

Kapitel 27

„Sind Sie die Frau, die die Leiche von Lara King gefunden hat?"

Verdammt, nicht schon wieder! Ich blickte genervt von dem Stapel Speisekarten auf, die ich im Arm hielt, und musterte das junge Paar vor mir. Einen Moment lang hatte ich das Gefühl, als habe es die vergangene Woche mit all ihren Ereignissen nie gegeben. Dann rief ich mir in Erinnerung, dass der Mord an Lara aufgeklärt war, die Talentshow war vorüber und das Leben verlief wieder in seinen gewohnten Bahnen.

Nun ja, fast in seinen gewohnten Bahnen, dachte ich angesichts der beiden neugierigen Teestubengäste. Der Klatsch und Tratsch und die unersättliche Sensationslust hatten noch nicht nachgelassen und so tauchten im Tearoom mehrmals täglich Leute auf, die mich anstarrten und versuchten, mich auszufragen.

Solange sie etwas zu essen und trinken bestellen, soll es mir recht sein, sagte ich mir. Also zwang ich mich zu einem Lächeln und antwortete: „Ja, die bin ich. Darf ich Ihnen –

„Und der Mörder hat versucht, Sie zu ertränken, nicht wahr?"

„Ja, das stimmt", brachte ich zwischen zusammengepressten Lippen hervor. „Also, welchen Tisch möch-"

„Waren Sie nackt?"

„Wie bitte?"

„Als er versucht hat, Sie zu ertränken – waren Sie da nackt?"

„Nein! Nein, natürlich war ich nicht nackt! Wie um alles in der Welt kommen Sie darauf?"

„Siehst du?", meinte die junge Frau zu ihrem Begleiter gewandt. „Ich hab doch gesagt, dass Dave gelogen hat."

„Hören Sie, wollen Sie nun Tee trinken oder nicht?" Allmählich verlor ich die Geduld.

„Oh." Die beiden sahen plötzlich verlegen aus. „Äh, heute leider nicht. Wir müssen den Bus zurück nach Oxford erwischen. Vielleicht ein andermal."

Die Tür der Teestube fiel krachend hinter ihnen ins Schloss, während ich zähneknirschend an der Theke stand und versuchte, mich zu beruhigen. Cassie, die gerade an einem Tisch bedient hatte, grinste, als sie meinen Gesichtsausdruck sah.

„Genießt du deine Viertelstunde Ruhm?"

„Wenn mich heute noch jemand fragt, ob ich die Leiche von Lara gefunden habe, kann ich für nichts garantieren."

Bevor Cassie antworten konnte, ging die Tür erneut auf, doch diesmal freute ich mich, den Neuankömmling zu sehen. Es war ein ernst dreinblickender junger Mann mit breitrandiger Brille.

„Seth!", begrüßte ich ihn lächelnd. „Das ist eine schöne Überraschung."

Er erwiderte mein Lächeln. „Ich habe heute Vormittag frei und da dachte ich, ich schaue mal in meinem Lieblings-Tearoom in den Cotswolds vorbei. Außerdem habe ich Karten für das neue Stück am Oxford Playhouse am nächsten Samstag. Vielleicht habt ihr ja Lust, hinzugehen?", fragte er mit einem hoffnungsvollen Blick auf Cassie.

„Oh, schade – ich würde gerne, Seth, aber ich habe meiner Mum schon versprochen, mit ihr nach Bath zu fahren", sagte Cassie.

Die Enttäuschung stand ihm ins Gesicht geschrieben, doch er bemühte sich, weiterhin zu lächeln. „Wie sieht es bei dir aus, Gemma?", fragte er mich.

„Ich kann leider auch nicht", sagte ich entschuldigend. „Devlin und ich wollten essen gehen. Jetzt, wo dieser Fall abgeschlossen ist, will ich die Gelegenheit beim Schopf packen und so viel Zeit wie möglich mit ihm verbringen, bevor der nächste auf seinem Schreibtisch landet."

„Oh." Seth sah betrübt aus. „Na ja, ich könnte die anderen Tutoren am College fragen ..."

„Hör mal", meinte Cassie, „ich glaube, Barb würde das Stück gerne sehen. Warum fragst du sie nicht?"

„Barb?", fragte Seth verwirrt.

„Sie arbeitet am Empfang in dem Tanzstudio, in dem ich stundenweise unterrichte. Eine hübsche Blondine, sehr lebhaft, eine angenehme Gesprächspartnerin. Sie würde dir bestimmt gefallen. Du solltest nicht nur mit Gemma und mir rumhängen, das ist doch langweilig. Ein richtiges Date würde dir guttun", grinste Cassie.

Seths gequälte Miene zeigte mir sofort, was ihm durch den Kopf ging: Offenbar zog Cassie sich selbst nicht als Kandidatin für ein „richtiges Date" in Betracht.

„Ach, ist nicht so wichtig", sagte er hastig. „Ein paar Studenten im Labor haben gesagt, dass sie Interesse hätten, wenn ich sonst keine Abnehmer finde. Der Fall ist also abgeschlossen, Gemma", wechselte er schnell das Thema.

„Ja, abgesehen von ein paar Formalitäten. Es wird eine gerichtliche Untersuchung geben, aber da Albert tot ist -"

„Oh, hat man seine Leiche gefunden?"

„Ja, man hat den Bereich unter dem Bootshaus trockengelegt." Ich seufzte. „Es ist so tragisch. Natürlich weiß ich, dass er ein Mörder war und Trish und mich ebenfalls umbringen wollte, aber er tut mir trotzdem leid.“

„Ja, eigentlich ist es Laras Schuld“, wandte Cassie ein. „Wenn sie die Finger von seinem Vater gelassen und seine Familie nicht zerstört hätte, und wenn Albert stattdessen in einem stabilen Zuhause aufgewachsen wäre -“

„Das kann keine Entschuldigung für seine Taten sein“, unterbrach Seth sie heftig. „Viele Menschen erleben Gewalt in ihren Familien oder wachsen in ärmlichen Verhältnissen auf, aber deswegen begehen sie keinen Mord. Das ist einfach eine Grenze, die man trotz aller Provokationen nicht überschreiten sollte.“

„Du klingst schon wie Devlin“, lachte ich. „Er meint, es gebe keine Rechtfertigung für Mord, egal aus welchem Grund.“

„Ach, Quatsch!“, schnaubte Cassie. „Devlin muss das denken, weil er ein Bulle ist, aber was ist mit einer Mutter, die sieht, wie jemand ihr Kind angreift und es umbringt? In einem solchen Falle wäre Mord doch gerechtfertigt, oder?“

„Aber um diese Art von Mord geht es hier nicht. Lara wurde nicht im Affekt, sondern vorsätzlich ermordet“, meinte Seth. „Albert hat das alles kaltblütig geplant.“

„Das verstehe ich immer noch nicht“, sagte Cassie. „Wie konnte er Lara umbringen? Er war doch die ganze Zeit auf der Bühne, das Publikum konnte ihn sehen.“

„Nein, er war nicht die ganze Zeit auf der Bühne“, erklärte ich. „Das war der entscheidende Punkt, den wir alle übersehen haben, weil wir auf seinen Trick hereingefallen sind.“

„Es war die Sache mit dem Stuhl“, ergänzte Seth. „Für das Publikum sah es aus, als sitze er unter dem Laken auf dem Stuhl. Aber er saß keineswegs die ganze Zeit dort.

Der Stuhl hatte einen falschen Boden, und er schlüpfte einfach unter dem Laken hervor und kroch dann auf dem Bauch zur anderen Seite der Bühne, wo er aufstand und anscheinend auf magische Weise wieder auftauchte. Dafür brauchte er den flüssigen Stickstoff: Er bedeckte den Bühnenboden mit einem so dichten Nebel, dass man ihn nicht sehen konnte. Nur der vordere Teil der Bühne war beleuchtet, sodass alles, was sich hinten im Schatten abspielte, im Schutz des Nebels kaum zu erkennen war – außerdem war er ganz in Schwarz gekleidet.“

„Aber ... aber ich habe diesen Trick an jenem Abend selbst gesehen“, sagte Cassie kopfschüttelnd. „Er war die ganze Zeit da, unter dem Laken. Man konnte den Umriss seines Kopfes erkennen.“

„Das war nicht sein Kopf.“ Seth grinste. „Es ist eine kuppelförmige Wölbung, die an der Rückenlehne des Stuhls befestigt ist. Für gewöhnlich wird sie nach hinten geklappt, sodass man sie nicht sieht, aber als Albert sich mit dem Laken zugedeckt hat, klappte er die Wölbung nach vorne, sodass sie unter dem Laken als runde Form erschien, und zwar an der Stelle, wo normalerweise sein Kopf gewesen wäre. Wenn er am anderen Ende der Bühne wieder auftaucht und zum Stuhl zurückgeht, achtet er darauf, das Laken so wegzuziehen, dass die Wölbung wieder nach hinten klappt, wo die Zuschauer sie nicht sehen können."

„Du meinst also, er befand sich tatsächlich mehrere Minuten lang außer Sichtweite?"

„Ja, und an dem Abend, als Lara ermordet wurde, kroch er nicht zum hinteren Teil der Bühne, sondern zu der Seitenbühne, wo Lara auf ihn wartete."

„Er hatte sie mit einer anonymen Nachricht dorthin gelockt, in der er ihr versprach, ihr zum Sieg des Wettbewerbs zu verhelfen", sagte ich. „Und sie hat wahrscheinlich nicht damit gerechnet, dass jemand von der Bühne kommt, sondern dachte, der geheimnisvolle Verfasser der Nachricht nähert sich aus dem Wartebereich oder einem anderen Teil der Hinterbühne."

„Sie hat also in die falsche Richtung geschaut", vermutete Cassie.

„Ja, Albert hat sie überrumpelt", sagte Seth. „Dann wollte er im Schutz der Nebelschwaden wieder auf die Bühne kriechen und seine Nummer zu Ende bringen. Aber bevor er auftauchen konnte, kam Gemma und fand Laras Leiche."

„Ich muss ihn knapp verpasst haben." Der Gedanke ließ mich erschaudern.

„Moment mal - Albert hatte kaum ein paar Minuten Zeit. Kurz nachdem er sich auf den Stuhl gesetzt hatte, musste er schon wieder aufzutauchen. Wieso war er sich sicher, dass ein paar Minuten reichen würden, um Lara zu ermorden?", fragte Cassie.

Ich zuckte mit den Schultern. „Es war ein waghalsiger Plan, aber ich glaube kaum, dass er logisch gedacht hat. Wahrscheinlich dachte er, dass er unter einer Art göttlichem Schutz stand und dass alles durch das Schicksal vorherbestimmt sei. Die Tatsache, dass er und Lara durch einen verrückten Zufall in derselben Talentshow gelandet sind, war für ihn wie ein Zeichen." Ich warf Cassie einen fragenden Blick zu. „Und vielleicht hatte er recht, weißt du? Ich meine, es war erstaunlich, dass er das in so kurzer Zeit hinbekommen hat. Eigentlich sprach alles dagegen, dass es ihm gelingen würde, aber da er es tatsächlich geschafft hat ..."

„Karma", meinte Cassie mit einem zynischen Lächeln.

Die Tür zur Küche schwang auf und Dora steckte den Kopf heraus. „Gemma! Kommen Sie schnell – Sie sind im Fernsehen!"

„Oh nein!", stöhnte ich. Mit Cassie und Seth dicht auf den Fersen rannte ich in die Küche.

Dora winkte uns zu dem kleinen Fernseher, den wir für sie in einer Ecke der Küche aufgestellt hatten. Aus den Augenwinkeln sah ich Müsli auf einem Küchenstuhl schlafen. Das kleine Biest hatte sich wieder einmal eingeschlichen! Im Fernsehen lief ein Frühstücksprogramm, es war gerade von der

Talentshow und dem Mord an Lara die Rede.

„... denn dieser Mord hat das ganze Land in Atem gehalten, nicht wahr, Rick?", sagte die Frau.

„Oh, ja, Julie! Ich habe förmlich am Bildschirm geklebt - es war wirklich so, als würde sich ein Krimi vor deinen Augen abspielen."

„Und dann dieser spannende Schluss!", sagte Julie. „Falls Sie nicht auf dem neuesten Stand sind: Hier sehen wir noch einmal Gemma Rose, die den Mörder entlarvt hat, und dabei fast ihr Leben verloren hätte, über ihre Erlebnisse sprechen."

Es folgte ein Ausschnitt, in dem ich von einem Reporter eines großen Fernsehsenders interviewt wurde. Ich erschauderte, als mein eigenes Gesicht auf der Mattscheibe erschien. Mir war es unbegreiflich, warum so viele Menschen eine Karriere im Showbiz anstrebten - ich konnte mir nichts Peinlicheres vorstellen, als mich selbst auf dem Bildschirm zu sehen und zu hören. Schrecklich!

„... erzählen Sie uns, wie Sie sich gefühlt haben - hatten Sie Angst?", fragte der Reporter.

Ich antwortete mit gestelzter Stimme: „Äh ... ja, natürlich."

„Dachten Sie, Sie würden sterben?"

„Nun, ich ... ich habe eigentlich nicht nachgedacht, ich habe nur reagiert. Ich meine, in einer solchen Situation hat man keine Zeit zum Nachdenken, man versucht nur, sich über Wasser zu halten ... und ... und nicht zu ertrinken ..."

Cassie schnaubte vor Lachen. „Oh, perfekt,

Gemma. Wenn das nächste Mal jemand im Wasser um sein Leben kämpft, gebe ich deinen Überlebenstipp an ihn weiter: Versuch einfach, dich über Wasser zu halten und nicht zu ertrinken.“

„Halt die Klappe.“ Ich versetzte ihr einen spielerischen Stoß.

Zum Glück wurden jetzt wieder die beiden Moderatoren eingeblendet, die strahlend in die Kamera lächelten.

„Das war Gemma Rose, die über ihre Nahtoderfahrung berichtete“, sagte Julie.

„Aber glücklicherweise hat jemand ihre Schreie gehört ... und bei uns im Studio ist die Frau, die sie gerettet hat!“ Eine schlanke Frau mit blassblauen Augen in Begleitung eines Collies kam durch eine Seitentür des Sets.

„Oh mein Gott, das ist Trish!“, sagte Cassie.

Die Hundeausführerin setzte sich auf das Sofa, während sich Skip brav zu ihren Füßen niederließ. Trish sah die Moderatoren erwartungsvoll an.

„Trish, wie es aussieht, sind Sie und Ihr wunderbarer Hund die Helden des Tages! Was haben Sie gefühlt, als Sie Gemma schreien hörten?“

„Zuerst habe ich sie gar nicht schreien gehört - ich war zu weit weg. Es war Skip. Er benahm sich plötzlich seltsam, er winselte ständig und wollte, dass ich ihm folge.“

„Ja, es heißt, dass Tiere einen sechsten Sinn haben, nicht wahr?“ Rick verkündete diese Binsenweisheit, als handle es sich um die neueste wissenschaftliche Erkenntnis. „Vermutlich hat er gespürt, dass Ihre Freundin in Gefahr ist."

„Eigentlich sind wir nicht befreundet, wir haben uns einfach bei der Show kennengelernt."

„Oh - aha." Rick schaute ein wenig verdutzt drein. „Als Sie im Bootshaus sahen, wie Albert Hodge versucht hat, Gemma unter Wasser zu drücken – wieso sind Sie sofort zu Hilfe geeilt? Schließlich haben Sie sich damit selbst in Gefahr gebracht. Hatten Sie keine Angst?"

„Nein. Wieso? Hätten Sie nicht das Gleiche getan?"

Rick wurde rot. „Ja, also ..."

„Aber er hat Sie ebenfalls ins Wasser gestoßen", meldete sich Julie zu Wort. „Sie hätten ertrinken können. Es war mutig von Ihnen, Ihr Leben zu riskieren."

Trish zuckte die Schultern. „Kann sein."

„Und dann haben Sie so getan, als würden Sie untergehen, und haben Hodge vom Wasser aus angegriffen - das war ein sehr geschickter Schachzug", meinte Rick einschmeichelnd. „Wirklich beeindruckend! Das Wasser war eiskalt, Sie saßen in der Falle, ein Mann wollte Sie umbringen - die meisten Menschen hätten in dieser Situation aufgegeben! Aber Sie besaßen die Geistesgegenwart, ihn mit einem Trick zu überlisten. Wie haben Sie das gemacht?"

Trish schaute ihn ungläubig an. „Ich wollte einfach nur gewinnen."

Ich schüttelte lachend den Kopf. „Ich hätte nie gedacht, dass ich das mal sagen würde, aber ich bin wirklich froh, dass Trish so verdammt ehrgeizig ist."

Kapitel 28

In den folgenden Stunden hatte ich weiterhin alle Hände voll damit zu tun, sensationslüsterne Neugierige abzuwehren, und am frühen Nachmittag war ich so erschöpft, dass ich am liebsten nach Hause gefahren wäre. Dabei hatten wir den üblichen Ansturm zur Teezeit noch vor uns! Um vier Uhr herrschte Hochbetrieb im Little Stables Tearoom, und Cassie und ich flitzten hin und her, führten Gäste zu ihren Tischen, nahmen die Bestellungen auf und servierten Tee, Kuchen und Sandwiches so schnell wir konnten.

Normalerweise halfen die Silberlocken in Stoßzeiten aus, aber in letzter Zeit hatten sie sich kaum blicken lassen, und ich fragte mich, ob sie sauer auf mich waren, weil ich ihre Freundin entlarvt hatte. Es war mir schrecklich peinlich gewesen, als ich ihnen von dem Juckpulver hatte erzählen müssen, das ich in June Driscolls Handtasche gefunden hatte. Noch schlimmer war es, als die Polizei und die Produzenten der Show informiert und die „Herb Girls" offiziell vom Wettbewerb ausgeschlossen worden waren. Seitdem hatte ich June nicht mehr gesehen und auch die Silberlocken schauten nur gelegentlich vorbei.

Als die nachmittägliche Rushhour zu Ende war und ich überlegte, ob ich sie anrufen sollte, ging die Tür der Teestube auf, und vier vertraute alte Damen kamen herein.

„Mabel!", rief ich wesentlich herzlicher als sonst. „Glenda! Ethel! Florence! Wie schön, Sie zu sehen. Wie ist es Ihnen ergangen?"

„Uns geht es gut, meine Liebe - wir hatten nur sehr viel zu tun", sagte Florence.

Ethel nickte. „Der Blumenschmuck für den Sonntagsgottesdienst ist aus der Kirche verschwunden, weißt du, und der Pfarrer hat sich furchtbar aufgeregt!"

„Natürlich wusste ich genau, wer der Täter war", bemerkte Mabel hochmütig. „Der Kerl, der das Fenster an der Seite des Kirchenschiffs reparieren sollte - ich fand, er sah sehr verschlagen aus, wirklich sehr verschlagen!"

„Ich fand, er sah eigentlich recht gut aus." Glenda stieß einen verträumten Seufzer aus. „Das geölte Haar und der schmale Schnurrbart - ein bisschen wie Clark Gable, meint ihr nicht auch? Wenn ich fünfzig Jahre jünger wäre ..."

„Unfug! Ihm stand der Schurke ins Gesicht geschrieben", widersprach Mabel.

„Letzten Endes hat sich herausgestellt, dass die Blumen gar nicht gestohlen worden waren - der Pfarrer hatte sie in die Sakristei gestellt, um sie kühl zu halten, und er hatte sie völlig vergessen", berichtete Florence.

„Er ist furchtbar vergesslich geworden, nicht wahr?", sagte Ethel. „Letzten Monat hat er dreimal die gleiche Predigt gehalten."

„Mehr Ballaststoffe in der Ernährung, das ist es, was er braucht", erklärte Mabel. „Ich muss mal mit seiner Frau reden."

Glenda sah sich in der Teestube um. „Es tut mir leid, dass wir dir nicht unter die Arme gegriffen haben, Gemma, Liebes. Erst mussten wir dem Pfarrer bei der Suche nach den Blumen helfen und dann brauchte June Unterstützung bei den Vorbereitungen für das Treffen mit ihrem neuen Sponsor für Bills Gruppe -"

„Sie hat einen Sponsor?", sagte ich überrascht.

„Oh, ja, haben wir dir das nicht erzählt? Eine wohlhabende amerikanische Witwe, die die Show gesehen hat, war so gerührt, als sie hörte, warum wir an dem Wettbewerb teilnehmen wollten, dass sie beschloss, eine große Geldsumme zu spenden, um B.U.S. zu unterstützen! Ihr verstorbener Ehemann hatte ebenfalls buschige Augenbrauen. Nächste Woche kommt sie zum Shoppen nach London, und June wird sich mit ihr treffen - ist das nicht aufregend?“

„Oh! Das freut mich wirklich!“, sagte ich erleichtert. „Ich hatte ein schlechtes Gewissen, weil ich ihre Chancen zunichte gemacht habe.“

„Dafür ist sie selbst verantwortlich“, erwiderte Mabel streng. „Es war nicht richtig, was sie dem armen Jungen angetan hat, und sie schämt sich sehr dafür. Sie hat sich persönlich bei Gaz entschuldigt.“

„Er hat ihr gesagt, dass er ihr verzeiht und sie sich keine Gedanken mehr machen soll“, berichtete Florence.

„Das ist sehr nett von ihm“, sagte ich erstaunt. „Wenn man bedenkt, dass sie ihn um seine Chancen gebracht hat -“

„Oh, das hat sie gar nicht!“, rief Ethel aufgeregt. „Natürlich ist er aus dem Wettbewerb ausgeschieden ...“

„Es war klar, dass die Zwillinge gewinnen würden“, meinte Mabel mit einer wegwerfenden Handbewegung.

„... aber nach der Show hat eine Produktionsfirma ihn angesprochen und gesagt, dass sie ihn als regelmäßigen Gast in einer ihrer Comedy-Show aufnehmen wollten. Wenn alles klappt, kriegt er vielleicht seine eigene Show!“

„Oh, das freut mich für ihn. Er ist wirklich sehr talentiert -“ Ich brach ab, als eine Familie von ihrem Tisch aufstand und zum Tresen kam, um ihre Rechnung zu bezahlen.

„Das war köstlich“, sagte die Mutter. „Noah ist

sonst so wählerisch, aber er hat alles aufgegessen!"

Ich blickte lächelnd auf den kleinen Jungen neben ihr hinunter. Er hatte Marmelade und Sahne im Gesicht, und sein Pullover war vollgekrümelt.

„Freut mich, dass es ihm geschmeckt hat", sagte ich und reichte ihr die Rechnung.

„Oh, tut mir leid, ich habe es nicht kleiner", sagte die Frau und hielt mir einen großen Schein hin.

„Hmm ..." Der Bestand an Wechselgeld in der Kasse war zusammengeschmolzen, ich hatte kaum noch kleinere Scheine.

„Vielleicht können wir wechseln, Gemma." Mabel kramte in ihrer Handtasche und die anderen Silberlocken taten es ihr nach.

„Nein, warten Sie, ich habe noch ein paar kleinere Scheine in meiner Tasche." Ich zog meine Tasche unter der Theke hervor, holte mein Portemonnaie heraus und wurde fündig. „Hier, bitte sehr."

„Danke. Und wir kommen bestimmt wieder", sagte die Frau mit einem breiten Lächeln. „Wir erzählen auch unseren Freunden von Ihrer wunderbaren Teestube! Oh, bevor wir uns verabschieden - könnte Noah Ihre Katze streicheln?" Sie deutete auf Müsli, die ausnahmsweise nicht versuchte, sich in die Küche zu schleichen. Sie saß auf einem Kissen, das wir für sie an ein Ende des Tresens gelegt hatten, und sah sich in aller Ruhe im Gastraum um.

„Oh, natürlich." Ich nahm Müsli hoch und setzte sie auf den Boden neben den Jungen.

„*Miau?*“, begrüßte sie ihn.

Der Junge streckte ihr kichernd eine mollige Hand hin, die Müsli neugierig beschnupperte. Noah quietschte vor Freude.

„Sie heißt Müsli“, sagte ich.

„Musli!“, rief der kleine Junge. „Musli! Musli!“

Die kleine Tigerkatze schaute ihn verwirrt an, dann blickte sie zu mir auf. „*Miau?*“

Die Mutter lachte und nahm die Hand ihres Sohnes. „Komm, Noah, wir gehen jetzt besser. Bedanke dich bei der Dame und verabschiede dich von Müsli.“

„Auf Wiedersehen! Auf Wiedersehen, Musli!“

Kaum hatte sich die Tür hinter der Familie geschlossen, schwang sie wieder auf und meine Mutter kam herein, in einem eleganten Kleid aus Kaschmir und Seide und einem Kamelhaarmantel mit passenden Handschuhen.

„Schätzchen! Weißt du was? Ich werde wieder Jurorin!“

Ich runzelte die Stirn. „Jurorin? Wobei?“

„Bei der neuen Show von Monty Gibbs, Schatz.“

Ich stöhnte auf. „Er hat schon eine neue Show?“

„Ja, eigentlich war es Grace, die die Idee dazu hatte - Grace Lamont, du weißt schon, von der Zeitschrift Society Madam. Ich habe sie ihm auf der After-Show-Party nach dem Finale vorgestellt, und Grace hatte eine großartige Idee für einen neuen Wettbewerb. Monty wird natürlich einer der Juroren sein, und er hat mich und Grace gebeten, mitzumachen. Die Produktion beginnt nächsten Monat."

„Oh, wie aufregend!" Glenda klatschte begeistert in die Hände.

„Ich freue mich darauf, die Show im Fernsehen sehen, anstatt selbst mitzumachen", meinte Florence.

„Vielleicht möchte eine der neuen Kandidatinnen mit meinen Spitzendeckchen-Ohrringen auftreten. Wir sind ja nicht dazu gekommen, sie zu tragen", sagte Ethel. Sie sah verärgert aus.

„Ist es wieder eine Talentshow?", fragte ich misstrauisch.

„Nun, die Teilnehmer werden verschiedene Talente vorführen, aber sie sollen weder singen noch tanzen. Nein, sie werden echte Talente zeigen, wie man sie im Haushalt braucht", erklärte meine Mutter. „Bei dem Wettbewerb wird die beste Hausfrau Großbritanniens ermittelt."

„Was? Was für eine alberne Idee für eine Show!", prustete ich. „Wir sind doch nicht in den 1950er-Jahren! Ich kann mir nicht vorstellen, dass da jemand mitmacht!"

„Ganz im Gegenteil: Monty hat das Casting erst gestern angekündigt und wird bereits mit Bewerbungen überhäuft! Und es gibt mehrere Fernsehanstalten, die sich um die Moderation der Sendung bemühen. Auch die Presse ist sehr interessiert, und Monty sagt, erste Umfragen zeigen, dass die Leute von dem Konzept fasziniert sind."

„Fasziniert?" Ich sah sie zweifelnd an. „Die Leute wollen talentierte Stars sehen, keine langweiligen Hausfrauen. An der Hausarbeit ist nichts Glamouröses."

„Oh, da irrst du dich gewaltig, Liebes. Es ist eine große Neuheit. Heutzutage kann jeder singen oder tanzen, aber wie viele Menschen können in weniger als zwei Minuten ein Bett frisch beziehen?"

„Ich finde die Idee großartig", nickte Mabel zustimmend. „Was dieses Land braucht, sind weniger Bauchredner und mehr Leute, die ein gutes Brathähnchen zubereiten können."

„Ja, aber -"

„*Miau!*" Müsli landete mit einem Satz vom Boden auf dem Tresen. Offensichtlich fühlte sie sich zu unseren Füßen nicht ausreichend beachtet und hatte beschlossen, sich auf Augenhöhe in das Gespräch einzuschalten. Um meine Mutter zu begrüßen, kletterte sie über meine Handtasche. Im nächsten Moment erfüllte ein entsetzlich lautes Brummen den Raum.

"*ZZZZZZZZZZZzzzzzzzzzzzZZZZZZZZZzzzzzzzzz...!*"

Alle Gäste in der Teestube blickten erstaunt auf. Ich musterte erschrocken meine Tasche, die auf dem Tresen vibrierte. Plötzlich erinnerte ich mich an meinen Besuch in einem bestimmten Geschäft in der Cowley Road ...

„Was um alles in der Welt ist das, Liebling?", fragte meine Mutter.

„Oh, das muss der Randy Rabbit sein", meinte

Ethel strahlend.

„Der Randy *was?*" Meine Mutter sah mich verwirrt an.

„So hat ihn die Verkäuferin genannt. Gemma hat ihn im Sex-"

„Äh … ja! Schon gut!", rief ich laut. „Es ist … es ist wirklich nichts, Mutter." Ich schnappte mir meine Handtasche und kramte darin herum, wobei ich verzweifelt nach dem Aus-Schalter des Vibrators tastete.

„Nun, irgendetwas muss es doch sein, jedenfalls macht es einen fürchterlichen Lärm", widersprach meine Mutter.

Ich sah mich hektisch um. Aller Augen waren auf mich gerichtet. „Äh, es ist … eine elektrische Zahnbürste. Ja, ich habe mir eine neue elektrische Zahnbürste gekauft."

„Ach, wirklich?", fragte meine Mutter interessiert. „Helen Green hat mir gerade erzählt, dass sie in eine neue elektrische Zahnbürste investiert hat. Sie hat sich das neueste Modell von Braun angeschafft und sagt, es ist fantastisch – aber deine klingt viel stärker. Welche Marke ist es? Lass mich mal sehen -" Sie streckte die Hand nach meiner Tasche aus.

„NEIN!" Ich drehte mich rasch weg. „Äh, nein, Mutter, sie würde dir nicht gefallen, glaub mir. Die Qualität lässt zu wünschen übrig. Ich überlege sogar, ob ich sie umtausche." Meine Finger fanden endlich den Schalter und das Summen hörte auf. Ich war sichtlich erleichtert, als wieder Stille in der

Teestube einkehrte.

„Gab es in dem Laden auch Zahnbürsten?", fragte Ethel verwirrt. „Ich dachte -"

„Wer möchte Tee? Mutter? Mabel? Glenda? Florence? Ethel? Es sind noch Scones übrig und Dora hat heute einen köstlichen Karottenkuchen gebacken", unterbrach ich sie hastig.

„Ich würde gerne, Liebling, aber ich muss mich wirklich beeilen. Ich treffe mich mit Helen bei Debenhams zum Late-Night-Shopping. Es ist gerade Schlussverkauf und anscheinend haben sie eine neue Serie von Tischsets – aus Bambus. Soll ich dir ein Set mitbringen?"

„Nein, danke, Mutter, aber ich wünsche dir viel Spaß mit Tante Helen!"

Ich drängte sie zur Tür und winkte ihr zum Abschied. Ich wollte mich gerade umdrehen und in die Teestube zurückgehen, als ich einen schnittigen schwarzen Jaguar am Bordstein halten sah. Mein Herz setzte einen Schlag aus, als ein gutaussehender, dunkelhaariger Mann mit durchdringenden blauen Augen ausstieg.

„Devlin!", begrüßte ich ihn lächelnd. „Was machst du denn hier?"

Er kam auf mich zu und gab mir einen Kuss. „Nun, ich habe früher Feierabend gemacht und hatte einen Geistesblitz. Ich habe im Internet nach einem Last-Minute-Angebot für ein romantisches Wochenende in den Cotswolds gesucht und gefunden: zwei Nächte in einem historischen

Gasthaus in Burford, ein luxuriöses Zimmer mit Himmelbett und Klauenfußbadewanne, gemütlichem Kaminfeuer und köstlichem Gourmet-Menü." Seine blauen Augen funkelten. „Und jetzt muss ich nur noch jemanden finden, mit dem ich das alles genießen kann."

Ich sah ihn entzückt an. „Wirklich? Wir verreisen? Wann?"

Er wies auf seinen Wagen. „Jetzt sofort, Miss Rose. Packen Sie Ihre Sachen, dann machen wir uns sofort auf den Weg."

„Jetzt? Aber die Teestube ..."

„Um die Teestube können wir uns mit Cassie kümmern, Liebes. Geh du mit deinem jungen Mann und amüsiere dich", sagte Mabel, die mit den anderen Silberlocken in der Tür auftauchte.

„Ja, du hast dir eine Auszeit verdient, nach all der harten Arbeit in letzter Zeit", meinte Glenda.

„Sieh zu, dass du gut isst! Du wirst zu dünn." Florence schnalzte missbilligend mit der Zunge.

„Und vergiss den Randy Rabbit nicht", meldete sich Ethel zu Wort.

„Den Randy was?", fragte Devlin verwirrt.

„Nichts!", stieß ich mit rotem Gesicht hervor. Und an die Silberlocken gewandt: „Danke, das wäre fantastisch. Oh! Moment, was ist mit Müsli?"

„Ich bin sicher, Cassie kann auf sie aufpassen." Mabel machte eine wegwerfende Handbewegung. „Sie hat das schon einmal gemacht, und Müsli ist gerne bei ihr."

Glenda war in der Teestube verschwunden und kam jetzt mit meinem Mantel und meiner Handtasche wieder. Sie drückte mir beides in die Arme. „Geh nur, Liebes."

Ein paar Minuten später fand ich mich immer noch leicht benommen in Devlins Auto wieder. Als wir die kleine Brücke überquerten, die aus Meadowford hinausführte, setzte ich mich jedoch plötzlich auf und sagte: „Warte, Devlin, ich muss kurz nach Hause und ein paar Sachen packen. Ich habe nichts anzuziehen für das Wochenende!"

Ein vielsagendes Grinsen umspielte seine Lippen. „Mach dir keine Sorgen, du wirst die meiste Zeit sowieso nicht viel anhaben."

Ich errötete und lachte. „Nein, ich meine es ernst. Ich muss ein paar Sachen einpacken, Unterwäsche und ein paar Cremes und dergleichen. Ich beeile mich, versprochen!"

Seufzend lenkte er den Wagen Richtung Oxford und murmelte: „Frauen ..."

An meinem Cottage angekommen, ließ ich Devlin im Auto warten, während ich hineinlief, um schnell das Nötigste zu packen. Ohne groß zu überlegen, schnappte ich mir etwas Wäsche, Pullover und Jeans und stopfte alles zusammen mit ein paar Toilettenartikeln in eine kleine Reisetasche. Als ich die Treppe hinunterging, fiel mein Blick auf den Esstisch, auf dem ein ungeöffnetes Paket lag, das gestern mit der Post gekommen war. Ich blieb stehen, nahm es in die Hand und starrte einen

Moment auf das Logo der Online-Tierhandlung, dann nahm ich das Paket einem spontanen Entschluss folgend mit zum Auto.

„Hast du gesagt, wir fahren nach Burford?", fragte ich Devlin, als ich wieder im Auto saß.

„Ja, warum?"

„Würde es dir etwas ausmachen, wenn wir im Dorf kurz anhalten, bevor wir zum Gasthaus fahren? Ich beeile mich", sagte ich schnell, als er die Augen verdrehte. „Ich muss nur noch etwas erledigen. Wenn ich es nicht tue, geht es mir das ganze Wochenende nicht aus dem Kopf."

Vierzig Minuten später wartete Devlin mit Leidensmiene im Auto, während ich eine Gasse entlangging, die auf beiden Seiten von entzückenden Cottages aus den für die Cotswolds typischen Steinen gesäumt war. Die Hausnummer kannte ich nicht, ich wusste nur, dass es nicht weit von der Dorfkirche war, und hoffte, dass mir eine ortsansässige Silberlocke weiterhelfen würde. Und tatsächlich traf ich bald auf eine weißhaarige alte Dame, die jeden im Dorf kannte (und mir sagen konnte, was sie zum Frühstück, zu Mittag und zum Tee gegessen hatten), und die mir bereitwillig den Weg zum richtigen Haus wies.

Als ich mich der Tür näherte, trat eine grau getigerte Katze aus dem Schatten und kam mir entgegen, um mich zu begrüßen. Ich beugte mich lächelnd hinunter, um Müslis Doppelgängerin zu streicheln.

„Miau!"

„Hallo, Misty, ich hoffe, dein Frauchen ist zu Hause?"

Als hätte sie mich gehört, steckte im nächsten Moment eine Frau den Kopf zur Tür heraus und rief: „Misty! Mi- oh!" Bei meinem Anblick verstummte sie.

Ich richtete mich auf und lächelte sie vorsichtig an.

„Hi Cheryl ..." Ich holte tief Luft und fuhr dann hastig fort: „Ich wollte mich noch einmal entschuldigen ... wegen ... Ich hätte Sie direkt fragen sollen, anstatt hinter Ihrem Rücken ... Es war falsch von mir, Sie zu beschuldigen." Ich streckte ihr das Paket entgegen. „Also, ich wollte mich entschuldigen und Ihnen das hier geben. Ich habe es im Internet gesehen und dachte, Sie könnten es vielleicht für Misty gebrauchen."

Sie nahm das Paket entgegen und packte es langsam aus, dann starrte sie auf das Bild auf der Schachtel.

„Es ist ein GPS-Katzenhalsband", erklärte ich. „Es kann sich mit einer App auf Ihrem Handy verbinden, sodass Sie jederzeit sehen können, wo Misty gerade ist."

Cheryl sah auf, in ihrem Blick lagen Überraschung und Rührung. „Danke. Das ist sehr aufmerksam von Ihnen." Sie zögerte, dann sagte sie: „Ich weiß es wirklich zu schätzen, dass Sie vorbeischauen. Und Sie brauchen sich nicht zu entschuldigen - ich habe nachgedacht, und ich verstehe, warum Sie mich verdächtigt haben. Ich hätte nicht so ausrasten dürfen. Ich glaube, ich war vor allem verletzt. Ich dachte, wir wären Freundinnen ..."

„Sind wir auch", sagte ich schnell. „Ich meine, wir können immer noch Freundinnen sein – wenn Sie mögen?"

Sie lächelte. „Gerne."

Epilog

Am Montagmorgen, nach einem schönen Wochenende mit Devlin, fühlte ich mich glücklich und entspannt und konnte meinem Termin mit Grace Lamont einigermaßen gelassen entgegensehen. Nach meinen respektlosen Bemerkungen beim Mittagessen im Haus meiner Eltern hatte ich angenommen, dass die Herausgeberin ihren Plan aufgeben würde, in ihrer Zeitschrift über mich zu berichten. So staunte ich nicht schlecht, als ich am Sonntagabend eine Nachricht von ihrer Sekretärin bekam, um mich an den Termin zu erinnern. Ich war fast versucht, abzusagen - das Mittagessen mit ihr hatte einen bitteren Nachgeschmack hinterlassen. Dann beschloss ich jedoch, meine persönliche Abneigung gegen Grace hintanzustellen und das Ganze als Werbung für meinen Tearoom zu betrachten. Die Zeitschrift Society Madam war beliebt und der Artikel könnte die Teestube weithin bekannt machen. *Zumindest in bestimmten Kreisen,* dachte ich mit einem ironischen Lächeln.

Die Büros des Verlags lagen in den oberen Etagen eines schönen Gebäudes aus dem 17. Jahrhundert mit Blick auf die High Street im Zentrum von Oxford. Ich stellte mein Fahrrad ab, kettete es an ein Geländer und stieg die Treppe in den zweiten Stock hinauf. Im Foyer mit seinen chintzbezogenen Sofas und Spitzenvorhängen fühlte ich mich in eine andere Zeit zurückversetzt. Hinter dem Empfangstresen arbeitete eine junge Frau am Computer. Sie saß so kerzengerade da, dass ich mich fragte, ob man ihr eine Metallstange in die Wirbelsäule gepflanzt hatte. Sie blickte auf, als ich eintrat, und sagte mit wohl modulierter Stimme: „Guten Morgen, kann ich Ihnen helfen?"

„Guten Morgen, ich habe um zehn Uhr einen Termin bei Mrs Lamont."

„Ah ja, Sie müssen Miss Rose sein. Bitte nehmen Sie Platz, ich sage Mrs Lamont Bescheid, dass Sie hier sind." Sie erhob sich anmutig und schwebte den Korridor hinunter, um einige Minuten später mit der respekteinflößenden Herausgeberin höchstpersönlich zurückzukehren.

Grace Lamont trug heute Perlen und ein Twinset, ihr stahlgraues Haar hatte sie zu einem eleganten Dutt hochgesteckt, und auf der Nase saß eine Brille mit silbernem Rahmen. „Ah, Gemma, wie schön, dass jemand aus der jüngeren Generation das Gebot der Pünktlichkeit ernst nimmt. Nehmen Sie Tee oder Kaffee?"

„Tee wäre schön, danke."

Ein paar Minuten später hockte ich nervös auf einer Stuhlkante in ihrem Büro und versuchte, die starre Haltung der Empfangsdame nachzuahmen, während ich gleichzeitig eine Porzellantasse mitsamt Untertasse auf meinem Knie balancierte. Außerdem überlegte ich verzweifelt, wie man eine Teetasse richtig hielt. Spreizte man den kleinen Finger ab, während man am Tee nippt? Oder galt das als schlechter Stil? Normalerweise dachte ich nicht über solche Dinge nach, aber die Gegenwart von Grace Lamont stellte jede Geste, jede Bewegung infrage.

Ich hob die Tasse an, streckte versuchsweise den kleinen Finger aus und krümmte ihn dann hastig, als ich Grace die Stirn runzeln sah. Um meinen Fauxpas zu vertuschen, sagte ich das, was mir als Erstes in den Sinn kam: „Ähm, der Tee ist wunderbar."

„Lapsang Souchong", belehrte mich Grace. „Ich hätte angenommen, dass Sie den einzigartigen rauchigen Geschmack erkannt hätten."

„Oh ja, das habe ich. Ich meinte nur, dass dies eine besonders elegante Mischung ist."

„Hmm ..." Grace ließ ihre Tasse sinken und beäugte mich zweifelnd. Ich versuchte, mich nicht einschüchtern zu lassen. Sie nahm ihre Handtasche und stellte sie auf den Schreibtisch, dann fischte sie einen Füllfederhalter aus ihren Tiefen und schlug ein

Notizbuch auf.

„Nun, Ihre Mutter hat mir erzählt, dass Sie ursprünglich in einem Unternehmen in den Antipoden gearbeitet haben?"

„Ja, in Sydney. Ich war acht Jahre lang dort - direkt nach meinem Abschluss an der Uni."

„Und was hat Sie dazu bewogen, nach England zurückzukehren?"

„Nun, ich glaube, ich hatte Heimweh ... und ich habe immer schon von einer kleinen Teestube geträumt."

„Und wie lange ist es her, dass Sie Ihre Teestube eröffnet haben?"

„Etwas über ein Jahr. Und wir haben uns durchaus einen Namen gemacht", fügte ich stolz hinzu. „Vor Kurzem wurden wir sogar in einigen Reiseführern erwähnt, mit der dringenden Empfehlung, unsere Backwaren zu probieren."

Grace Lamont sah nicht beeindruckt aus. „Was unterscheidet Ihre Teestube von den vielen anderen in den Cotswolds?"

„Ich würde sagen, es ist das Bemühen, unseren Gästen den traditionellen englischen Tee zu bieten, mit klassischen Kuchen und anderem Gebäck, alles nach authentischen lokalen Rezepten von Hand gebacken. Bei uns gibt es ausschließlich britische Backwaren und den Tee servieren wir in feinem Porzellan. Selbst unsere Fingersandwiches sind allesamt traditionell belegt, etwa mit Gurkenscheiben, Butter, Ei und Kresse - und die mit geräuchertem Lachs werden mit Dill und Crème fraîche auf Pumpernickel gereicht, genau wie es in althergebrachten Rezepten vorgesehen ist."

„Hmm ...", murmelte Grace erneut, während sie sich Notizen machte. Ihre Handschrift sah wie gestochen aus. Schließlich blickte sie auf und sagte: „Ich freue mich, dass sich jemand aus Ihrer Generation für unsere klassischen britischen Traditionen interessiert und angesichts der kulinarischen Invasionen aus Europa und sogar dem Fernen Osten versucht, die Wertschätzung für unsere nationale Küche zu fördern. Ich hatte gehofft, einen Artikel zu schreiben, in dem Ihr Tearoom als Vorreiter dieser wichtigen Kampagne vorgestellt wird. Es reicht jedoch nicht aus, nur bewährte Speisen und Getränke anzubieten - auch die richtige Art des Servierens und die Präsentation sind von entscheidender Bedeutung. Das ist die Essenz des britischen Wesens." Sie beugte sich vor und sah mich streng an. „Ich fürchte allerdings, dass Sie die korrekte Etikette für den Nachmittagstee vielleicht nicht ganz beherrschen, Miss Rose. Mir ist zum Beispiel aufgefallen, dass Sie Ihren Tee gerade im Uhrzeigersinn umgerührt haben."

Ich blickte schuldbewusst auf meine Teetasse. „Oh, sollte ich ihn etwa gegen den Uhrzeigersinn umrühren?"

„Ganz sicher nicht!", gab Grace entgeistert zurück. „Die korrekte Etikette schreibt vor, dass das Umrühren des Tees nur durch eine Hin- und

Herbewegung herbeigeführt wird, und zwar von der Zwölf-Uhr- zur Sechs-Uhr-Position. Außerdem hoffe ich, dass Sie die Milch nie vor dem Tee in die Tasse geben. Zuerst kommt der Tee. Immer." Sie erhob sich, kam um den Schreibtisch herum, lehnte sich gegen die Kante und sah mit verschränkten Armen auf mich herab. „Ich nehme an, Sie wissen, wie man in einer Gruppe von Gästen Tee serviert?"

„Äh ..." *Mist, das ist schlimmer als die mündliche Abschlussprüfung an der Uni!* Ich konnte bestenfalls raten. „Man serviert der Person neben sich zuerst?"

„Nur, wenn er oder sie die älteste Person im Raum ist. Der Tee sollte immer in der Reihenfolge des Lebensalters und der gesellschaftlichen Stellung serviert werden. Und ich hoffe doch sehr, dass Sie leere Teetassen nie in einer Reihe aufstellen und eine nach der anderen füllen", fügte sie hinzu und sah mich finster an.

„Oh, nein, wo denken Sie hin!" Ich hatte keine Ahnung, wovon sie redete.

Sie nickte wohlwollend. „Gut. Tee sollte immer Tasse für Tasse eingeschenkt und angereicht werden. Es mag Zeit sparen, sie alle auf einmal zu füllen, aber das ist die faule Art ... nicht die britische Art."

„Natürlich."

„Und was die Scones angeht ..." Grace deutete auf den Teller mit den goldbraunen Scones auf ihrem Schreibtisch. Ich hatte mir wie befohlen einen genommen, aber noch nicht zu essen gewagt. Jetzt war ich froh, dass ich gewartet hatte, als Grace die Ober- und Unterseite ihres Scones fachmännisch gegeneinander drehte, sodass er in zwei saubere Hälften zerbrach. Dann gab sie auf jede Hälfte je einen perfekten Klecks Marmelade und Clotted Cream. Ich sah ehrfürchtig zu, wie sie den Teller anhob und eine der Hälften zum Mund führte und vorsichtig abbiss, ohne einen einzigen Krümel zu hinterlassen.

Ich holte tief Luft und versuchte, es ihr gleichzutun, aber mein Scone zeigte sich weniger kooperativ. Er zerfiel bei der ersten Berührung in mehrere Stücke und sackte unter dem Gewicht des riesigen Marmeladenkleckses zusammen, den ich hastig darauf gehäuft hatte. Grace betrachtete stirnrunzelnd den bedenklich wankenden Berg von Clotted Cream und Marmelade und gab ein missbilligendes Zungenschnalzen von sich, als ich mich vorbeugte, um ein großes Stück abzubeißen.

„Eine Dame beugt sich beim Essen nicht vor. Man führt die Portion zum Mund, nicht umgekehrt." Sie presste die Lippen zu einer dünnen Linie zusammen.

Schnell richtete ich mich auf, wobei mir das verbleibende Stück vom Scone aus den Fingern rutschte und mit einem Platsch auf meinen Teller fiel, sodass hellrote Marmelade in alle Richtungen spritzte.

So ein Mist!

Ich warf einen verstohlenen Blick auf Grace und stellte erleichtert fest, dass sie mein Missgeschick nicht bemerkt hatte, da sie in dem Moment um den Schreibtisch zu ihrem Stuhl ging. Als sie ihre Handtasche zu sich heranzog und darin zu kramen begann, tupfte ich die Marmeladenflecken möglichst unauffällig mit meiner Serviette ab. Zum Glück trug ich einen gemusterten Pullover in Herbstfarben, sodass die roten Spritzer nicht weiter auffielen.

Grace holte ihren in Leder gebundenen Kalender aus der Tasche und musterte mich streng. „Haben Sie professionell erstellte Fotos von Ihrem Tearoom, die wir für den Artikel verwenden könnten? Wenn nicht, kann ich meinen Fotografen zu Ihnen schicken. Das wäre vielleicht sogar das Beste, denn ich brauche auch noch ein Porträtfoto von Ihnen."

Sie beäugte mich kritisch über ihre Brille hinweg. „Ich muss allerdings darauf bestehen, dass Sie am Tag des Fotoshootings ein Kleid tragen, sowie Strümpfe und hohe Absätze, bitte. Keine nackten Beine. Und definitiv keine Jeans." Sie erschauderte. „Die Leserinnen von Society Madam sind gewisse Standards gewöhnt, und selbstverständlich erwarten wir, dass die Personen, die wir in unseren Artikeln vorstellen, sich daran halten." Sie blätterte in ihrem Terminkalender. „Der Artikel wird in der nächsten Ausgabe erscheinen, und wir brauchen die Fotos idealerweise bis nächste Woche. Welcher Tag würde Ihnen passen?"

Allmählich bereute ich, dass ich mich auf dieses Interview eingelassen hatte. Dieses Fotoshooting würde die reinste Qual werden. Ich überlegte krampfhaft, ob ich jetzt noch einen Rückzieher machen konnte. Um Zeit zu gewinnen, hob ich meine Teetasse und trank einen großen Schluck.

„Miss Rose?"

Ich wollte gerade schlucken und antworten, als plötzlich ein winziges pelziges Gesicht mit glänzenden schwarzen Augen aus Grace Lamonts Handtasche auftauchte und mich anstarrte.

Es war die Maus!

Ich verschluckte mich und hustete, Tee rann mir übers Kinn und der Rest in meiner Tasse schwappte über.

„Miss Rose!" Grace starrte mich entsetzt an.

„Tut mir leid ..." Ich wischte mir mit der Leinenserviette, die ich auf dem Schoß ausgebreitete hatte, das Kinn ab. „Er war ... ähm ... sehr heiß", sagte ich lahm.

„Man schlürft nicht, egal wie heiß der Inhalt einer Tasse sein mag. Und auf keinen Fall verschüttet man Tee und prustet mit vollem Mund!" Grace war empört. Sie kam erneut um den Schreibtisch herum, lehnte sich dagegen, verschränkte die Arme wie eine Lehrerin und betrachtete mich voller Verachtung. „Natürlich passieren Missgeschicke, aber selbst dann ist es wichtig, Anmut und Gelassenheit zu bewahren. Eine einfache Bitte um Verzeihung reicht durchaus, oder man entschuldigt sich kurz und ..."

Ich nickte, ohne zuzuhören, während ich die Maus nicht aus den Augen ließ. Sie war inzwischen aus der Handtasche geklettert und hockte auf einem der goldfarbenen Ringe, an dem die Taschengriffe befestigt waren. Nun wusste ich also, wie sie unerkannt hatte verschwinden können. Kein Wunder, dass Cassie und ich vergeblich in dem Blumentopf nach ihr gesucht hatten. Ich erinnerte mich, dass Grace gegen die Palme gestolpert war und sich ihre Handtasche in den Palmwedeln verfangen hatte. Die Maus musste geistesgegenwärtig in die Tasche gehüpft sein, die ihr als Reisegefährt gedient hatte – weg von der Teestube und Müslis Klauen!

Ich schmunzelte insgeheim und zollte dem Einfallsreichtum des kleinen Tieres widerwillig Respekt. Aber wie um alles in der Welt hatte es in der Handtasche überlebt? Es war schon über eine Woche her, seit Grace in die Teestube gekommen war, und die Maus sah keineswegs ausgehungert aus. Plötzlich stellte sie sich auf die Hinterbeine, schnupperte mit bebenden Barthaaren in der Luft und lief dann in Windeseile an der Seite der Tasche hinunter. Auf der Schreibtischplatte angekommen huschte sie zu Grace' leerem Teller, streckte die Pfötchen aus und schnappte sich ein Bröckchen, das übrig geblieben war und verschwand wieder in den sicheren Tiefen der Handtasche.

Einen Moment später tauchte die Maus wieder auf, mit einem selbstzufriedenen Gesichtsausdruck und Krümeln an den Schnurrhaaren. Beinahe hätte ich laut losgelacht. Der schlaue Nager führte ein Luxusleben in der Chanel-Handtasche von Grace Lamont und labte sich an Kuchen und Scones!

Das Tierchen nahm seine Position neben dem Griff der Tasche ein, rieb sich mit den Pfoten über das Gesicht und sprang dann erneut auf den Schreibtisch.

„Miss Rose?"

Mir wurde klar, dass ich meine ganze Aufmerksamkeit auf die Maus gerichtet und kein Wort von dem gehört hatte, was Grace Lamont gesagt hatte.

„Tut mir leid ... Könnten Sie das bitte wiederholen?", sagte ich zerstreut. Die Maus war noch einmal in Richtung von Graces Teller geflitzt, doch auf halbem Weg hielt sie inne und zuckte mit der Nase. Dann drehte sie sich um und huschte zu dem größeren Teller mit Scones, der auf dem Tisch stand. Während ich wie gebannt zusah, rannte sie über die große altmodische Schreibunterlage, vorbei an dem teuren Briefbeschwerer aus venezianischem Glas, und flitzte durch die Falten einer Leinenserviette, bis sie schließlich bei dem Teller mit seinem verführerischen Gebäck ankam. Mit ihren winzigen Pfoten riss sie eine Rosine von einem Scone, hielt sie an ihr Maul und knabberte genüsslich daran.

„MISS ROSE - GIBT ES EIN PROBLEM?"

Ich zuckte zusammen. „Äh ... nein! Nein, kein Problem! Entschuldigung ... bitte fahren Sie fort."

Grace funkelte mich an. „Wie ich schon sagte: Eine Dame wird nicht nur nach ihrem Aussehen beurteilt, sondern auch nach ihren Manieren und ihrer unerschütterlichen Gelassenheit. Eine Dame sollte niemals unangemessene Emotionen zeigen, wie groß die Provokation auch sein mag. Sie spricht leise und verhält sich zurückhaltend. Jede Form der Hysterie ist ihr fremd." Ohne hinzusehen, griff sie nach ihrer Teetasse auf dem Schreibtisch. „Vor allem sollte eine Dame allen Widrigkeiten mit anmutiger Souveränität begegnen und niemals - iiiiiiiii!"

Sie sprang von der Tischkante auf und starrte entsetzt auf das kleine pelzige Geschöpf, das neben ihrer Teetasse kauerte.

„AAARGH! EINE MAUS! EINE MAUS!" Die lauthals kreischende Grace Lamont demonstrierte in eindrucksvoller Weise, wie anmutige Souveränität aussah: Sie umklammerte ihren Rock, hüpfte von einem Fuß auf den anderen und schrie aus voller Kehle: „IGITT!! IGITT!"

Die Tür zu ihrem Büro flog auf, und die Empfangsdame stürmte mit zutiefst beunruhigter Miene herein.

„Mrs Lamont? Ist etwas pass-AAAAAAAAIIIIIIGGGHHH! EINE MAUS! EINE MAUS!"

Ich sah ungläubig staunend zu, wie die beiden Frauen wie kopflose Hühner durch den Raum rannten, kreischten und mit den Armen fuchtelten. Schließlich erbarmte ich mich ihrer, nahm eine leere Teetasse und stülpte sie über die Maus, die immer noch unbekümmert ihre Rosine fraß. Ich nahm einen Bogen teures Papier von Grace' Schreibtisch und schob ihn unter die umgedrehte Tasse. Vorsichtig hob ich die Fracht vom Schreibtisch und drehte sie um, dann hob ich den Rand der Papierabdeckung an und spähte in die Tasse.

Die Maus hatte den langen Schwanz zierlich um ihren braunen Körper geschlungen. Sie setzte sich auf und sah sich um. Sie hatte kleine runde Ohren, leuchtende schwarze Augen und eine winzige rosa Nase, die von zarten Schnurrhaaren umgeben war. Ich lächelte. Es war mir egal, was Dora sagte – das Tierchen war hinreißend.

Ich legte ein schweres Buch auf die Teetasse und blickte auf. Grace und die Empfangsdame kauerten in einer Zimmerecke und beobachteten mich mit angstvoll aufgerissenen Augen.

„Ich bringe sie einfach nach draußen, ja?", fragte ich mit einem Lächeln.

Sie nickten wortlos. Aus ihren sorgsam aufgesteckten Frisuren hatten sich einzelne Haarsträhnen gelöst, beide Frauen sahen erhitzt und zerzaust aus. Ich verkniff mir eine sarkastische Bemerkung über unerschütterliche Gelassenheit im Angesicht von Widrigkeiten.

Dennoch verspürte ich eine gewisse Überlegenheit (okay, ich bin auch nur ein Mensch), als ich mir meine Tasche über die Schulter warf, die Teetasse mit der Maus nahm und mit geradem Rücken und anmutiger Souveränität aus dem Raum schlenderte.

Rezept für Scones mit Dunkler Schokolade und Orangen

* ersonnen und freundlicherweise zur Verfügung gestellt von Kim McMahan Davis und ihrem Blog *„Cinnamon and Sugar ... and a Little Bit of Murder"*)

Es heißt, Großbritannien und die Vereinigten Staaten seien zwei Nationen, die durch eine gemeinsame Sprache geteilt sind - und das gilt auch für ihre Scones!

Englische Scones, ohne die kein Fünf-Uhr-Tee komplett ist, sind rund und kompakt, innen leicht und fluffig und außen knusprig. Sie sind nicht sehr süß, der Teig besteht hauptsächlich aus Mehl, Butter und Zucker (manchmal werden Sultaninen hinzugefügt) und sie werden mit Marmelade und Clotted Cream gegessen.

Amerikanische Scones dagegen sind in der Regel größer und fester, enthalten mehr Butter und Zucker und dem Teig werden Zutaten wie Gewürze, Früchte, Nüsse und sogar Schokolade hinzugefügt. Was die Geschmacksrichtungen angeht, so sind Ihrer Fantasie keine Grenzen gesetzt!

Das Rezept für traditionelle englische Scones finden Sie am Ende von TÖRTCHEN, TEE UND TOD (Ein Oxford-Tearoom-Krimi 1), aber da es in dieser Geschichte auch um Scones geht, wollte ich diesmal ein amerikanisches Scones-Rezept zum Vergleich vorstellen. Dieses köstliche Rezept wurde speziell von der großartigen Kim McMahan Davis in ihrem Blog *„Cinnamon and Sugar ... and a Little Bit of Murder"* erfunden und enthält eine erfolgssichere Kombination: spritzige Orange und dunkle Schokolade!

ZUTATEN

Für die Scones

- 272 Gramm Allzweckmehl
- 2 Teelöffel Backpulver
- 1/4 Teelöffel Backsoda
- 1/2 Teelöffel Meersalz
- 72 Gramm Kristallzucker
- Schale von einer großen ungespritzten Orange
- 110 Gramm ungesalzene Butter, in kleine Stücke geschnitten und gefroren
- 110 Gramm saure Sahne
- 2 Esslöffel Orangensaft
- 1 Ei
- 402 Gramm dunkle Schokolade, gehackt

Für die Schololaden-Orangen-Sprenkel

- 56 Gramm Zartbitterschokolade, gehackt
- 1/2 Teelöffel Pflanzenfett
- 1/4 Teelöffel Orangenextrakt

ANLEITUNG

Scones

1) Den Ofen auf 220 °C vorheizen. Ein Backblech mit Pergamentpapier auslegen.

2) Saure Sahne, Ei und Orangensaft mit dem Schneebesen vermischen, dann die Mischung zur Seite stellen.

3) Mehl, Backpulver, Natron, Salz, Zucker und Orangenschale in die Rührschüssel einer Küchenmaschine geben und mit ungefähr zehn Pulsstößen vermischen.

4) Die gefrorenen Butterstücke auf der Mehlmischung verteilen, dann mit Pulsstößen vermengen, bis alles grobem Mehl ähnelt.

5) Die saure Sahne zur Mehlmischung geben und so lange pulsieren, bis ein einheitlicher Teig entsteht. Achten Sie darauf, den Teig nicht zu sehr zu bearbeiten.

6) Den Teig auf eine leicht bemehlte Fläche stürzen. Streuen Sie die gehackte Schokolade darauf und arbeiten Sie sie vorsichtig ein. Achten Sie auch hier darauf, den Teig nicht zu stark zu bearbeiten, da er sonst zäh wird.

7) Den Teig auf das mit Pergamentpapier ausgelegte Backblech legen und zu einem Kreis mit einem Durchmesser von etwa 20 cm ausrollen. In acht keilförmige Stücke schneiden und diese leicht auseinanderziehen.

8) 12 bis 15 Minuten backen. Die Scones sollten goldgelb sein und in der Mitte fest aussehen. Die Scones auf einem Gitter abkühlen lassen, während Sie die Glasur zubereiten.

Scholokaden-Orangen-Glasur

1) Die Schokolade und das Pflanzenfett in eine mikrowellengeeignete Schüssel geben. 45 Sekunden lang auf 70 Prozent Leistung erhitzen. Umrühren und bei Bedarf in weiteren 20-Sekunden-Schritten erhitzen, dabei nach jedem Erhitzungszyklus umrühren, bis die Schokolade geschmolzen und glatt ist.

2) Den Orangenextrakt einrühren und glatt rühren.

3) Die Scones mit der Mischung beträufeln. 15 Minuten lang fest werden lassen und dann servieren.

Guten Appetit!

Über die Autorin

Die USA-Today-Bestsellerautorin H. Y. Hanna schreibt britische Cosy Mystery voller Humor, schrulliger Charaktere, spannender Mordfälle und charakterstarker Katzen! Nach ihrem Abschluss an der Oxford University hat H. Y. Hanna eine Reihe von Jobs ausgeübt: Sie war in der Werbung tätig, Model, Englischlehrerin, Hundetrainerin ... bevor sie sich wieder ihrer ersten großen Liebe zuwandte: dem Schreiben. Seit einigen Jahren arbeitet sie als freiberufliche Autorin und hat mit ihren Gedichten, Kurzgeschichten und journalistischen Beiträgen mehrere Preise gewonnen.

Hsin-Yi wurde in Taiwan geboren und ist ihr ganzes Leben lang eine Globetrotterin gewesen, die in einer Vielzahl von Kulturen gelebt hat, von Großbritannien über den Nahen Osten, die USA bis nach Neuseeland... doch inzwischen wohnt sie mit ihrem Ehemann und ihrer Katze Muesli glücklich in Perth (Westaustralien). Mehr über H. Y. Hannas Bücher erfährst du unter: www.hyhanna.com

Trage dich für meinen Newsletter ein, dann bist du immer über Neuerscheinungen auf Deutsch, Buchverlosungen und andere Neuigkeiten zu meinen Büchern informiert!

www.hyhanna.com/german-newsletter